本书得到教育部高等学校特色专业"汉语言文学"项目经费资助；
属国家社科基金项目"城市化进程中的'城—乡'关系与社会文明价值建构"
（编号：13BZW120）和甘肃省高等学校科研项目（2013）阶段性成果，
并受天水师范学院"青蓝人才工程"基金项目资助

中国现当代文学研究与批评书系

马 超◎主 编 郭文元◎副主编

启蒙、革命与后革命转移

——20世纪资源与新世纪"底层文学"

张继红 著

中国社会科学出版社

图书在版编目(CIP)数据

启蒙、革命与后革命转移：20世纪资源与新世纪"底层文学"/
张继红著 . —北京：中国社会科学出版社，2014.11
ISBN 978 - 7 - 5161 - 5119 - 8

Ⅰ.①启…　Ⅱ.①张…　Ⅲ.①中国文学—文学史—20世纪
Ⅳ.①I209

中国版本图书馆 CIP 数据核字（2014）第 272571 号

出 版 人	赵剑英	
责任编辑	郭　鹏	
责任校对	董晓月	
责任印制	戴　宽	

出　　版	中国社会科学出版社	
社　　址	北京鼓楼西大街甲 158 号（邮编100720）	
网　　址	http://www.csspw.cn	
	中文域名：中国社科网　　010 - 64070619	
发 行 部	010 - 84083685	
门 市 部	010 - 84029450	
经　　销	新华书店及其他书店	

印　　刷	北京君升印刷有限公司	
装　　订	廊坊市广阳区广增装订厂	
版　　次	2014 年 11 月第 1 版	
印　　次	2014 年 11 月第 1 次印刷	

开　　本	710 × 1000　1/16	
印　　张	12.75	
插　　页	2	
字　　数	216 千字	
定　　价	45.00 元	

总　序

　　天水师范学院汉语言文学专业是本校自 1959 年建校以来最早重点建设的专业之一，半个世纪以来先后有张鸿勋、雒江生等学者为学科发展做出了重要贡献。新时期特别是进入 21 世纪以来，本专业得到全面发展，逐渐形成了年富力强、学术研究活跃的研究梯队。2008 年汉语言文学专业被教育部批准为特色专业，中国现当代文学学科被列为第一轮校级重点学科。

　　五年以来，中国现当代文学学科的中青年学者，秉承老一辈学人的严谨学风，关注前沿，锐意创新，发表 CSSCI 期刊文章 60 多篇，获立国家、省部级社科基金项目 10 多项，逐渐形成相对集中、相对稳定的研究方向："底层文化与新世纪文学"、"延安文艺与当代文学"、"甘肃文学与地域文化"等。其问题视域分别为：立足西部社会在城市化进程中凸显的民众底层处境和乡土情怀，关注文学中的民生民本、现代伦理和文学审美；利用靠近延安，地处陕、甘、青革命根据地，尤其是陇东革命老区的地缘优势，着力于革命文艺中主流意识形态的发生与流变研究；借重甘肃多元民族文化优势，关注甘肃地域文化符号特征及甘肃作家群的文化身份。在对"底层文学"、"延安文艺"、"甘肃文学"的关注中，我们力图建构它们在中国当代文学语境中的"边缘性"、"地域性"以及"冲击性"。现出版的《中国现当代文学研究与批评书系》学术著作八部，集中呈现了天水师范学院中国现当代文学学科近年来的研究成果。

　　"底层文学"是新世纪文学中最活跃的文学思潮，李志孝教授的《现场·历史·批评——新世纪文学与新文学传统》、王元忠教授、王建斌副教授的《从现代到当代——新文学的历史场域和命名》和张继红副教授的《启蒙、革命与后革命转移——20世纪资源与新世纪"底层文学"》，梳理20世纪不同时期文学中的底层话语谱系，以此为基来论析新世纪"底层文学"在新语境下对现代性经验的书写和对现代性问题的反思，建立20世纪中国文学与新世纪文学内在的精神联系。与20世纪中国文学资源的重估与激活相关，延安文艺规范了新中国前30年文艺的的基本价值和艺术走向，也极大影响了当代文学后30年的发展和变迁，探源延安文艺的核心价值观、艺术观，就是发掘、建构中国当代文学中国化、民族化、现代化的过程。郭文元副教授的《乡村/革命与现代想象——40年代解放区小说研究》，在当前多元并存的文化背景中，探寻现当代文学资源中具有中国特色的文学价值体系。

文学价值的建构和评估与文化板块间的地缘特征血脉相通。甘肃地处古丝绸之路的黄金路段，也是一个多民族聚居区，历史上东西文化在这里交汇，当今农耕文明、游牧文明与工业文明在这里并存。甘肃当代作家的创作，以独异的地域文化板块为"精神原乡"，逐渐形成了河西大漠——丝路文化、兰州黄河——城市文化、陇东农耕——红色文化、陇南始祖——民俗文化、甘南游牧——民族文化等文化形态的符号特征，并形成了相互独立又相互映照的作家群体。薛世昌教授的《话语·语境·文本——中国现代诗学探微》和丁念保副教授的《重估与找寻——现当代文学批评实践》中，特别发掘了甘肃作家群的这种文化身份。

另外，安涛教授的国家社科基金项目结项成果《20世纪中国马克思主义文学理论研究》和马超教授的国家社科基金项目阶段性成果《女性的天空——20世纪中国女性文学研究》也正在准备出版中。这两部著作的出版，将夯实我校中国现当代文学学科研究的理论基础和史学基础，延展两个世纪中国文学研究的精神空间，将天水师范学院中国现当代文学学科的研究提升到一个新的学术高地。

本书系是天水师范学院中国现当代文学学科的一次集体亮相，无论丑俊，都希望得到各位专家学者的批评指正。

感谢天水师范学院校领导对本书系出版工作的关心，感谢中国社会科学出版社同意出版本书系。特别感谢本书系的责任编辑郭鹏先生，他为本

书系的出版付出了巨大辛劳，剔除了本书系原稿的诸多粗陋之处，才让本
书系得以顺利出版。

马 超

2014 年 4 月 10 日

目　　录

引　论

一　问题的提出

　　20 世纪中国文学在近百年的现代化进程中呈现了一个价值多元且体系庞杂的复合景观。这个过程从 19 世纪末 20 世纪初即已逐渐展开。世纪之交的先哲们在民族精神存亡断续的危难时刻不断地探寻着走向富强、民主的现代思想。在价值观方面，这一系列思想在整个 20 世纪中国思想和文学中不断融合，又不断地冲突。价值观念的融合、碰撞的现代性追求主要表现为"价值重估"和传统批判，前者彰显的是近现代以来知识分子的怀疑和求变精神，后者则体现了他们对历史、文化的批判和重建意识。① 所有这一切都伴随着价值观念变迁和价值系统重建等重大问题。因此，就文学精神而言，整个 20 世纪中国文学史的书写与建构，及其在价值观嬗变和价值体系重建中形成思想、理论的过程，就是中国文学价值体系重构的历史，这是新世纪文学坚实的当下性存在。

　　中国新文学的发生，是以对传统文学、文化的反叛姿态和变革意识确立其存在方式的。20 世纪初，新文学流派标新立异，文学观念纷繁复杂，无论是反叛、探寻还是变异、创新，都蕴涵着新一代知识分子对传统观念的变革意识。这一变革的根本动因是，在不断趋于独立、封闭，且能够自我调适的传统文化结构中寻求、建构具有现代意义的新文化，最终确立具有自我认知和权利意识的"新人"。以此，五四文学将"人的发现"和"人的解放"作为新文学最为重要的思想武器。这一价

---

　　① 关于中国现代文学价值体系的重建与文学价值论等问题，参考了程金城等学者的观点，见程金城《中国 20 世纪文学价值论》，甘肃人民美术出版社 2008 年版，第 1—4 页。

值取向"使先驱者们意识到，中国传统文学作为一个整体，它们的价值系统和人的合理正常发展和历史进步常常处于矛盾冲突之中。因此，全面变革和重新调整文学与人的价值关系，重建文学的价值系统，就成为文学发展的根本问题"①。在调整文学与人的价值关系和重建文学的价值系统中，很多具体问题则被逐渐展开，比如在社会结构和文学价值坐标中，人处于怎样的结构位置，他们对文学的需求是什么，文学应以怎样的方式观照人，怎样的表现方式对人有意义等问题均成为新文学有别于传统文学的特质。

由于中国传统社会结构的等级划分和层层加固的管理制度，作为统治阶层及其附属的管理阶层的少数人控制了大量的权力资源，这使得居于绝大多数的普通人处于整个社会结构的最底层。而与社会结构相伴而生的文化制度造成的文化集权，使得老百姓自身的利益无法得到保护，他们的愿望和诉求无法得到合理的表达。也就是说，在中国传统文化语境中，底层群体一直缺乏表述自身的资源和机会，而五四新文学发现和建构人的自我意识、精神主体性，特别是对处于"沉默的大多数"的发现，成为新旧文学的分水岭。可以说，自五四新文学诞生后，才出现了自觉的"底层意识"。发现底层、表现底层成为 20 世纪中国文学一个贯穿性的、具有现代品格的主题。

从 20 世纪中国文学史的书写与建构来看，无论是五四启蒙文学，还是 20 世纪 30 年代的左翼文学，都有相对鲜明的表述底层的意识；也无论是 20 世纪 40 年代的延安文学，还是新中国成立后 30 年的社会主义文学，更是在革命意识形态的引导下将底层大众的翻身与解放作为文学表现的主要内容；20 世纪 80 年代，随着制度层面的变革，社会主义革命意识形态得到全面的反思，中国文学又开始了新的"启蒙时期"，文学表现出具有鲜明政治指向的批判意识，其矛头指向"极左"思潮及其权力崇拜对知识分子和人民大众造成的伤害，也出现了"文学的翻身"与"人的解放"的呼声，文学的现代性再度被彰显出来。但是底层问题和文学底层却在很大程度上仍被遮蔽。20 世纪 90 年代以来，文学的启蒙意识随着"知识分

---

① 程金城：《中国 20 世纪文学价值论》，甘肃人民美术出版社 2008 年版，第 4 页。

子下课"的钟声敲响，"后革命"①时代迅速袭来，一方面，文学介入现实的意识渐趋淡薄，文学开始不断地"内转"，另一方面，在中国社会快速转型过程中，以经济至上、效率优先的发展观念为核心价值的现代意识形态，其负效应也不断显现，贫富差距拉大，公平正义受损，大量被"命名"为主人翁的"人民"出现了群体性的边缘感和底层感。"后革命"时代与底层焦虑迅速集结，弥漫于整个中国社会整体性的底层焦虑已成为当下社会肌体的"病灶"。这是新世纪"底层文学"产生的社会语境。

从文学史的进程来看，新世纪"底层文学"思潮出现于2004年，这一思潮的出现是文学现代性与社会现代性互动产生的果实。如前所述，"底层文学"面对的是20世纪90年代社会转型引发的复杂问题，特别是底层群体现实性的生存焦虑，这既是事关当下中国改革、发展、稳定的重大课题，也是当今时代文学置身的生态环境。令人担忧的是，"底层文学"关注的现实问题仍在延续，但是其创作和研究自2008年以来呈衰减趋势，②评论家悄然退场，那些在工业化、城市化背景下对底层生存者的现实处境和灵魂世界悉心观照和深度反思的"底层文学"作品不能被及时推介；文学反映现实和介入现实的能力没有得到深入的发掘，有关"底层文学"的书写和研究空间的开拓后继乏力。

当然，这只是一种表面现象，其中隐含着纵深的文学史和思想史问题，那就是对"底层文学"相关思想和理论资源的发掘并没有上升到应有的高度。正如有批评家所言："思想资源的匮乏是整个中国当代文学发展的一个瓶颈，突破、超越这个瓶颈文学会有新的生机，新的气象"③，

---

① "后革命"概念借鉴了南帆"后革命的转移"观念中的说法。按南帆的说法，知识分子与大众、文学与革命等隐性的二元结构的瓦解源于革命话语的清理，自此，革命话语不再是解释一切的前提。但是南帆所说的"转移"，是在上述二元结构的"清理"后，进入当下多元文化的"革命"资源及其精神能量的隐秘性存在。见南帆《后革命的转移》，北京大学出版社2005年版，第17、40页。

② 赵学勇、梁波等认为："这（指衰减问题——引者注）可以从以现实主义为办刊宗旨，力推'底层叙事'的大型文学刊物《当代》上发现端倪，在2008年全部6期《当代》的主打长篇小说中，关涉底层的作品已难得一见，同时以'底层叙事'为议题的学术会议也日渐稀少。读者与评论家的逐渐退场，在某种程度上表明'底层叙事'有淡出新世纪文学的中心、走向衰落的危险。"见《新世纪："底层叙事"的流变与省思》，《学术月刊》2011年第10期。

③ 王干：《逼近现实的欣喜和困惑》，《小说评论》2012年第4期。

而"拓展文学的精神资源,是创新的关键"①。"底层文学"热度衰减的根本原因在于思想资源和理论资源的缺乏,特别是关于 20 世纪中国文学中有益的、相关于底层意识的作品和理论未能被及时地认知和转化。同样,在文学领域,中国当下社会现代化语境下底层群体尖锐的社会问题,没有得到深入、贴身的理论观照。即使有关于 20 世纪中国文学资源的借鉴和转化的研究,也更多地停留于某一资源的片段性截取,从而造成了资源借鉴的机械挪用和自我封闭。

还有一个重要的问题,即在当下的批评和研究中,20 世纪中国文学资源与新世纪"底层文学"的精神联系和本质区别未能被细致地区分,相关于"底层"的批评概念没有被清晰地梳理,诸如"底层"、"阶层"、"阶级"、"群众"、"边缘群体"、"无告者"等大量的概念,被诸多论者随意使用,从而造成有关"底层文学"研究的随意性和想象性。所以,如何在具体的历史语境下寻求 20 世纪文学资源当下转换的可能途径,如何以学理的而不是想象的方式进入文学资源,如何系统地整合、细致地区分可用资源,构建"底层文学"的理想形态,确认新世纪"底层文学"的新质,建立 20 世纪中国文学资源与新世纪文学的精神联系,这既是一个及时的文学问题,也是迫切的现实问题。

二　研究现状

在进入"20 世纪中国文学资源与新世纪'底层文学'研究"这一论题之前,有必要对当下"底层文学"研究总体的现状作以梳理,然后对相关于 20 世纪中国文学资源与新世纪"底层文学"间的关系研究之得失作以归纳,以具体深入到我们的研究领域。

目前,"底层文学"研究业已产生了不少成果,最初的论述多集中于"底层文学"概念辨析、表述/被表述之争以及社会学相关领域等方面。就总的研究的思路、方法、内容来看,主要在两个方面展开,第一是从文化和社会学角度来确认"底层文学"与当下社会转型之间的关系,第二

---

① 雷达:《新世纪文学的精神生态和资源危机》,《重建文学的审美精神》(下卷),北京师范大学出版社 2010 年版,第 187 页。

是从"底层文学"写作与 20 世纪中国文学的关系入手，为前者寻求可供借鉴的文学史资源。就第一个方面看：

首先，从社会现代化引发的底层"问题"入手，将"底层文学"的关注视点聚焦于社会学层面。具体表现为对中国社会现代化背景下底层写作的必要性及其社会认知意义的分析和讨论。这一思路的研究揭示了新形势下中国社会阶层分化的新特点及其发展的新趋向，对社会底层群体生存状况给予了特别的观照。其具体的研究，以蔡翔、王晓明、张韧、薛毅、罗岗、李云雷等为代表。论者从写作与现实生活的一体化关系入手，不仅肯定了初期底层写作与 20 世纪 90 年代以来中国底层社会变化的复杂关系，呈现出由此而致的底层民众的道德滑坡、精神异变的现状，同时也充分注意到了初期的"底层文学"写作与经济、政治体制的现代性变化所引发的利益分化之间的内在关系，试图寻求中国社会阶层分化的现实根源。

其次，借重于文化批评理论和现代性相关论述，揭示底层文学写作的文化内涵。丁帆、张清华等学者和批评家立足于农耕文明与工业文明、中国传统道德与西方现代价值取向之间的冲突关系，寻找当下底层话语分裂的根源；刘旭、贺绍俊、江飞等研究者，从底层写作中的城乡冲突、作家的伦理诉求、叙述与话语权力关系等不同视角对作家的写作动机提出了具有反思意味的思考。这两种路径的探究既体现了作家作为知识分子自我身份确认的焦虑，也表现出研究者以文化研究的视角进入底层时的价值困惑。这一视角的关注有利于推动"底层文学"创作的深度思考，也昭示了底层研究深化的可能性。其后，孟繁华、邵燕君、李云雷、张颐武、贺绍俊、徐德明等评论家，从文学自身的现代化角度进一步肯定了底层写作与新文学传统中现实主义文学的关系，并从中国文学自身发展的历史脉络之中，将"底层文学"写作和此前的现实主义加以远距离对接，推动了新世纪"底层文学"研究的"向内转"趋势。"底层文学"与 20 世纪中国文学资源的关系的研究也逐渐增多。

随着新世纪"底层文学"创作队伍的成型，加之研究者的"史化"、"深度反思"意识的出现，有关 20 世纪中国文学与新世纪"底层文学"关联性、对比性的研究也逐渐增多。在这一层面展开的研究思路和观点主要体现在如下几方面：

第一，左翼文学传统与当下"底层文学"的合法性关联。①确认关系。李云雷、刘勇、白亮、季亚娅、刘继明等研究者（包括作家）认为新世纪"底层文学"面向底层的精神，是 20 世纪 30 年代左翼文学思想的当下复兴，在事实上确认左翼文学为"底层文学"的"精神父亲"。①②寻找理论依据。孟繁华、李云雷、邵燕君、张宁等学者从左翼文学"鲜明的阶层指向"、"批判性立场"等方面为"底层文学"的深化寻求依据。但由于多年来对文学史的不断改写和重述，以及 20 世纪 90 年代的"祛左翼化"倾向，左翼文学传统本身受到很多论者质疑。一面是左翼文学传统受到质疑，另一面又是"底层文学"空前兴盛，资源本身的复杂性及其当下性转换的研究还未能深入。

第二，"社会主义文学"理论资源的借重与底层观念。①发掘"底层"新内涵。贺绍俊、孟繁华、雷达等研究者借"人民性"、"新人民性"、"新国民性"等概念界定"底层"新内涵，重提 20 世纪 50—70 年代社会主义文学观念，强调在特定社会形态下书写边缘群体的重要性。②建构批评新体系。程光炜、旷新年、蔡翔、韩毓海等把毛泽东的文艺理论纳入当下"底层文学"的批评视域，将延安左翼文学传统、20 世纪 50—70 年代的主流文学实践放置于社会主义理论视域下，建构新的批评体系。这些成果将"底层文学"研究延伸到更开阔的历史视界，深化了研究问题，启示我们重新认真思考 20 世纪中国社会现代化进程。但是由于论者对中国社会主义文学本身存在着理解上的不统一，对可供借鉴的内容未能作清晰的认定，社会主义文学的革命性、先锋性及其本应具有的优越性尚未得到发掘，同时，在特殊语境下，对社会主义意识形态的规定性未能予以辩证地区分。

第三，五四文学标准与新世纪"底层文学"。由于当下"底层文学"创作的深度远不及五四文学，所以，张韧、雷达、刘勇、梁鸿、张丽军等评论家较早即注意到借鉴五四文学的重要性，认为当下"底层文学"体现了与"'五四'传统的衔接与联系"和"以人为本和以'人的文学'为基点"的传统；应注意"关注人的问题应该先于关注哪部分人的问

---

① 在"研究现状"部分，本书先呈现各种观点，不注出处，在本书的正文论证部分将分别展开论述目前研究现状的误区及具体文献，并作注释，以免头重脚轻和内容重复，或可参见本书《附录一·新世纪"底层文学"与 20 世纪中国文学资源》。

题”，甚至认为"底层"潜含着一种"俯瞰视角"，应将"底层文学"重新归为"人的文学"。论者在指出"底层文学"走向"人的文学"必要性时，在某种程度上淡化了当下"底层文学"所黏着的社会问题，甚至通过人道主义的修辞，隔断了"底层文学"与特定现实语境的复杂关系。

第四，"纯文学"观念与"底层文学"的合法性质疑。持这一论点的代表性批评家有吴义勤、洪治纲、陈晓明、郜元宝等。论者认为"底层文学热"以"文学的名义"歪曲了文学，"底层文学""剿灭"了纯文学，是"美学的脱身术"和"苦难焦虑症"的展示。而王尧认为，"底层文学"与"纯文学"介入现实的方式有区别，与审美性并不矛盾，这是对质疑者的回应。合法性质疑体现了文学的道德价值与艺术价值不平衡的现象，也是20世纪中国文学论争的焦点。

从以上研究和批评状况来看，"底层文学"与中国社会转型期的关系在近几年的批评和研究中基本得到了认定，也产生了重要的研究成果，而关于20世纪中国文学资源与新世纪"底层文学"关系的研究亦逐渐得到学界的重视，特别是将"底层文学"与20世纪中国文学对比分析的文章逐渐增多，但尚未全面深入地展开。主要存在的问题：首先，对历史语境重视不够。拿新世纪"底层文学"比附五四文学、左翼文学、解放区文学、社会主义文学等文学类型的简单对比研究仍是当下主要的研究方法，这类研究既缺乏对两个历史时期产生"底层书写"的社会、文化环境的辨析，更缺乏对两阶段底层写作的文学史意义的深度分析。其次，对文学史整体性观照不足。没有以现代性进程中的文学史视野观照当下"底层文学"，而是在20世纪中国文学史资源中截取某一思潮或片段性话语，这造成资源借鉴过程的机械挪用。再次，对底层意识的现代品格缺乏深度的理论思考。与20世纪中国文学相比，新世纪"底层文学"置身于消费意识形态和后现代语境下，表现出对当下中国现代性进程的反思。而学界对"底层文学"的现代性质素还未能充分确认。最后，对已有成果借鉴缺乏。有关20世纪中国文学资源的研究成果可谓卷帙浩繁，但"底层文学"研究领域对其借鉴尚不自觉，又不能对资源细部特征作以清理和反思，导致研究结论不可靠或对"当下性转化"的途径模糊。正如有论者所言："'底层文学'所面临的最大问题，乃是理论建设的不足。我们可以将'底层'理解为一种题材的限定，或者一种'关怀底层'的人道主义倾向。但除此之外,却缺乏更为坚实有力的支撑,甚至'底层'的概念也是暧昧不明的。在这方面……一些学者已经做了一些研究,但这仍是不够的。如果我们从左翼思想的脉络中来看,'底层'概念的提出,可以说是左翼思想面临困境的一种表现,但也预示了新的可能性。正是因为'无产阶级'、'人民'等概念已经无法唤起更多人的认同,无法凝聚起社会变革的力量,我们必须在新的理论与现实资源中加以整合。"① 论者已经注意到当下"底层文学"写作和研究面临的困境,仍然是思想和理论资源缺乏的问题;同时又可以看出,在最初的"底层文学"研究中既已暴露的概念辨析的含混性并没有得到有效的解决。比如在进入 20 世纪中国文学资源与当下"底层文学"关系的研究中,五四前后的"平民"(周作人的界定)、"国民"(国民性)、"人"(人性),20 世纪 20 年代后期"革命文学"提出后延续下来的"人民"(人民性)以及"大众"和"人民群众"(20 世纪 50 年代以来"群众"又成了区分党员与非党员的命名)、"工农兵"、"无产阶级"(阶级性)等概念的内涵和产生语境,都未能予以辨析,而新世纪"底层文学"的"底层"究竟应该如何命名,众说纷纭,却莫衷一是,若不认真讨论,就会陷入此前那些命名的简单的混同或借用。同样,需要我们深思的是,社会学领域里那些关于新时期以来社会分化和社会阶层的关注,比如如何界定和辨析、使用"阶级"一词,包括以数字差距遮蔽了阶层分化背后"人民成为底层"的本质问题,这是值得琢磨和深思的。

三 批评话语与概念问题

新世纪"底层文学"的兴起是中国社会转型引发的诸多问题的"合力"结果,但是"底层文学"批评和研究的话语资源最初来自于西方。其实,在国外,与此相关的话题在 20 世纪 80 年代即已开始。在德里达、福柯等解构主义理论和马克思阶级分析理论的影响下,意大利马克思主义理论家葛兰西(A. Gramsci)通过对被欧洲主流社会排除而处于从属地位的社会群体的关注,呼吁他们在自己政党的领导下获得解放;美国学者斯

---

① 李云雷:《新世纪底层文学论纲》,《文艺争鸣》2010 年第 11 期。

皮瓦克对后殖民语境下的"底层"进行了理论深化，并提出了"底层人能说话吗"① 这一质问。他（她）们从理论和实践上为中国当代文学领域的底层研究提供了可行性依据。20 世纪 90 年代，《读书》杂志也对此相关理论进行了介绍。需要注意的是，尽管在全球范围内兴起了底层热，但国外的底层关注与中国 20 世纪 90 年代以来的底层文学研究的侧重不尽相同，前者重在后殖民语境下被剥夺话语权利者的研究；后者则侧重于中国现代化背景下，社会分层和贫困状况引发的"表述底层"的创作和批评。显然，二者的"沟通"有重要的学术价值。但是这种资源被引入"底层文学"研究时，首先面临的一个问题是，有关"底层"的界定以及随之而来的"谁是底层"、"如何表述底层"等理论原初的追问，以及相关思想、理论资源的借鉴何以成为真实可靠的命题等。

对概念界定的含混与暧昧，表现出当下"底层文学"研究甚至底层研究的复杂性，更透露出底层关注者对当前社会发展状况暧昧不明的状态。其中最突出的问题是，关于"底层"这一概念边界的界定。从词源学的角度考察，"底层"这一概念来自于意大利马克思主义学者葛兰西，他在《狱中札记》中提出 Subaltern Classes 一词，可翻译为"底层阶级"。他所强调的底层，是指那些被压迫民族以及从属于权力国家、被排除于主流社会之外的群体。② 这是一个相对模糊的概念。但可以明确的是，在葛兰西的论述当中，"底层"是作为革命力量和阶级力量出现的，因为葛兰西通过对被欧洲主流社会排除而处于从属地位的社会群体的关注，呼吁他们在自己政党的领导下取得霸权（政治权力和话语权力）。这也就意味着底层是一个追求某种美好的未来规划的有机整体，他们在被压迫和被奴役的现实困境中行走，最终指向更美好的未来。

与葛兰西的"底层"概念前后被引入中国并以此研究底层和"底层文学"的另一个概念是"Multitude"（群众、大多数）。美国学者麦克

---

① ［美］佳亚特里·斯皮瓦克：《底层人能说话吗?》，陈永国、赖立里等主编：《底层研究：解构历史编撰学》，见《从解构到全球化批判——斯皮瓦克读本》，北京大学出版社 2007 年版，第 114 页。

② 其实，葛兰西在《狱中札记》中所涉及的多为"阶级"问题，但在话语策略上运用较多的仍然是"阶层"概念，比如，"许多下层农民经常处于饥饿状态……对他们来说民族平等应该划分为阶级平均标准；如果民族平均指标勉强能达到科学所规定的标准……"见葛兰西《狱中札记》，曹雷雨等译，人民出版社 1983 年版，第 388 页。

尔·哈特与意大利学者安东尼奥·奈格里合作撰写的《帝国》里提到
"Multitude",以之代替"人民",并将其作为未来革命的主体,这是一种
尝试和努力。与葛兰西相似的是,二者都将这一群体作为革命的主体,作
为获得未来更加美好的生活的主要力量。但是二者的区分又是很明显的,
前者将底层作为一个被压迫、被控制、被奴役的群体,是在阶级意义上对
底层所做的范畴界定,而后者是从模糊数字学的角度对处于不平等社会的
大多数人的概括。

　　如果我们不对"底层"这一种结构性的概念及其背后的社会语境作
以区分,则很容易得出:在任何社会、任何理论资源中,都可以找到
"底层",因为它一方面可以整合各种相关的思想和理论资源,而另一方
面它比较含混、模糊,不像"阶级"的概念那样语境鲜明、界限清晰。
在新世纪"底层文学"的研究中,这也似乎正好表明了当前社会暧昧不
明的状态。有意思的是,在《辞海》中,"底层"词条中只收了高尔基的
话剧剧本《底层》。这个作品写于1902年,写帝俄时期被压在社会底层
的贫苦游民的苦难遭遇,"作者揭露了帝俄社会的黑暗和腐烂,对聚集在
阴暗的夜店里,渴望着离开这个人间地狱的工匠、小偷、妓女、演员、没
落贵族等人的挣扎和绝望寄予深切的同情。是作者早期的批判现实主义作
品"[①]。高尔基所关注的底层群体为我们界定"底层文学"研究中的底层
的外延提供了依据。

　　再看社会学领域对这些概念的运用。如果进入具体的社会历史语境,
我们会发现,在某些具体的层面,目前"底层文学"对底层的关注并没
有像社会学、政治学等领域走得更远。比如,对于资本、市场对人的支配
和控制的论述,哈特和奈格里认为,在"某种程度上,几乎所有人都被
吸入资本主义的剥削之内,或受到资本主义的支配,现在我们见到的比以
往更极端的区分,少数人控制了来自群众的庞大财富,而这些群众生活则
受限于无权力的贫困中"[②]。在论及"人民"与"群众"的界限时,他们
阐述了"大多数人群"在资本和权力的规训、掌控下的命运。哈特和奈

---

　　① 辞海编纂委员会纂:《辞海》,上海辞书出版社1980年版,第852页。
　　② 〔美〕麦克尔·哈特、〔意〕安东尼奥·奈格里:《帝国》,台湾商周出版社2002年版,
第103页。

格里注意到的是，社会的管制形式由规训社会到控制社会，政治权利的性质也由结构性的操作延展至微观、网状的生物权力，渗入到社会肌体的各个神经末梢，而贯穿这些社会权力构造阶层化的转变就是从先验性到内在性。[①] 这种对政治权力的反思，触及资本、权力以网状的结构渗透到社会肌体，以实现对人的微观控制。无疑，这种对现代政治和经济的思考是深刻的。

如果从现代政治和经济两个方面的反思来看，哈特等人的思考与当下中国面临的问题有某种一致性，那就是资本和权力对人的控制，这一思考可以有效地切中当下社会肌体的脉搏，揭示深层的社会问题。显然，"底层文学"就是面临的这样一种状况，只是目前的底层书写对这一问题的触及仍停留于浅表的反映和揭露。如果不对"底层"的真正内涵予以辨析，而是将想象的"贫困群体"作为"底层"，必然导致苦难展演式的、一厢情愿的想象化叙事。当下诸多"底层文学"领域中的底层观照，在进行苦难言说时，仍然停留于对底层作为贫困者意义上的道德关怀。这种同情的力量自然是微弱的。因为，道德作为对人关怀的最后一道防线，关涉善与恶，关涉正当性与非正当性，它有其自身的调适范围，并非所有的问题要很快上升到道德问题，如果将问题的关怀轻易地上升到简单批判或道德审判，诸多其他可探索的问题也会因此而终结。

在当下驳杂无序的底层话语阐释中客观地辨析底层，确认其核心价值，以此进入 20 世纪中国文学资源中的底层书写之于当下文学的重要性，这样，"底层文学"的新质及其现代性意义才可能得以彰显。我们认为，如果欲言说"底层"，就必然有"上层"或者说"顶层"。因为"底层"不单是指一种生存"处境"，它首先确定的或者说展示的是一种"关系"。譬如在阶级关系话语系统里，说地主与农民、资产者与工人，正是指明在这样的社会关系里，农民与工人是"底层"；他们是这种社会关系结构里

---

　　① 《帝国》是从社会生产、思想与文化的不同场域来追溯由帝国主义向帝国的过渡，也就是现代向后现代的过渡，其间工业资本主义的物质性劳动为信息资本主义的非物质性劳动所取代，社会的管制形式由规训社会（Society of discipline）深化为控制社会（Society of control），政治权利伸展的性质也由结构性的操作延展至微观、网状的生物权力（Bio-power），渗入到社会身体当中，而贯穿这些社会权力构造阶层化的转变就是从先验性（Transcendence）到内在性（Immanence）。参见陈光兴《帝国与去帝国化问题》，《读书》2002 年第 7 期。

的一极，相对于另一极他们才是"底层"。无论是采用直接（如阶级关系话语系统）或间接的方式去表述，只要离开了这种"关系"，或者在意识深处极力避免从"关系"角度去把握，"底层"的概念就会被抽象化、空洞化，变得游移不定；只有相对于另一极，它的内涵才是确定不移的。所以，"底层"是一个相对概念，但绝不是模糊概念。它是指在一定的社会体制及其社会环境下所造成的社会下层人群，他们由于政治地位低下，经济贫困，文化水平低，处于某一群体的另一极，但作为政治、经济、文化的缺乏者，他们的权利、尊严以及作为人的生活和生存状况怎样，他们潜在的阶级属性和革命性力量在当下的社会语境该如何看待，这该是当下"底层文学"和底层关注者应具有的底层意识。

所以，新世纪"底层文学"所面对的底层，则是在工业化生产方式下，贫富差距加大，市场、资本、权力运作等因素对人的支配和控制，最终被沦为社会底层这一个庞大的群体。也就是说，新世纪文学所面对的"底层"，是在新的生产关系、权力关系中形成的阶层或阶级。在这个意义上，我们注意到近年间对"底层文学"的批评，绝大多数是离开了、甚至可以说是有意地避开了这种"关系"在说"底层"，或者用某种貌似的表层"关系"取代实质性的真实社会关系，比如用城里人与乡下人的关系去观照底层问题，有意无意地掩盖了尚有绝大多数的城里人同样是在"底层"，譬如城市里的工人和各个行业的一般工薪阶层，工人尽管号称是"领导阶级"，但是除少数劳动模范或先进工作者，一般工人并没有政治上、经济上的特殊待遇，他们的处境并非在20世纪八九十年代出现兼并、倒闭、下岗以后才"底层"化的，他们和处于底层的农民境遇是没有本质差别的。所以，城乡空间的差距并非底层贫困的根本原因，即使在发达城市、相对发达城市仍然有大量贫困的工人和农民工；而处于城乡接合或靠近城市的农民，他们也不会因为城市的发达而摆脱成为底层的命运，正如《中国农民调查》的作者陈桂棣、春桃的感慨："我们没有想到，安徽省最贫穷的地方，会是在江南，是在闻名天下的黄山市"，且"在不通公路也不通电话的黄山市休宁县的白际乡。在那里，我们吃惊地发现，大山里的农业生产仍停留在刀耕火种的原始状态，农民一年累到头，平均（年）收入只有七百元，月收入仅摊到五十八元；许多农民住的还是阴暗、潮湿、狭小、破旧的泥坯房子，有的，甚至连屋瓦也置不起，房顶还是树皮盖的。因为穷，一旦患病，小病强忍，大病等死"①。令作者更没想到的是，全乡620户人家，贫困户竟占到514户，达到82.9%；全乡2180人，贫困人口也占到1770人，达到81%。可是，就是在这样一个接近城市的、贫穷的乡镇，因前几年（2004年前）乡村干部们搞浮夸，搞政绩，欺上瞒下，居然被上面认定为"已经脱贫"；"这个乡的乡长又是个敲骨吸髓的贪官，就在我们去之前才被法办。我们在惊讶于贪赃枉法者已是无处不在的同时，更令人窒息般地感到话题的沉重……不可否认，我们今天已经跨入了中国历史上前所未有的崭新时代，然而，对底层人民，特别是对九亿农民生存状态的遗忘，又是我们这个时代一些人做得最为彻底的一件事……我们面临的，已绝不仅仅是一个单纯的农业问题，或是简单的经济问题……"② 这样的"惊讶"和"沉重"绝非无中生有。无论身在偏远乡村还是客居发达城市，底层群体并没有因为乡村和城市的发展而共享社会现代化的成果，相反他们付出了很多。再如，一旦谈及城乡关系，诸多论者会涉及1958年新中国颁布的《中华人民共和国户口登记条例》，从而认定因其逐渐建立了城乡分割户籍制度，严格区分"农业户口"和"非农业户口"，使得户籍变成了身份，并以世袭的方式传承，严重限制了城市与乡村之间的人口流动、物资交流和文化交流，造成城乡差别的固定化和扩大化；但又据此突出了城里人与乡下人这样一种两极关系，这样去理解"底层"，必然带来偏差和误解。所以，判断底层的一个很重要的参照标准是上下层关系。在这种关系中包含着平等、权利、公平、正义的归属、大小、有无等问题。在这个意义上看，中国社会的底层群体是庞大的，正如经济学家王小鲁所说，中国已经形成了一种"新底层阶层"，所谓"新底层阶层"，其范围则更广，包括失地农民、被拆迁的城市居民以及不能充分就业的大学生群体，还有因为高房价坠落的"城市中产者"、体制外知识分子，加上传统意义上的农民、农民工、下岗失业工人，组成庞大而复杂的底层社会。③

当然，文学与社会学各有自身进入底层的方式。作家的底层关注主要

---

① 陈桂棣、春桃：《中国农民调查》，人民文学出版社2004年版，第13页。
② 同上书，第13—14页。
③ 引自罗天昊《城乡共荣才是城镇化之正途》，英国《金融时报》中文网，2012年12月26日，http://www.ftchinese.com/story/001048190。

体现在作家的情感态度和审美方式，以此表现作为蕴藉于审美与意识形态中的价值判断。那么，我们能否从 20 世纪中国文学的底层关注的思想、理论资源中寻找底层书写的有效性呢？与 20 世纪文学书写的思想和理论资源进行对比，是否可以看出当下"底层文学"的"新质"，特别是在转型语境下资本强权和政治波普文化中言说的底层话语，如何成为中国现代性反思的重要一翼？

总之，当下底层写作产生的历史语境和文学环境都具有典型的"中国现代性"特征，这是中国社会现代性和文学现代性的典型体现。不断被认定为具有新左翼倾向的底层书写的兴起，折射出当下中国的社会矛盾和文化斗争，这是"前期社会主义的政治想象在后革命中国的历史性复兴，呈现了一个被'大国崛起'的时代有所忽视的'另类'现代性叙事"。① 因此，从现代性、文学史的视野来观照"底层文学"，在新的语境之下寻求中国新文学的现代性与中国现代性建构的内在联系等，具有重要的意义。

四　研究目标和展开逻辑

本书立足于梳理中国新文学诞生以来的平民观与底层观的流变，涉及对新文学价值观念的总体估价与谱系性分析，并以 20 世纪中国文学资源视域中的"底层文学"书写为出口，依次梳理五四时期、左翼文学、延安解放区文学时期、新中国成立后以及世纪之交以来不同时期的底层观，以及不同时期的代表性作品在文学中的具体呈现，最后将特别观照近年来"底层文学"写作的新质与真实性价值，给上述梳理一个当下性的后果诠释，以展示 20 世纪以来中国文学的内部演化逻辑。

20 世纪中国文学资源是新世纪"底层文学"坚实的当下性存在，但是学界在寻找可供"底层文学"借鉴的思想、理论和创作资源时，出现了比附式的简单对接和提取同类项式的外部链接研究方式，对两类文学均造成了不同程度的误解和伤害。所以，从当下"底层文学"批评和研究中的方法及其得失，特别是"底层文学"研究中的误区入手，廓清"底

---

① 马春花：《左翼文学传统在新时期的沉寂与复兴》，《海南师范大学学报》2009 年第 1 期。

层文学"研究中出现的话语迷雾，寻找底层的"真表述"，乃关注"底层文学"的当务之需。本书构思在理论层面的展开逻辑：

第一，以现代性理论的宏观视野来看，在中国传统文化语境中，底层（或底层生存者）一直缺乏表述自身的资源和机会。近代以来，中国现代性价值观念的萌生引发了知识界对传统等级观念和阶层关系的思考。作为反传统意义上、立足于 20 世纪初期的五四新文学，将具有普遍价值的"人"之物质和精神状况作为文学的主要表现目的。新文学中的"人的文学"、"平民文学"等观念已开始具有了自觉的底层意识，在对人的终极关怀意义上，与新世纪"底层文学"具有相通之处，是与"底层文学"有"正相关"关系的文学资源。

第二，从现代性话语诸种表征来看，20 世纪中国文学资源中相关底层意识的几种话语是启蒙话语、革命话语，以及与之密切相关的新启蒙和后革命话语。在诸种话语及其相关话语先后出场的 20 世纪文学中，底层问题和底层意识总是被现代性话语的不同形态和不同阐释所缠绕，特别是被政治意识形态话语和国家意识形态话语所包裹，甚至被遮蔽。在中国文学的"中国现代性建构"中，考察 20 世纪中国文学的底层书写，辨析底层意识与诸种现代性话语之间的关系，是探究新世纪"底层文学"对"中国现代性"的当下建构的重要途径。

第三，从中国"新文学整体观"的宏观视野来看，20 世纪中国文学为新世纪"底层文学"提供了有意义的资源背景和价值空间，但每种资源内部的驳杂和纠缠亟须辨析。其中与启蒙、革命及其相关的激进主义、大众化等文学、文化思想中对底层的表述，是"底层文学"的源头和活水，但是每一种资源自身的驳杂，造成我们借鉴资源的难度。在底层观方面，启蒙与被启蒙之间的悖论，启蒙话语与革命话语之间的转化，左翼文学思想的革命性和政治乌托邦的意识形态性的纠缠，社会主义文学中的现代化想象与"人民"的贫困现实等等，客观上造成了简单借鉴可能出现的误区。有关文学以怎样的姿态和价值观介入诸如此类悖论的探讨，以及对底层意识流变的梳理和底层意识的辨认，为新世纪"底层文学"写作和研究提供了可资汲取的精神钙质。

以 20 世纪中国文学底层书写资源为参照背景，论证新世纪"底层文学"思潮的出现，在更大意义上是文学现代性（特别是批判意识）和社会现代性（诸如工具理性）的交互体现。"底层文学"在探索底层的物质和精神维度的现代性意义的同时，对 20 世纪中国文学中既已出现的误区也进行了有益的区分和借鉴，体现了"底层文学"在新语境下对现代性经验的书写和现代性问题的反思，从而在 20 世纪中国文学与新世纪文学之间建立了精神联系。

本书章节安排在逻辑层面的展开过程：

第一章：在反传统的语境中，论述新文学的发生与平民意识的关系，以此梳理五四新文化时期蔡元培"劳工神圣"等相关"底层"观念出现的文学史背景，以周作人、鲁迅、李大钊、沈雁冰等现代知识分子（作家）"人的文学"、"平民文学"为主要研究对象，论证在表述"农工"与"人"在精神上平等的思想价值。在现代性启蒙语境中，分析五四作家对"农工"启蒙姿态出现的原因及必要性，以及作家以强烈的主体性进入底层精神的可能性，以此确证五四文学与新世纪"底层文学"的精神联系和"正相关"关系。

第二章：在革命语境中，梳理革命文学底层话语，以及左翼文学的"无产文艺通俗化"与五四文学启蒙观的论争资料，分析从"启蒙底层"到"介入底层"观念的分歧及意义。以当下"底层文学"研究"链接"左翼文学资源的误区入手，辨析 20 世纪 30 年代左翼文学传统的以"大众化"方法介入底层的革命意识形态，寻找"左联"作家中以鲁迅为中心的另一种底层书写，并进行当代阐释。从而对当下"底层文学"研究中出现的误区予以辨析。

第三章、第四章：梳理从 20 世纪 40—70 年代文学的"底层"观的改变，结合从左翼文学、《讲话》传统延续而来的"圣化工农兵"的政治意识形态与"《讲话》后时代"的"人民出场"，以及以"人民为本位"的社会主义文艺美学追求及其局限，阐释"以政策为准绳"与"以底层经验写底层"的本质差异，指出当下"底层研究"在借鉴社会主义文学资源时的价值迷思，辨析可转化为当下底层写作的理论资源与思想资源。

第五章：梳理新时期以来政治和文学双重的"拨乱反正"，以及文学的"祛政治化"、"向内转"倾向的脉络与"底层文学"的精神离合。在此基础上分析 20 世纪 90 年代以来"底层"观的价值分裂，特别是"新左派”的"具有历史能动性、革命性"的底层观与新自由主义"作为现代性转型的必然代价"的底层观对当下"底层文学"的影响。

第五章、第六章：以作为"人民"的底层与"底层文学"为角度，论述文学"向内转"和人文精神衰落之后，作家底层意识的淡漠及其原因，对比分析"底层文学"的新质及意义，即在表述底层中，便显出对资本和权力结构的反思，对"人"的精神困境的观照；面对和回答重大的时代精神课题，寻找底层表述具有持久生命力的理想的文学形态。

结语：总结当下"底层文学"，研究借鉴 20 世纪中国文学资源的可能与局限，并从底层反抗、制度性批判等"底层文学"的新质中论述文学的现代性反思的可能，以确定"底层文学"的文学史和思想史意义。

在各章节的论证过程中，本书以大量的文学史和思想史资料，对不同历史时期的文学、文化观念进行了辨析和评价，从理论和历史层面都试图厘清一些重要的问题，尤其是从"人的文学"到"为人生"、"为无产阶级人民大众"、"为工农兵"这一观念史的梳理，对于从根本上阐释新文学的变迁，找出近年来"底层文学热"的历史依据、观念根基，力图探讨根本性的意义；同时又切入当下底层书写研究中存在的误区，以廓清"底层文学"研究中出现的启蒙、革命、后革命等话语迷雾；最后，在"底层文学"的新质探寻中，将当下底层书写置于"超越'左'与'右'"的视域中，确认"底层文学"在新语境下对现代性经验的书写和现代性问题的反思，从而在 20 世纪中国文学与新世纪文学之间建立了内在的精神联系，以彰显笔者鲜明的人文主义立场。

第一章

启蒙/平民：新文学对底层的发现与介进

在现代文学界，五四时代被命名为"启蒙时代"，"启蒙主义"和"改造国民性"则是这一时期的一贯主题。鲁迅等人是这一时代的代表人物。同时，五四时期的"改造国民性"主题，在研究"20世纪中国文学"的学者那里则被称为"改造民族灵魂的文学"，其根本原因在于：这一时期的文学，不仅只是反帝反封建的文学，同时也是关注"下层人民"的文学。五四新文学的"三大发现"也就是在这种语境下产生的，"所谓三大发现：'妇女的发现，儿童的发现，农民的发现'——总之是人的发现"①。"平民文学"和"人的文学"是"改造民族灵魂的文学"主题的具体展开，也为当下"底层文学"研究的深化和拓展提供了诸多的思想和理论资源。

第一节　新文学的发生与平民意识

一　上下关系与平民意识

中国传统社会结构的等级制和身份制历来壁垒森严，从而体现出层层控制、层层压制的金字塔式的阶层关系。其中官民关系是这种等级关系最典型的体现，并赋予天经地义的上下层关系，得到封建制度的保护。皇帝压大臣、大臣压皂隶、皂隶压老婆、老婆打孩子，这是对中国社会金字塔等级关系一个形象化表述，即陈独秀所言"宗法社会之奴隶道德，病在分别尊卑，课卑者以片面之义务，于是君虐臣，父虐子，姑虐媳，主虐

---

① 钱理群：《"20世纪中国文学"和80年代的现代文学研究——答来访者问》，《现代文学史论》，广西师范大学出版社2011年版，第199—200页。

奴，长虐幼……受之者皆服从于奴隶道德下而莫之能违"①。也就是说，皇帝、大臣、皂隶、女人、孩子是等级社会各阶层的代表。但是，其中作为人数最多且居于最底层、被官管束的底层百姓，他们对自己的处境并没有清醒自觉的认识，他们相信等级压迫是"从来如此"。与上层统治者的观念一样，他们承认官与民、皇帝与百姓等阶层关系是历史性的社会关系。也就是说，在中国传统社会中，底层生存者对自己的处境并没有更多的思考，且作为底层者，没有表述自我的资源和机会，更缺乏表述自我的意识。尽管有人喊出"王侯将相，宁有种乎？"的天问，但是这种质问背后的驱动力是铲除王侯，自己"取而代之"。在这里，取和代，只是权力的暂时转移，即取代有权者作为上层的地位。曹操"不知当几人称帝，几人称王"的"大逆不道"的反叛、以"挟天子以令诸侯"的君臣伦理尽颠覆的乖戾，并未能动摇君臣父子等级秩序的排列，与人民百姓并没有什么根本的改变。取而代之也好，改朝换代也罢，没过几年，民不聊生、战争频仍，官民身份和等级关系并没有得到根本的改变。作为底层百姓的生活也没有得到本质的改善。在传统的社会生产关系中，制度的局限和现代意识的缺乏，使得作为统治者的王侯将相不可能具有为受剥削和压迫者谋求生计的意识，他们能做到的，只是在有限的体制内，在满足当权者及其集团利益的同时，适度让渡其微小的权力，减免徭、赋役，以稳固本阶层的统治。总之，在封建制度内部不可能产生民与官具有平等的人格、尊严和生存权利的现代意识，其根本原因如陈独秀所言："若夫别尊卑，重阶级，主张人治，反对民权之思想之学说，实为制造专制帝王之根本恶因"②。

在反思传统社会的等级结构，寻找"底层文学"的传统资源的同时，部分研究者把底层意识和底层写作的渊源一直追溯到《诗经》以及杜甫的《三吏》、《三别》等中国古代文学的现实主义传统，或肯定其"忧国忧民"、"哀民生之多艰"的情怀，或肯定士大夫"居庙堂之高，则忧其君，处江湖之远，则忧其民"的价值立场，甚至也有论者因为有"心存魏阙之下"以及"致君尧舜上，再使风俗淳"的传统知识分子立场，即

① 陈独秀：《答傅桂馨》，《新青年》1917年第3卷第1号。
② 陈独秀：《袁世凯复活》，《新青年》1916年第2卷第4号。

判定其为千百年来中国文学既有一以贯之的"底层文学"。殊不知，士大夫阶层的皇权立场或在既得利益的角度忧国忧民，其根本的出发点不在民，而在君。所以，这种缺乏现代意识的、在远距离对接中寻找资源的方法无疑抽空了底层的内涵谈"底层文学"，生硬套用当下文学观念，对接两种文学类型，使得研究的假设缺乏思想的同一性。即使有柳宗元见官家扰民之事，以种树之事喻之，"然吾乡，见长人者好烦其令，若甚怜焉，而卒以祸"①，以至于终于喊出了"苛政猛于虎也"②；杜甫的"朱门酒肉臭，路有冻死骨"，看出了阶级压迫的残酷，表达了对百姓的理解，也不无人道的同情；但这只是"诗谏"传统的一种表现，其目的仍在于引起皇帝的重视，达到官民和谐。即使到施耐庵《水浒传》中张扬民间精神力量的潇洒与豪迈，强调官逼民反的必然性，但我们仍然为出身社会底层的李逵等视人命如草芥的行为而感到困惑。难道杀人不眨眼是他们真正的个性吗？其实在千百年来的封建制度中寻找所谓的底层意识，然后得出底层写作是中国文学一以贯之的写作姿态和审美追求，仍然是底层意识的淡薄所致。因为王公贵族与平民百姓之间的上下层关系、统治与被统治关系的二元结构并没有根本消除，这种不断被固化的阶级关系没有得到根本的认识。

就古代社会底层群体的生存空间——乡村来说，作为空间意义上的乡村在古代和现代并没有本质的区别，但作家书写"乡土文学"与"田园诗"却有本质的差异。20世纪20年代为什么会出现"乡土文学"？而在中国古典文学中为什么只有"田园诗"、"悯农诗"，而没有出现"乡土文学"？尽管我们知道，古代时空中的那个"田园"并非只是陶渊明"榆柳荫后檐，桃李罗堂前"那么恬静、安逸，反而会是兵燹争逐造成的"白骨露于野，千里无鸡鸣"，但为什么那些描写家园、田园、山水的作品不是"乡土文学"，更不是"底层文学"呢？这是因为，到"乡土文学"出现的社会语境中，"传统的生产与生存方式发生了深刻变动，因此文化的结构与价值形态也相应地发生了变动，在这样的一个变动下，人作为存

---

① 柳宗元：《种树郭橐驼传》，见（清）吴楚才、吴调侯编，宋晶如注译《古文观止》，中国书店出版社1981年版，第383页。

② 柳宗元：《捕蛇者说》，见（清）吴楚才、吴调侯编，宋晶如注译《古文观止》，中国书店出版社1981年版，第385页。

在物其命运——也即其悲剧性的诗意得以显现"，"现代意义上的知识分子的启蒙主义意识的烛照，使得乡土生存的深渊状况被照亮了，否则，'从来如此'又有什么不好？知识分子把农人的苦难'解释了出来'"①。言下之意，无论是"乡土文学"，还是"底层文学"，它与中国传统文学的文学观念有本质的区别，而非只是名称的差异而已。因为与古代中国相比，自近代以来，我们民族整个的生存方式发生了根本变化，社会结构和文化结构也出现了根本的变化。现代意义上的"乡土文学"的诞生，正是基于这种根本的变化。而底层意识的出现也是在这一变化下逐渐被"发现"的。现代特征是二者根本的差别。

如果要溯源底层意识的出现，在笔者看来，中国古代文学中的底层意识的逐渐萌生一直到张养浩对"官民"二元体制的质问才有所转机。在散曲《潼关怀古》中，作者以气势恢宏的、苍凉沉郁的笔调道出了千古兴亡的结局——"兴，百姓苦；亡，百姓苦"。这种对历史的反思和民间疾苦的表述，是对官民二元体制的质疑，也是对作为底层的百姓非同寻常的、上升到体制层面的反思。较之先前的传统士大夫文人对百姓的道德同情而言，张养浩的"天问"，已初具现代知识分子的朴素品格。但仍然需要说明的是，我们讲的"底层"以及"底层文学"，不是从道德角度出发，而是社会生产方式由传统农牧方式转向现代工业之后出现的问题，是经济、心理、文化权利等方面的综合问题。

基于上述原因，我们可以说，"底层状况"是一个历史性的问题，也是一种结构性的社会存在，但底层意识，特别是底层关怀却是一个现代性问题。底层意识，是具有人本主义立场和人文精神的现代品格。在科学、民主、人文主义甚至民粹思想等现代价值原则进入中国传统文学、文化价值观念后，底层群体的自我意识和身份意识以及知识分子的底层关怀意识才渐趋明显。新文学也在反传统的呼声中逐渐发现了底层，并以言说底层的方式部分地实现了从传统走向现代的文学革命。需要注意的是，我们不能把写了官民生活的作品就称之为底层写作，相应的，也不能把新世纪以来这一复杂语境下的"底层文学"思潮与此前新文学中的底层题材的写作统称为"底层文学"（虽然是一种具有底层观照的意识），否则，"底层

---

① 张清华：《"底层生存写作"与我们时代的写作伦理》，《文艺争鸣》2004 年第 3 期。

文学"的当下性和现代意义将被遮蔽,这是我们将在本书中逐渐澄清的。

中国新文学是在晚清至五四这一特定的历史阶段发生的,其典型特征就是在民族危机加剧后,先知先觉者以西方的工具理性(科学主义)和价值理性(人文主义)等启蒙思想为现代性普遍价值原则,① 以此批判中国的传统文化和传统文学。在西方现代启蒙理性思想的影响下,晚清中国的先进文人开始总结自鸦片战争以来的历次失败教训,并形成共识,即封建专制制度导致了传统中国的落后,中国要学习西方和日本,从传统社会向"现代社会"转变,并经历了师夷长技、君主立宪、民主共和的变革之路。由于皇权专制的根深蒂固与西方工业文明、政治民主的全方位冲击,中国近代知识分子的现代性焦虑也因此产生。1898 年康有为、梁启超等实行维新变法时期,梁启超曾写过《论保全中国非赖皇帝不可》,对封建体制的最高权力拥有者寄予厚望,实行通过限制皇帝的权力以达到政治改良的君主立宪。维新变法失败后,康、梁等准备走改良——上层路线的思想彻底崩溃。梁启超开始立志寻求另一条道路——革命,即从寄望于皇权贵族到倚重国民——"下流社会"。这是近代知识分子"开眼看下层"的开端。从社会变革的动力来看,先进文人和知识分子意识到,只有民主共和(即民做主),只有体现"国民精神"的解放才有社会的革新与进步。

新文化运动就是在这种历史语境下产生的。新文化运动倡扬的民主、科学、人权、平等、博爱等现代性价值在摧枯拉朽的反传统文化潮流中流播,有关于"人"的现代价值观被广泛地认同,也直接催生了新文学的发生。在新文化运动开始之前,梁启超曾将小说的地位提高到无以复加的"小说兴国论"的高度。他在《论小说与群治之关系》(1902)中提到:"欲新一国之民,不可不先新一国之小说。故欲新道德,必新小说;欲新宗教,必新小说;欲新政治,必新小说;欲新风俗,必新小说;欲新文艺,必新小说;乃至欲新人心,欲新人格,必新小说。何以故,小说有不可思议之力支配人道故。"② 在这段经典的"倡议"中,梁启超把新民、道德、宗教、政治、风俗、文艺、人心、人格等观念的新变,全部寄托于

---

① 参见杨联芬《晚清至五四:中国文学现代性的发生》,北京大学出版社 2003 年版,第 9 页;亦见钱中文《文学理论现代性问题》,《文学评论》1999 年第 2 期。

② 梁启超:《论小说与群治之关系》,《20 世纪中国小说理论资料》第 1 卷,北京大学出版社 1997 年版,第 50 页。

小说（文学）。事实上，梁启超在强调小说由原来的消遣、娱乐的功能和地位开始转化为"无所不能"的变革工具时，其企图不在革新小说这一文体，而是借小说之新，以强调新"人"，即其所谓新民、新人格、新人心的现代观念，建立在新"人"基础上的新的道德、宗教、政治、风俗、文艺。也就是说，其本意不在革新小说，而在于革人、革心，进行社会变革。不可否认的是，康、梁等第一代现代知识分子的维新思想，虽在强调社会变革，用小说灌输新的价值观念，在事实上催生了平民的发现，传播了底层百姓作为社会变革力量的现代思想。

在新人心、新道德、新文艺等新观念逐渐流播之时，作为社会群体中占人数庞大的普通百姓的生存状况及其被剥夺的权利逐渐得到表达。梁启超的《中国之社会主义》（1904）中，把包括底层在内的广大群众作为启蒙的对象；林纾的《〈意林〉序》（1901）、《学校教育当以小说为钥智之利导》（1907）等文中，提出将上、中、下层作为引导和提升的对象，其中包含了较明确的启蒙底层的意识。[①]新文学初期表述底层的形式虽然粗糙，观念虽然单一，但已经表现出较鲜明的发现底层、肯定底层的现代价值观念。较早的文学作品即已表现出重新认识底层群众的力量，也逐渐具有工人联合、"女子自优于男子"等新的价值观。1908 年曾出现了三个值得注意的白话小说作品，分别是姬文的《市声》，佚名的《苦社会》，碧荷馆主人的《黄金世界》。《市声》中体现出了老板和工人作为底层和上层的关系；《苦社会》写到工人之间互相帮助，一致对外的观念。而《黄金世界》则表现出对官绅、士商、工农等不同阶层的价值判断，认为"中国上流的代表是官绅，中流的代表是士商。官呢，升官发财，是他的目的；钻营倾轧，是他的手段。等到退归林下，好的求田问舍，不好的便武断乡曲，侵吞公款，凭借越大，气焰越盛。小小州县的举人、秀才，便是绅了。若到省会，固然无可作为，并且人数过多。此之所是，彼之所非，此有所党，彼亦有所争，总不肯同心同德，做一件有益的事。因此虚名虽好，实权倒不及商人。那些商人呢，乘时捷足，争先攘臂，是他的好处。同行嫉妒，互相贬抑，吞并了同类，倒便宜了外人，这是他的坏

---

① 有关较早的底层意识萌发的论述，参见刘旭《底层叙述——现代性话语的裂隙》，上海古籍出版社 2006 年版，第 32 页。

处"。而"下流社会,见目前不见将来,果真不免此弊,但是兔死狐悲,物伤其类,岂有圆颅方趾,全然没些良心?但看那班工头,到利害生死的关头,一样结盟联会,互相提携,至死不易其志"。在这种阶级身份的讨论中,主人公建威也说"凡事不可从一面说,下流中有好人,何尝没有坏人?上中两社会有坏人,何尝没有好人?"而下流社会除了其大力量和赤子之心之外,还能"讲合群,讲团体"。在合群和团体(组织)及其法度的力量的作用下,"由近及远,由后溯前,人人欢若一家,亲若兄弟,还怕不能协心同力,抵御外侮么?"① 该小说所涉及的是受老板欺压后对社会各个阶层的评价。作者借主人公的议论,表达上流社会和中流社会道德上的缺陷,表现下层受苦人虽有目光短浅,但在关键的时候能够结盟联会、互相提携,能形成一股强大的社会力量。尽管作品人物形象并不饱满,故事情节单纯靠对话和评论推动,使得作品的艺术分量显得不够厚实,但对作为底层生存者的不足及其身上蕴藏的推动社会变革力量的揭示,具有底层翻身解放的现代意义。在这里作者不但同情他们的遭遇,而且意识到了底层群体能够"联会"的可能性,以此达到"政治道德的完善"的"黄金世界","岂非我同胞绝大的幸福么?"② 这种包含着现代意识的小说在当时的白话创作中是稀有的。《黄金世界》的社会学意义显然要大于文学意义,特别是对作为处于被压迫阶层"联合起来"的社会力量的肯定,以及对推动社会根本变革的可能性的预设。

二　人的文学与人的关怀

新文化运动开始后,蔡元培、陈独秀、胡适、鲁迅、周作人、沈雁冰等第二代知识分子继梁启超、康有为、林纾、夏曾佑等第一代知识分子后,既注重从上向下的启蒙,又看重从下向上的革命,以此推进了中国的民主、民族革命,这为进一步发现"人"、启蒙下层群体打下思想基础。

新文化运动的青年知识分子在1915年前后充当了思想、文化的急先锋。他们的思想出发点主要是针对中国传统文学、文化中对普通百姓作为

---

① (清)碧荷馆主人:《黄金世界》,《小说林》社发行,1907年版,影印本;文中所引内容见该小说第六回《物是人非抚今吊古,形随步换触目伤心》,见该著第36—37页。

② 同上书;文中所引内容见该小说第二十回,见该著第137页。

"人"的权利的漠视。在等级观念的影响下，中国传统主流文学对大众、底层民众这一群体基本上是忽视甚至漠视的。新文学先驱们也正是基于这一认识，在倡导新文学时，对传统文学中的这一"忽视"进行有力、有效的抨击。1917年，陈独秀在《文学革命论》中说，中国传统文学之"内容则目光不越帝王权贵，神仙鬼怪，及其个人之穷通利达。所谓宇宙，所谓人生，所谓社会，举非其构思所及"。① 其中的"人生"和"社会"包含了广泛的人生世相的内容。五四新文学革命发生后，帝王权贵、英雄豪杰和才子佳人等题材作为历史遗迹逐渐退出了文学舞台，而普通大众的生活开始成为文学的重要内容。在朱自清看来，陈独秀在《文学革命论》中提出的"国民文学"、"社会文学"和"写实文学"中的"国民便是人民，社会文学便是人民的文学，写实文学是用人民的语言，所以总括一句，便是'人民文学'"②，这应该是"人民文学"的最早出处。不过陈独秀所言"人民文学"与社会主义文学的"人民文学"内涵不同，这里的人民是指国民、民众。陈独秀乃借"国民文学"来否定旧文学，是对传统文学中只表现帝王将相、才子佳人的写作取向的否认，对"载道"的功利观念和文人的短视文学行为的有力辩驳，这为新文学的发展提供了思想资源。

新文学发生的一个显著的标志就是作为底层生存者的普通百姓也成为表现、关注的对象，并在"人"的同一范畴发掘其自身的价值，这种立场已经渐趋清醒而自觉。陈独秀在《吾人最后之觉醒》、《我之爱国主义》中提到"多说国民"之"最后觉醒"③ 以及"中国之危，故以迫于独夫与强敌"，根源在于"民族之公德私德堕落有以召之耳"④。其中所言独夫，乃中国传统文化中的皇权制度下的专制统治者。陈独秀对中国古代皇权的制度的批判是在他的政治革命转向文化革命之后逐渐清晰、自觉的。陈独秀的批判在20世纪初启蒙下层与挽救民族危亡的历史语境中切中了中国传统文化的要害。自此，新文学的倡导者对文学功能的探讨也逐渐深

---

① 陈独秀：《文学革命论》，《新青年》1917年第2卷第6号。
② 朱自清：《五四时代的文艺》，《朱自清全集》第4卷，江苏教育出版社1990年版，第470页。
③ 陈独秀：《吾人最后之觉醒》，《新青年》1916年1卷6号。
④ 陈独秀：《我之爱国主义》，《新青年》1916年2卷2号。

入。沈雁冰在《近代文学何以重要》中通过对旧文学追源溯本的论述后，得出近代文学（新文学）的新质："一讲到近代文学，便就不同，文学脱离'供奉时代'"，做社会的工具，文学"负荷替民众祈福的使命，然而所向祈的，不是神，却是人道，是正义"，"反映出人的生活——民众的生活，文学重复很自由地表现出人的思想，是人中一个人的思想——民众思想的结晶"①。由此，他认为"近代文学何以重要"的原因："近代文学不是贵族的玩具，不是供奉的文学，而是社会的工具，是平民的文学，所以重要；近代文学不是一部分贵族生活的反映，而是大多数平民生活的反映，所以重要；近代文学不是一部分贵族生活的嬉笑怒骂，喜怒哀乐的回声，而是大多数平民要求人道正义的呼声，所以重要；近代文学不是空想的虚无的文学，而是科学的真实的，所以重要"②。从沈雁冰条分缕析的对比分析中，我们可以看出，新文学之所以新，就是因为它把平民（与贵族相对）的思想、人生作为文学的主要反映内容，同时，反映和关注的是正义和人道主义意义上的平民生活，即把平民作为"人中一个"——无论是文学观念还是对作为底层生存者的平民——来看待，人的肯定，这在传统文学中是没有的。

　　与文学中的平民主义相关，李大钊在谈到"平民主义"的政治理想时，认为"平民主义"的根源可以追溯到古希腊，认为平民主义的理想和平等观念在西方政治思想中可见一斑，认为亚里士多德和柏拉图的平民观念，即从国家和个人的关系中可以"较为疏略"地得出：亚里士多德、柏拉图诸人已经表现出理想的市府国家的观念，即平民主义的源头。他认为"近世自由国家，即本此市府国家蜕化出来的。在此等国家，各个市民均得觅一机会以参与市府国家的生活，个人与国家间绝没有冲突轧轹的现象；因为人是政治的动物，在这种国家已竟能够自显于政治总体。政治总体不完备，断没有完备的人；一说市府的完全，便含有公民资格完全的意思。为使公民各自知道他在市府职务上有他当尽的职分，教育与训练都很要紧"③。在李大钊看来，亚氏曾将政治分为两类，一为个人与市府生

　　① 沈雁冰：《近代文学何以重要》，《中国文学发展史》，引自王哲甫《中国新文学运动史》，上海书店印行1933年版，第5—6页。

　　② 同上。

　　③ 守常（李大钊）：《平民主义》，见《李大钊选集》，人民出版社1959年版，第407页。

活相调和的政治，二为以强力治理平民的政治，"前者，官吏与公民无殊，常能自守他的地位为政治体中的自觉的分子……后者，官吏常自异于平民，利用官职以为自张的资具，一切政务都靠强力处理。把公民横分为治者与属隶二级，而以强力的关系介于其间，以致人民与官吏恶感丛生，俨成敌国"①。可见，李大钊则是通过溯源现代政治与国家的关系，为平民主义的平等观念张本，以期建立"官吏与公民无殊"的现代政治，其旨在于挖掘特权政治之根基，使被特权控制和奴役的公民个体从强力政治中解放出来。

我们知道，传统文学因作家的士大夫身份的限制，只能将王侯将相、佳人才子的生活、情感作为文学表现的主要内容，而将普通老百姓排除于文学表达对象之外，对"沉默的大多数"表现出有意无意的漠视。这一价值取向后来得到鲁迅的进一步阐发，鲁迅在关于五四新文学题材的转变中说："古之小说，主角是勇将策士，侠盗赃官，妖怪神仙，佳人才子，后来则有妓女嫖客，无赖奴才之流"②。这种题材的价值取向，其根本原因就在于古代文人的审美趣味和价值取向是个人化、士大夫化的。他们并没有为普通百姓——群氓阅读而写作的意识，没有写出他们（底层民众）"非人的生活"，以今天的话来说，就是不具有"作为百姓的写作"的意愿。当然，其中暗含着普通百姓不具有阅读能力这一客观事实。五四文学兴起之后，"新的智识者"和普通百姓成了文学的主角③。普通百姓的情感、欲求与"智识者"被置于"大众中的一员"，得到知识分子的认可。正如鲁迅所言："由历史所指示，凡有改革，最初，总是觉悟的智识者的任务。但这些智识者，却必须有研究，能思索，有决断，而且有毅力。他也用权，却不是骗人，他利导，却并非迎合。他不看轻自己，以为是大家的戏子，也不看轻别人，当作自己的喽啰。他只是大众中的一个人，我想，这才可以做大众的事业。"④

---

① 守常（李大钊）：《平民主义》，见《李大钊选集》，人民出版社 1959 年版，第 407 页。

② 鲁迅：《〈总退却〉序》，《鲁迅全集》第 4 卷，人民文学出版社 1981 年版，第 621—622 页。

③ 当然，也有新文学的知识分子仍然害怕普通大众成为识字的人。对此种论调鲁迅进行了辩驳，认为"不必惊慌"，"即使都变成文学家，又不是军阀或土匪，于大众也并无害处的……"见鲁迅《门外文谈》，《鲁迅全集》第 6 卷，人民文学出版社 1981 年版，第 99—100 页。

④ 鲁迅：《门外文谈》，《鲁迅全集》第 6 卷，人民文学出版社 1981 年版，第 102 页。

　　同样，周作人也于 1918 年发表了《人的文学》，并以"人的文学"来概括新文学内容，以此标示出新文学区别于旧文学的本质特征。周作人首先认为新文学中的"人道主义""并非世间所谓'悲天悯人'或'博施济众'的慈善主义"，他否定俯视的施舍，提出"人的文学""乃是一种个人主义的人间本位主义"。需要强调的是，在周作人看来，这里的"人"具有"个人与人类的两重性"，其个体和群体的关系是"人在人类中"，"个人爱人类，就只为人类中有了我，与我相关的缘故"。周作人在对"人"做出这样的定位后，得出"人的文学"便"是人类的，也是个人的，却不是种族的，国家的，乡土及家族的"①。他肯定人之为人的共性，而不是以民族、国家、家族等群体性的族群意识否定人的个人性和人间性。换言之，周作人认为自我与人类是相互联系在一起的，因为个人的人间性、情感性和理性，使得个人能够意识到个人本就是人类中的一员。正是从这个意义上，周作人反对没有自觉意识的"无我"的伪善，以及超人间的道德。他以"人的文学"唤醒"人"的觉醒，并将其作为新文学的首要目的。也就是说，在周作人看来，作为治文学者，作为智识者，首先要自己觉悟了，自觉了，才能"占得人的位置"，才能"讲人道，做人类"。②

　　周作人在提出"人的文学"后又提出"平民文学"，并将二者对举。将"人的文学"和"平民文学"对举，是将人和平民作对等看待，至于平民和贵族在道德上的优劣，周作人对其先前认为"平民文学优于贵族文学"的观点很快作了修正和反思。在 1919 年写的《平民的文学》中说："关于文艺上贵族的与平民的精神这个问题，已经有许多人讨论过，大都以为平民的最好，贵族的是全坏的。我自己以前也是这样想，现在却觉得有点怀疑。变动而相连续的文艺，是否可以这样截然地划分；或者拿来代表一时代的趋势，未尝不可，但是可以这样显然地判出优劣么？我想这不免有点不妥，因为我们离开了实际的社会问题，只就文艺上说，贵族的与平民的精神，都是人的表现，不能指定谁是谁非，正如规律的普遍的古典精神与自由的特殊的传奇精神，虽似相反而实并存，没有消灭的时

---

① 周作人：《人的文学》，《新青年》1918 年第 5 卷 6 号。
② 同上。

候。"① 周作人对"脱离了实际的社会问题"以"平民文学"否定"贵族文学"的观念进行了反思。在周作人看来，以社会阶级划分的平民精神和贵族精神并不是天然对立的，更没有道德优劣②，特别是在文学表现领域，贵族和平民的两种精神是对人生的两种态度，在"真挚"和"普遍"的意义上，二者有共通之处，那就是作为"人"、"人类"的共通之处③。"平民的精神可以说是淑本好耳（叔本华——引者注）所说的求生意志，贵族的精神便是尼采所说的求胜意志了。前者是要求有限的平凡的存在，后者是要求无限的超越的发展；前者完全是入世的，后者却几乎有点出世的了。"④ 周作人将平民与贵族并举，在事实上又及时地肯定了平民作为普通百姓在"求生的意志"层面的正当性。这是五四文学发现的"底层"作为"人"具有个体意志的理论依据。

同时我们还需要注意，周作人在对自己平民精神和贵族精神道德优劣论进行反思时，其主要针对的问题是当时的五四文艺之不足。比如在倡导平民和贵族文学的写作姿态之异同时，诸多写作者因为题材选择获得了道德的制高点，却在文艺的思想开掘方面未能深入，甚而远离了文艺本身，损害了文艺。"我们所不满足的，是这一代里平民文学的思想，太是现世的利禄的了，没有超越现代的精神。"⑤ 文学的题材并不能决定文学表达的高度。这种看似常识的理论在当时却成为文学界争论的焦点，其主要原因在于写作者对写作对象的态度问题。周作人在倡导新文学时，对新文学表现内容中底层民众和平民百姓的重视，为新文学的"平民文学"和"人的文学"的讨论开拓了视域，也为新文学的确立和标志性的新变提供了理论依据，这在新文学史上是有其重要意义的。但令人深思的是，时隔一个世纪后，在"底层文学"思潮的论争中又出现了题材决定论与"人的文学"、"纯文学"之间的论争，而且也是在世纪之初，也是在讨论阶级/阶层的问题时展开。

---

① 周作人：《平民的文学》，《每周评论》1919 年第 5 期。
② 周作人后来在 1922 年写的《贵族的和平民的》中说，平民的思想也是"功名妻妾的团圆思想"，其所喜欢的旧戏曲中尤有这样的思想。见 1922 年 2 月 19 日《晨报副镌》，署名仲密。
③ 这种思想在后来的关于文学的阶级性、人的阶级性的革命话语中被否定，"出身论"对其批判则变本加厉。其实是对"人的文学"未能进一步探讨所致。
④ 周作人：《平民的文学》，《每周评论》1919 年第 5 期。
⑤ 同上。

　　如果将周作人对"平民文学"和"人的文学"的关系与新世纪以来"底层文学"中出现的论争作一对比的话，我们就会发现其中的"相似的秘密"。作为五四文学乃至新文学一种重要的理论资源，"人的文学"和"平民文学"之间的相互关系与新世纪以来的"底层文学"和"纯文学"之间的论争很相似，似乎是同一个问题的"世纪轮回"。而关于"平民文学"和"人的文学"，周作人进一步论争说："我想文艺当以平民的精神为基调，再加以贵族的洗礼，这才能够造成真正的人的文学。倘若把社会上一时的阶级争斗硬移到艺术上来，要实行劳农专政，他的结果一定与经济政治上的相反，是一种退化的现象，旧剧就是他的一个影子。从文艺上说来，最好的事是平民的贵族化……凡人的超人化，因为凡人如不想化为超人，便要化为末人了"。这段话的含义并不是不言自明。比如平民精神加以贵族的洗礼，与真正的"人的文学"之间的关系。首先，"加以贵族（精神）的洗礼"的平民文学是"人的文学"的充分前提，更进一步看，就是单纯的平民文学，并不能必然产生人的文学。其次，在文学上实行"劳农专政"，即专以劳农题材战胜或取代其他题材，或认为劳农精神优于其他社会群体精神，都不是文学进步的表现，甚至与经济政治的发展相反——走向一种"退化的现象"。从这两层意义来看，周作人强调"平民文学"与"人的文学"的精神联系时，特别强调了"题材决定论"的弊病，即一种"因为平民，所以优越"、"因为平民，所以先进"的不充分假设——在革命的名义下，以表达对象假设的先进性来占据道德优势和文学言说的话语权力，或者说，这种假设并没有真正的平民意识，也没有理解平民精神。

　　此外，鲁迅先生对"平民文学"的看法亦值得当下寻找 20 世纪中国文学资源的论者注意。在鲁迅看来，"现在中国自然没有平民文学，所有的文学、歌呀、诗呀，大抵是给上等人看的；他们吃饱了，睡在躺椅上，捧着看。一个才子出门遇见一个佳人，两个人很要好，有一个不才子从中捣乱，生出差迟来，当终于团圆了……或者讲上等人怎样有趣和快乐，下等人怎样可笑……如果描写车夫，就是下流诗歌；一出戏里，有犯罪的事情，就是下流"[①]。在革命年代里，鲁迅对新文学领域里仍然存在的旧的

---

　　① 鲁迅：《革命时代的文学》，《鲁迅全集》第 3 卷，人民文学出版社 1981 年版，第 421—422 页。

文学观仍在不懈地批判，认为"现在中国"没有平民文学的根本原因在于思想领域和文学领域中的平民观念并没有真正产生，作家和读者的观念仍然是旧文学才子佳人团圆模式的审美习惯和权贵阶层茶余饭后消遣的娱乐，他们甚至见不得为平民而写的文字。至于平民真实的底层生活经验和情感，因为平民并不能真正开口，作家又缺乏真切的底层意识，所以也不能写出真正意义上的平民生活来。正如鲁迅曾说："在现在，有人以平民——工人农民——为材料，做小说做诗我们也称之为平民文学，其实这不是平民文学，因为平民还没有开口。这是另外的人从旁看见平民的生活，假托平民底口吻而说的。"① 鲁迅在此强调，在物质方面相对比较"富足"的文人，毕竟与"平民"不同，因为他们可以读书，才可以为文，已经具有了自我意识和个体精神自觉的可能。而处于无声的底层平民，因其不能开口，即使开口了——比如"平民所唱的山歌野曲"，"但他们受古书的影响很大，他们对乡下的绅士有田三千亩，佩服得不得了，每每拿绅士的思想，做自己的思想……"② 不能开口和佩服绅士们的思想，直接造成了平民并不能表达自己的思想。而真正意义上的"平民文学"的出现也就值得怀疑了。

在鲁迅看来，真正的"平民文学"要等到平民得到真正的解放。"现在的文学家都是读书人……工人农民的思想，必待工人农民得到真正的解放，然后才有真正的平民文学"③。鲁迅之所以对平民文学有如此断然的判断，并非完全否定作家写出平民文学的可能，而是对新文学以来作家真正的平民意识的缺乏，以及文人趣味对平民文学的遮蔽。同时，鲁迅在谈及真正意义上的平民文学时，将平民的自身解放置于首要地位，其中隐含的意义则是平民自我意识的觉醒比被命名为平民文学的文学类型更重要。无论是在新文学反传统语境下，还是在当下新世纪文学所面临的现代化进程来看，这是一种很有价值的平民意识，也是一种具有饱满的情感和热度的底层意识，更是20世纪中国文学留给当下"底层文学"研究和创作的宝贵资源。

---

① 鲁迅：《鲁迅全集》第3卷，人民文学出版社1981年版，第422页。
② 同上。
③ 同上。

　　新世纪"底层文学"无论是被界定为"写底层"还是"底层写"的文学，论争双方都绕不过去的一个问题就是对"底层"的界定，也即写哪一部分人属于底层的问题。诸多论者在言说"底层"时，是以社会属性和职业身份来界定"底层"的，这样，就有人把"底层"具体化为农民或进城打工者、下岗工人，认为写这些人生活境况的文学才属于"底层文学"，这固然没错，但仍然是将"底层文学"降低为一种题材文学，或类型文学，仍然是周作人所谓题材的"劳农转政"思维，限制了文学精神内涵的提高。所以从物质生活的层面看，"由于'底层'的社会属性是以其在社会政治、经济权利中所处的位置区分出来的，因此从社会属性来关注'底层'便主要关注'底层'的物质权利，即表现'底层'在社会资本运作下物质权利方面所面临的极度贫困、生活苦难以及权利的被剥夺"①。这的确是底层文学应该及时表现的领域。但是，从文学与人的精神生存关系层面看，文学最终关注的是人的精神，一种建立在物质生存之上的精神状况。否则，单纯的对物质权利或生活境况的描写会忽视、甚至遮蔽"底层"所受的精神困境，从而沦为一种"唯物质主义的叙事"②。对于诸多紧要的现实问题，文学如何应对，如何转化为艺术的问题或"人的问题"，这是当年周作人强调"人的文学"中的题中之意，更是当下"底层文学"亟须面对的问题，正如有论者所言："作家有必要将'农民问题'或者别的具有现实性紧迫性的问题转化成'人的问题'。作家既要关注他的主人公的外在遭遇，更要关注他们的精神和灵魂"③。当然，"人"的精神状况不能凭空产生，它是社会现实境遇的一种折射，也是现实生活的凝聚状态。因此，社会学属性的"底层"和文学属性的"底层"并不完全等同，其表达方式更有区别。文学所关注底层的方式就是作家面对底层、书写底层时所具有的情感和态度，从更高层次的意义来看，文学则是通过对底层"作为人"的精神状况的关注和关怀，来表达对人、对现实的审美态度，其最终指向是人的解放。相对底层而言，就是底层解放。但是，

---

　　① 郭文元：《周作人"平民"文学精神与新世纪"底层文学"论争》，《当代文坛》2012年第1期。

　　② 周保欣：《底层写作：左翼美学的诗学正义与困境》，《文艺研究》2009年第8期。

　　③ 曹文轩、邵燕君：《2006年中国小说·导言》，北京大学出版社2007年版，第2页。

这种区分在时下介入"底层文学"批评的论者那里并不是很明确。一系列典型的价值立场表现在：因为"劳农专政"的题材使得"底层文学"天然有至高的道德优势，比之那些技术甄别的趣味写作以及"纯文学"创作来说，"底层文学"的合法性是不言自明的⋯⋯

也就是说，周作人和鲁迅曾经担心的问题，最后还是发生了，那就是在题材选择的阶级性与写作的道德高度之间预设一种人为的"内在"关系，这种因贫穷而有道德，因"为底层而文学"则显得优越的逻辑，已经带有鲜明的民粹主义的思想。

第二节　新文学的发展与民粹思想

五四新文学一个很重要的成就就是发现了底层这一群体。其重要原因我们已经论述过，那就是康、梁等第一代现代知识分子所期望的上层改良设想的失败，以及第二代知识分子在西方人道主义和工具理性主义等现代思想推动下产生的现代意识。新文学的发生和发展在引进和接受人道主义和工具理性思想的同时，另外一种思想更强化了"久被压抑的底层民众和普通大众群体"的发现，它就是自俄国传入中国的民粹主义思想。

一　民粹主义与平民思想

在 20 世纪中国文学及其历史的叙述中，民粹主义并不是一个经常被使用的政治学概念。但我们不能否认它作为一种重要的思想资源对 20 世纪中国的现代进程所起的作用，以及在新世纪中国文学中仍扮演的重要角色。民粹主义，作为一种流变的政治学概念，并没有固定的内涵和外延，很多民粹主义者曾经从政治、经济、社团组织等角度阐发了民粹主义。概括来看，民粹主义（Populism，亦可译为平民主义），是在 19 世纪的俄国兴起的一股社会思潮，也是一种政治学或是政治哲学话语。其主要观点是：第一，极端强调平民群众的价值和理想，认为平民被社会精英所压制，而国家这一体制工具需要离开这些自私的精英的控制而使用在全民的福祉和进步的目的上。第二，主张接触平民，跟普通平民讨论他们在经济和社会生活上的问题，而且诉诸他们的常识。第三，把平民化和大众化作为所有政治运动和政治制度合法性的最终来源。第四，依靠平民大众对社会进行激进改革，并把普通群众当作政治改革的唯一决定性力量。第五，通过强调诸如平民的统一、全民公决、人民的创制权等民粹主义价值，对平民大众从整体上实施有效的控制和操纵。① 而文学思想和文学理论意义上的民粹主义更多来自 19 世纪的俄罗斯。被称为平民知识分子"三杰"的别林斯基、车尔尼雪夫斯基、杜勃罗留波夫以及皮萨列夫在反对贵族思想中形成的文学观，即被列宁称为"俄国社会民主主义运动的先驱"② 的思想代表，在确认自身的平民身份，批判贵族制度及其生活方式过程中形成了民粹主义的文学观。他们的观念并不像民粹主义在政治、经济、哲学等领域的阐释那么系统，而是以文学的激辩来批判贵族化倾向对平民知识分子及平民主义的压制，从而带有鲜明的底层反抗的平等主义思想倾向。

进一步来看，在别、车、杜以及皮萨列夫的平民主义思想中，别林斯基的平民主义思想和民粹意识最为鲜明。别尔嘉耶夫曾称别林斯基为"19 世纪俄罗斯思想史最核心的人物之一……他出现的时候我们的文化正处于特殊的贵族化之中"③。别林斯基在 19 世纪 40 年代的贵族知识分子中是一个异数，而在 19 世纪 60 年代的平民知识分子中又是一个精神领袖，这与其作为僧侣后代（与贵族身份相比较）的底层平民身份密切相关。在赫尔岑、别尔嘉耶夫、普列汉诺夫等人的著作中曾多次表述过别林斯基相对于贵族而言的平民身份及其底层感。别林斯基出身于神职人员家庭，其父曾当过军医，但军衔不高，"这种出身在当时 40 年代几乎是清一色贵族思想家中显得格外醒目"④。也就是说，相对贵族上层来说，他的平民身份产生了强烈的底层情感和底层情绪。具体到别林斯基的个人性格、教育背景以及平民出身等因素来看，因为出身平民下层，他经常在自卑和自尊中备受煎熬，他是"天性（思想）最活跃、最容易激动、最富

① 有关民粹主义观点，参考了保罗·塔格特《民粹主义》，袁明旭译，吉林人民出版社 2005 年版，林红《民粹主义》，中央编译出版社 2007 年版等著作都对民粹主义的起源、分化及其总体特点进行过阐述。

② ［俄］列宁：《列宁全集》（第 2 版）第 6 卷，人民出版社 1984 年版，第 24 页。

③ ［俄］别尔嘉耶夫：《俄罗斯思想》，上海三联书店 1997 年版，第 56—57 页。

④ 金雁：《倒转"红轮"：俄国知识分子的心路回溯》，北京大学出版社 2012 年版，第 470 页。

于辩证精神"① 的战士，从大学肄业后，② 经济收入很不稳定，此后一直面临贫困的窘境，困顿的生活最终拖垮了他的身体，同时更增加了他对贵族阶层的憎恨和仇视。别林斯基的思想在一生中进行了三次巨大的转折，前期，即 19 世纪 40 年代以前，是一个典型的持"顺从论"的"保守主义者"，主张与"现实调和"，认为"要为普遍性而牺牲个性，以牺牲局部保全整体"③。中期，即在 1840 年以后，几乎不经过渡地直接转向了"革命的雅各宾党人"，开始不顺从现实，思想走向另一种极端，并疯狂地崇拜英雄主义，仇视现存社会制度，同时向往革命和自由，反对精英主义和强权政治，强烈主张屠杀那些"人民的敌人"，成为激进的社会主义思想的信仰者，又被认为是"革命的暴君"。④ 而后期，也就是在他的生命晚期，成为"人民保姆"应当"手持柳条鞭打顽皮孩子"的社会主义怀疑者和反政治自由者。⑤ 他又开始呼吁新的彼得大帝和新时代的恺撒，他相信当时的俄国需要一种强权力量才能管理好那些"顽皮的孩子"——人民。那么，在这种极端的思想"变脸"中，别林斯基体现出了怎样一种思想特征和文学观念呢？

　　其实，我们从别林斯基及其追随者车尔尼雪夫斯基、杜勃罗留波夫、皮萨列夫等人思想中可以看出俄国 19 世纪平民知识分子，特别是具有民粹主义思想的文学评论家的思想及其世界观形成的内部动因，那就是因其出身底层（相对贵族），因此体验了具体的底层生存者所遭受的自卑，更感受到自尊的强大欲求，最终导致对"黑暗王国"的"复仇"⑥，以寻求个人存在的意义。正如别尔嘉耶夫在《自我认识——思想的自传》中所概括的那样："通过别林斯基，可以研究俄国知识分子的世界观形成的内部动因，这个动因首先应该从对生活中的恶、不幸和

---

① ［俄］赫尔岑：《往事与随想》（上册），人民文学出版社 1998 年版，第 28 页。

② 1832 年，别林斯基在莫斯科大学就读时，曾因发表了讽刺现实的剧本《德米特里·卡里宁》被开除。离校后曾靠撰写评论文章为生。见金雁《倒转"红轮"：俄国知识分子的心路回溯》，北京大学出版社 2012 年版，第 470 页。

③ 金雁：《倒转"红轮"：俄国知识分子的心路回溯》，北京大学出版社 2012 年版，第 475 页。

④ 同上书，第 477—478 页。

⑤ 同上书，第 482 页。

⑥ 杜勃罗留波夫曾以"黑暗的王国"、"真正的白天什么时候才能到来？""我决心要复仇"等极端的思想反对贵族专制统治和神学院的蒙昧。

苦难的激烈的愤怒中去寻找，他看到了具体的人遭受的苦难，他要证明人的价值和生活的权利"，而在这个过程中，"个人又被整体和社会淹没，一个人只有通过革命建立的新的社会才能获得新生，而这个行为需要社会的多数——人民——进行激烈的改革"，整个变革过程中又导致了对个人性的遗忘，当革命推翻压迫个人的"共同整体"后，又一"新的共同整体"凌驾于个人之上。① 可以看出，晚期的别林斯基已经具有了俄国激进主义教派信徒的精神特征，也具有激进主义知识分子的共性，那就是由权力的缺失导致对权力极度崇拜，甚至乖戾地成为"人民的敌人"。这也是民粹主义思想的痼疾，因为民粹主义"作为一种社会运动，它往往主张依靠民众自下而上地对社会进行激进改革。同时在社会运动中它常常又把民众作为达成目标的一种工具和手段，赞扬民众的力量和智慧，运动的领导者常常把它作为实现其目的的一种策略"②。

另外，俄国平民知识分子在强烈的底层感受中经历了从上帝崇拜到人民崇拜，再到权力崇拜的"变身"。这一种"变身"是在情理之中的，但又是可怕的。因为，无论是早期对现实的顺从，还是中期对权力的激辩，最后到对权力的崇拜，以别林斯基为主的、具有民粹意识的文学评论家，他们的思想核心就是政治权力，以及因身份焦虑而产生的对权力意识形态的疯狂崇拜。而他们的底层出身成为追逐权力的精神驱动，而不是作为底层为底层辩护的底层意识。这一点（为底层辩护），别林斯基没有达到，俄国的民粹主义思想家和文学评论家也没有达到。

二 民粹主义与劳工神圣

尽管在 20 世纪中国文学、文化语境中，民粹主义这一概念并没有被广泛使用，但是代之以其他的观念性语词中已经包含了浓厚的民粹思想。我们此前论证过的平民、民众等文学思想，乃至革命文学、左翼文学、延安文学、社会主义文学中反复使用的大众、工农兵、人民等概

---

① ［俄］尼·别尔嘉耶夫：《自我认识——思想自传》，雷永生译，上海三联书店 1997 年版，第 50、45—47 页。

② ［英］保罗·塔格特：《民粹主义·出版导言》，袁明旭译，吉林人民出版社 2005 年版，第 2 页。

念，其中已经混合了民粹思想，也使这些概念的内涵变得混杂。孟繁华曾在《民粹主义与20世纪中国文学》中说，民粹主义"这一概念在历史叙事中被废置，源于它被'东方化'之后，再现了各种可以置换的、易于被理解接受的本土话语，如平民、大众、人民、群众等等"①。但这种置换，在中国新文学以来的各种语境，特别是在五四文学之后的革命文学、左翼文学、延安文学以及社会主义文学中，更多地成为一种策略性的政治修辞。

五四新文化运动的兴起与民粹主义思潮密切相关，其中"劳工神圣"之说的最直接思想资源就是民粹主义。在中国传统文学资源和文化语境中，并没有鲜明的民粹思想，也没有明显的精英主义意识。中国传统文化中固有的官民意识、等级思想以及中央集权制度，使得官民关系，顶层与底层的关系基本固化。所以在人们的头脑中王侯将相与平头百姓基本是命定的事实。阶层关系的固化就造成底层群体自我意识的淡薄。新文化运动之后，知识分子的平民意识和大众意识逐渐被发现，被固化的阶层关系最早被知识分子的现代意识所打破。1919年，李大钊在《青年与农村》中说："我们中国是一个农国，大多数劳工阶级就是那些农民。他们若是不解放，就是我们国民全体不解放；他们的苦痛，就是我们国民全体的苦痛；他们的愚黯，就是我们国民全体的愚黯；他们生活的利病，就是我们国民全体的利病。"②李大钊以激情的言说和排比的气势最终要告诉知识者去"开发他们，使他们知道要求解放、陈说痛苦"。这是典型的自上而下的启蒙姿态。

在某种程度上看，民粹思想是平民文学的理论基础，它高调地宣扬处于社会底层人的历史进步性和道德优越性。这就为五四时期的知识分子，特别是第二代知识分子找到了为下层呼吁、奔走的理论依据。

在五四前后的民粹意识中，最典型的体现就是对劳工阶层肯定和劳动神圣化的肯定。劳动作为人的存在方式被极力地肯定，特别是体力劳动者被知识分子所认可。在1920年第7卷第6号的《新青年》"劳动节纪念

① 孟繁华：《民粹主义与20世纪中国文学》，贺雄飞编：《世纪论语：〈文艺争鸣〉获奖作品选》，吉林文史出版社2000年版，第144页。
② 守常（李大钊）：《农村与青年》，《晨报》1920年2月20日。

号"上，蔡元培为其扉页上手书"劳工神圣"四个大字。① 其遒劲有力的运笔似乎预示着一个改天换地、摧枯拉朽的新时代的来临。据我们翻检五四前后的相关资料，我们并没有发现在 1920 年以前北京大学乃至全国为纪念"五一劳动节"举办过相关庆祝活动的记载。同时，需要我们留心的是，当天参加该次由李大钊主持的"五一"纪念活动的人员达 500 多人。此次纪念会形象地阐述了"五一节"的原因："把全世界人人纪念的五一节当作我们一盏引路的明灯。我们本着劳工神圣的信条，跟着这个明灯走向光明的地方去。"②

对劳动和劳动者的尊重直接引发了青年知识分子对不劳而获者的批判和憎恨。北京大学何孟雄等工读互助团团员曾沿街散发《北京劳工宣言》，传单上写道："今天是世界劳动者争得八小时的纪念日，我们应该快快起来休业一天，大大庆祝一下才是。从今以后，有工大家做，有饭大家吃，所有不做工的官僚、政客、军人、道士、和尚、盗贼、娼妓、流氓、乞丐都要驱逐净尽。吾们要把田园工厂以及一切生产机关收回，自己管理，不要被一般不做工的剥夺了去！"③ 以纪念的名义为劳工阶层呐喊助威；在《北京大学学生周刊》、《新青年》杂志纷纷出版"劳动节纪念专号"上，李大钊、陈独秀等分别撰写《五一运动史》、《劳动者底觉悟》等文章，平民教育演讲团也发表诸如《劳动纪念日与中国劳动界》、《我们为什么纪念劳动节呢？》之类阐述劳动节历史和意义的演讲。

应该指出，如此深入民间、亲近工农的大规模纪念活动与蔡元培倡言的"劳工神圣"密切相关。正如 1920 年《民国日报·觉悟》所载文章所说的那样，蔡元培的一篇演说"居然把'劳工神圣'底标语，深印在觉悟者的脑筋中"。我们还可以预见的是，蔡元培对于民间力量是充满了信心的，因为他在演讲中曾激情满怀地向世人宣告："以后的世界，全是劳

---

① 关于"劳工神圣"，蔡元培在《劳工神圣》的演讲中说："我说的劳工，不但是金工、木工，等等，凡是用自己的劳力作成有益他人的事业，不管他用的是体力、是脑力，都是劳工。所以农是种植的工；商是转运的工；学校职员、著述家、发明家，是教育的工；我们都是劳工"，并反复陈述，"我们要自己认识劳工的价值！劳工神圣！"这里的劳工主要是针对那些特权者，比如官吏、纨绔儿等。见孙茂生《蔡元培与劳工神圣》，《中国劳动关系学院学报》1993 年第 6 期。

② 孙茂生：《蔡元培与劳工神圣》，《中国劳动关系学院学报》1993 年第 6 期。

③ 岳凯华：《蔡元培与劳工神圣》，《光明日报》2005 年 11 月 8 日。

工的世界呵！"李大钊也在 1920 年撰写《农村与青年》，以激情洋溢的笔墨写出了城市的罪恶、阴暗与农村的幸福、光明，较早地体现了城乡对立和冲突意识，更凸显了劳工神圣的价值观，"在都市里漂泊的青年朋友们呵！你们要晓得：都市上有许多罪恶，乡村里有许多幸福；都市的生活黑暗一方面多，乡村的生活光明一方面多；都市上的生活几乎是鬼的生活，乡村中的活动全是人的活动；都市的空气污浊，乡村的空气清洁。你们为何不赶紧收拾行装，清结旅债，还归你们的乡土？你们在都市上天天向那虚伪凉薄的社会求点恩惠，万一那点恩惠天幸到手，究竟是幸福，还是苦痛？尚是一个疑问。曾何如早早回到乡里，把自己的生活弄简单些，劳心也好，劳力也好，种菜也好，耕田也好，当小学教师也好，一日把八小时作些与人有益、与己有益的工活，那其余的工夫，都去作开发农村、改善农民生活的事业，一面劳作，一面和劳作的伴侣在笑语间商量人生向上的道理……只要青年多多的还了农村，那农村的生活就有改进的希望；只要农村生活有了改进的效果，那社会组织就有进步了，那些掠夺农工、欺骗农民的强盗，就该销声匿迹了"①。对于新世界的向往，对于劳工大众的热爱，对于不劳而获的蔑视等诸种情感，在这里予以了彻底的表露。这种思想和口号的提出，意味着五四文人对于民间力量的重新认识和定位。

所以，1920 年之后，"劳工神圣"已经深入人心，成为五四激进文人、青年学生和报纸杂志所捕捉的时代标语，也是五四激进主义思想深入民间的一面旗帜。

当然，需要强调的是，蔡元培所谓"劳工"，显然不是此后诸多研究者附会的所谓"工人阶级"，但可以肯定的是，对劳工的劳动价值的肯定，无论是社会地位还是政治力量，为工人阶级的合法性提供了理论准备，"凡是用自己的劳力作成有益他人的事业，不管他用的是体力、是脑力，都是劳工"②。这一观念是很有见地的，它在蔡元培的思想中可谓根深蒂固，也是对中国传统文化中根深蒂固的"劳心者尊"、"劳力者卑"价值观的颠覆。后来，蔡元培对"劳工神圣"的说法虽然作了进一步的修正，但他的解释基本上没有脱离这次讲演的核心思想。但再次强调了

① 守常（李大钊）：《农村与青年》，《晨报》1920 年 2 月 23 日。
② 岳凯华：《蔡元培与劳工神圣》，《光明日报》2005 年 11 月 8 日。

"劳工当自尊，不当羡慕其他之不劳而获之寄生物"，体现了他对劳工一以贯之的认识。

从五四时期蔡元培、李大钊等人的诸多言行来看，他们不愧为五四文人发现劳工价值、拥抱民间力量的身体力行者。蔡元培发出"劳工神圣"的呼声顺应了五四时期打破传统、倡导人的精神平等的潮流；他率先将可以从根本的价值观方面倡导平等的"'劳工神圣'一声叫破了出来"，而众多后来者在他的呼唤声中对"劳工神圣"予以回应，预示着一个新价值观时代的到来。而李大钊在这种价值观和知识分子身体力行、走向劳工的倡导下，五四时期出现的书写人力车夫现象以及走向民间的潮流则蔚然成风。"劳工神圣"几乎成为他们倾慕和向往的理想境界，思想激进的文化人甚至掀起了一股轰轰烈烈的"走向民间"的运动。

当然，不断流转的民粹意识和新文学发现底层的思潮相结合，就产生了五四新文学的"正能量"。五四新文学运动与劳工神圣的复合的结果是人力车夫书写兴起。不难想象，对身居编辑室、亭子间、书桌旁的自谋职业者或其他知识分子来说，人力车夫是他们最容易接触到的典型的"底层"。作为破产的农民或城市边缘人，他们依靠出卖体力，与城市发生交换关系。在这个意义上看，人力车夫与知识分子的关系本就是主雇关系，也是一种体力劳动者和脑力劳动者交换劳动的社会关系。但是这种关系中隐含的智识者与人力车夫之间的关系在"劳工神圣"观念出现之前并没有受到智识者的关注，甚至在五四新文学时期，是否将人力车夫写进文学，人力车夫有没有书写的必要，曾在新一代知识分子和文人之间展开过论战。以梁实秋为代表的新月派作家对当时流行的"人力车夫派"诗歌进行批评："近年来新诗中产出了一个'人力车夫派'。这一派是专门为人力车夫抱不平，以为神圣的人力车夫被经济制度压迫过甚……其实人力车夫……既没有什么可怜恤的，更没有什么可赞美。"① 新月派之所以反对诗歌的人力车夫派，其重要原因在于：一、这样写会有损于文学的情趣与雅致；二、人力车夫并非神圣且非写不可，甚至不值得怜恤。对于人力车夫是否受到经济上过甚的压迫，其实梁实秋与鲁迅并无歧见，而是对于这种压迫，文艺应该怎样，鲁迅与梁实秋观点针锋相对。针对新月派诗人

---

① 梁实秋：《现代中国文学之浪漫的趋势》，《晨报副刊》1926 年 3 月 27 日。

或人生的艺术派一路的文学，鲁迅说："有一派讲文艺的，主张离开人生，讲花呀月呀鸟呀的话，或者专讲'梦'，专讲将来的社会，不要讲得太近。这种文学家，他们都躲在象牙之塔里面；……象牙之塔总要安放在人间，就免不掉还要受政治的压迫……北京有一班文人（指新月派作家——引者注），顶看不起描写社会的文学家，他们想，小说里面连车夫的生活都可以写进去，岂不是把小说应该写才子佳人一首诗生爱情的定律都打破了吗？"① 也就是说，作为底层的人力车夫，在主张文学是个人审美情趣寄托的作家看来，不值得体恤，而在主张文学是社会现实的一种特殊的反映，且具有底层意识的作家看来，写底层就是在写自己，表达自己。正如鲁迅在 20 世纪 20 年代末期曾说"现在的文艺"，"就是在写我们自己的社会，连我们自己也写进去；在小说里发见社会，也可以发见我们自己；以前的文艺，如隔岸观火，没有什么切身关系；现在的文艺，连自己也烧在这里面，自己一定深深感觉到；一到自己感觉到，一定要参与到社会去！"② 可见，"发见社会"、"发见自己"、"连自己也烧在这里面"是鲁迅所持"现在的文艺"，即具有现代意识的文艺观。从世界文学转变的视野来看，这也是 19 世纪后半叶以来文学从总体上介入现实、批判现实的现代文艺观。与梁实秋等有意漠视底层群体的价值立场相比，鲁迅更深切地理解作为被压迫阶级的物质生活状态和精神生存状态，其中包含着知识分子自我审视的一种底层观照。

所以，从书写姿态来看，将文学与现实人生发生密切关系，并将创作主体置于自我审视的地位，既是鲁迅等一代知识分子自我审视的一种途径，也是以此反思近代以来中国社会文化的切入点。在这个切入点中，人道主义的深刻的理解与同情与个人主义的消遣与欣赏，是区别文艺的现代意识与传统观念的分水岭，也是中国新文学能否将底层作为"与自己相关的集体"文学观念的明显界限。具体而言，就是以谁的眼光和视角看待底层，以何种价值观来定义底层，这是新文学与现实血脉相连的价值所在。在谈到对穷人的态度时，鲁迅认为："从生活窘迫过来的人，一到了

---

① 鲁迅：《文艺与政治的歧途》，《鲁迅全集》第 7 卷，人民文学出版社 1981 年版，第 114 页。

② 同上书，第 118 页。

有钱，容易变成两种情形：一种是理想世界，替处同一境遇的人着想，便成了人道主义；一种是什么都是自己挣来的，从前的遭遇，使他觉得什么都是冷酷，便流为个人主义……主张人道主义的，要想为穷人想法子，改变改变现状，在政治家眼里，倒还不如个人主义的好，所以人道主义和政治家就有冲突"①。事实上，鲁迅的《一件小事》、《阿 Q 正传》、《祝福》、《故乡》和胡适的《人力车夫》以及老舍的《骆驼祥子》等作品，正是鲁迅所期望的人道主义之作，特别是鲁迅和老舍一系列写底层的作品，成为现代小说的经典，更是以底层关怀为出发点，表达社会批判的代表性作品。在这个意义上，新文化运动和五四文学革命之后底层书写意识成为20 世纪中国文学强大的思想和理论资源。

就新世纪的"底层文学"的表现形态、思维特征、思潮走向等方面而言，与新文学初期的底层关注出现较多的同和异。这既是文学自身的传统惯性，又是文学在应对当下问题时表现的创新及其新质。就"人力车夫"现象来看，20 世纪中国文学资源中的人力车夫书写，是底层写作在现实主义文学发展的一个典型。其中渗透了鲜明的知识分子对底层生存者的精神的认同。鲁迅通过与人力车夫接触的"小事"，表达了自己（知识分子）隐藏在皮袄下的"小"，以此衬托出车夫之"大"，这是对底层的同情，更是对劳动的尊重；胡适的《人力车夫》则从另一个层面以反讽的方式指出知识分子对底层的书写不应停留于肤浅的同情，也是胡适作为知识分子的一种自我批判。老舍的车夫所蕴涵的意义更博大，他写出了作为底层生存者的挣扎，更写出了一个对勤劳、善良的普世价值不能保护的社会之悲剧，这是彻底的、深刻的底层的悲剧，"对于老舍这个来自市民社会底层、在精神上始终紧密联系着市民社会底层的作家"，写出底层世界的精神诉求和生存的悲剧，"就等同于歌唱人的良心和良知"，② 其穿透力远超过了诸多冠以底层之名的底层写作。在这个意义上，诸多新世纪"底层文学"写作中的写作权利、道德归罪等问题，都可以在此找到答案。

---

① 鲁迅：《文艺与政治的歧途》，《鲁迅全集》第 7 卷，人民文学出版社 1981 年版，第 115 页。

② 古世仓、吴小美：《老舍与中国革命》，民族出版社 2005 年版，第 191 页。

不过，在20世纪中国文学的现代性进程中，五四初期的许多思想随着启蒙和革命话语的转换，对劳工、底层的关注逐渐也由启蒙、人道主义、劳工神圣转向革命、革命文学、大众化观念的讨论，民粹主义弊端也逐渐暴露出来。而新世纪"底层文学"与20世纪文学资源的关系也变得复杂难辨。那么，被称为新世纪"底层文学"最直接资源的左翼文学，它又有怎样的底层观，它与新世纪"底层文学"的精神联系何在？

第二章

革命/大众："左联"的革命
意识形态与底层观的离合

第一节 革命与底层民众解放的"歧途"及其可能

在"底层文学"仍处于概念的辨析以及表述/被表述论争的过程中，很多批评者回过头来从既往的文学史资源中寻找左翼文学传统与当下"底层文学"的合法性关联，并从中探寻底层写作以资深化的思想和理论渊源。但是，细究并进入两种文学形态出现的历史和现实场域，我们发现，在大多数研究论者那里，左翼文学、文化被有意"确证"为一种有效资源，比如将"底层文学"批判性因素和左翼文学的反抗意识相连，或将左翼文学的理想主义和关心劳苦大众的意识径直作为"底层文学"可资挪用的直接资源，等等。①

当然，也有少数学者认为，20 世纪 30 年代的上海左翼文化知识分子的基本特点是"道德的自我迷恋"和理想主义，其所谓理想主义，只是知识分子的精神鸦片，最后必然走到民粹主义，认为其"左"和"右"是相通的；而 20 世纪中国激进主义的全盘改造思想背景就是法、俄革命，所以，"以今日观之，当年的左翼文化多是'肤浅、浅薄'的"。② 事实上，持有这一观念者的一个很重要的动因即意欲急切地对中国新文学从启

---

① 这一研究路径主要是通过"确认'底层文学'是左翼文学的复苏、提出'新左翼文学'、在左翼文学中'寻找'批评资源"等思路和方法，对左翼文学中有关底层问题的认识未能深入。这一梳理参见郭文元、张继红《新世纪"底层文学"批评与 20 世纪中国文学资源》，《当代文坛》2012 年第 5 期。

② 高华对目前学界对左翼文化批评的几种归纳，可参见高华《重新认识 20 世纪 30 年代"左翼文化"》，《革命年代》（珍藏版），广东人民出版社 2012 年版，第 135 页。

蒙转向革命的价值认定，也是对左翼文人知识分子急欲"脱弃'五四'长衫"之政治诉求的批判。而要理清从启蒙到革命之间的转换以及这一转变对底层观的意义，应当进入文学史和观念史的细部，理清这一资源序列之间的关系，才有可能判定我们应该借鉴什么，如何借鉴。

在研究五四文学与左翼文学观念转变的论述中，论者多依据成仿吾的《从文学革命到革命文学》一文。我们知道，成文乃是以惯常而简洁的"转变论"的历史逻辑，论述了五四文学与左翼文学的区别，这就是从"文学革命"到"革命文学"的转变观。从而将五四文学与左翼文学划分为完全不同的两个传统。①

一 底层，从"五四"到"左联"

事实上，明确提出"脱弃五四长衫"观的理论家是瞿秋白。他提出"脱弃"五四是在新文化运动落潮之后，这一观念的提出，是基于其对五四知识分子启蒙传统的怀疑，乃至否定，特别是对五四时期知识分子启蒙底层民众观念的质疑。在瞿秋白看来，五四白话文运动和启蒙思想并没有完成既定的目标，白话文运动并没有促成"文学的国语"和"国语的文学"的实现；同样，在他看来，如果白话文运动未完成，就不能促成消除智识者与"广大群众"的隔阂，很自然，启蒙就不可能完成。既然广大底层民众无法享用这种以白话文创造的"新文学"，那么它就只不过是"非驴非马"的"骡子文学"，因而这次"文学革命……差不多等于白革"②。瞿秋白的批评可谓尖锐。他的切入点是白话文运动，认为白话文运动并没有达到提升底层民众和广大群众的阅读能力，所以，它是失败的。按照这一逻辑和思路，启蒙的目的就是让广大民众能够阅读，然后达到与智识者一样的阅读、写作、反思、自觉的能力。这种争论一直延续到"左联"的成立。

那么，"革命文学"及其深化和发展而来的"左联"又以怎样的文学观和底层观以实现其底层观照呢？被定义为被压迫阶级的底层劳苦大众是否在左翼文学的倡导下实现了底层的自觉或自我解放？

---

① 冯乃超、李初梨等倡导革命文学的创作社成员，在成仿吾的"历史转折"逻辑下，将五四文学的成就及其未完成的任务一同推进了黑暗里。

② 刘纳：《"五四"与问责"五四"》，《随笔》2009 年第 1 期。

　　首先，将社会革命和文学行为直接链接，是左翼文学自我确证的有意追求，以此也拉近了底层民众与文学书写对象的贴身关系。中国近代以来的知识分子与传统士大夫的成仁、取义以及"平定天下"的道德自我完善的价值观不同，更多地将文化变革作为社会变革的动力源泉。也就是说，近现代以来的中国知识分子更容易将文化变革作为社会改革的工具，甚至以文化的完成代替社会变革的结果。这样的"代替"自然有诸多的危险因素，甚至包含了先天的怪诞性因素，所以鲁迅认为："革命并不能和文学连在一块儿，虽然文学中也有文学革命。"① 但在"左翼"那儿，文学和革命被有意地嫁接，正如王德威所言："今天把'文学'和'革命'加在一起是非常怪诞的事情，但在那个时候的的确确两者就是可以一起谈的……研究文学史，就必须正视（面对）曾经发生的文学事件。从'五四'前后提出的'文学革命'到'左联'成立前后出现的'革命文学'口号，我更强调从观念的脉络来厘清这样一个转变。"② 由此可见，革命、政治与文学本身有更多的"歧途"，政治自有其非常现实的目标和非常现实的利益，革命的意义则要宽泛得多。但革命常常是被现实的政治所解释的"革命"。这就是鲁迅先生曾在大革命之后一度陷入了精神痛苦的重要原因。在《文艺与政治的歧途》一文中，鲁迅说："我每每觉得文艺和政治时时在冲突之中；文艺和革命原不是相反的，两者之间，倒有不安于现状的同一。惟政治是要维持现状，自然要和不安于现状的文艺处在不同的方向。"③

　　其次，政治和革命都有其现实目的，即与文艺的"始终不满足现状"的批判性特征相悖。革命正处于"进行时"状态，即如鲁迅所言"打打打，杀杀杀，革革革，命命命"的精神状态是不能算作革命文学的，因为"做文学的人总得闲定一点，正在革命中，那（哪）有功夫革命"④。及俟革命成功，革命的成果要依恃政治来维护，"革命成功以后，闲空了一点：有人

---

　　① 鲁迅：《文艺与政治的歧途》，《鲁迅全集》第 7 卷，人民文学出版社 1981 年版，第 117 页。

　　② 王德威认为："对于这一转变，这些年来始终有褒扬和贬斥的两种立场存在，褒扬这一派把这一转变看作是历史文化史发展的必然道路。"见《曾经的斗争，曾经的"革命+文学"》，见《东方早报》2010 年 3 月 3 日。

　　③ 鲁迅：《文艺与政治的歧途》，《鲁迅全集》第 7 卷，人民文学出版社 1981 年版，第 113 页。

　　④ 同上书，第 117 页。

恭维革命，有人颂扬革命，这已不是革命文学。他们恭维和颂扬革命，就是颂扬有权力者，和革命有什么关系"①。也就是说，文学本身对现实的敏感性判断和对未来的想象性表述，总是与安于现状和维护革命果实的政治并不能同步，这是 19 世纪以来世界文学形成的一个重要的文学自觉和文学传统。按鲁迅先生的话来说："从先文艺家的话，政治革命家原是赞同过；直到革命成功，政治家把从前反对过那些人用过的老法子重新采用起来，在文艺家仍不免于不满意，又非被排轧出去不可，或者是割掉它的头。"②革命的现实目的性决定了它对文艺的征用目的性，而文学的现实批判性始终指向现实世界的不完满。从这个意义来看，革命和文学的结合，其怪诞性可见一斑。倘若将具有鲜明革命目的性的左翼文学引证为当下底层书写的思想资源，不作细致的梳理和辨析，只是从底层民众、批判性等看似相似的语词中寻找一种对接，将会对两种文学形态均造成不同程度的伤害。

二 革命与革命文学

当然，文学与革命的联姻是一个非常复杂的现象，即使是"革命文学"，也不像后来诸多文学史叙述的那样，将其作为单纯的政治或者政党文学叙事，更不是政治史叙述。现代革命自有解放平民、解放底层，甚至有达到平民和底层获得自我解放的可能，"大革命可以变换文学的色彩，小革命却不……其实'革命'并不稀奇，惟其有了它，社会才会改革，人类才会进步……从野蛮到文明，就因为没有一刻不在革命"③。但是鲁迅也不断地告诫，在大革命即将到来之时，倘有文学家"对种种社会状态，觉得不平，觉得痛苦，就叫苦，鸣不平"，这样的文学对革命本身没什么影响，"因为叫苦鸣不平，并无力量，压迫你们的人仍然不理"，而只有将叫苦鸣不平的喊冤变为反抗的力量，对革命才有助力，才能让人们觉醒，"至于富有反抗性，蕴有力量的民族，因为叫苦没用，他便觉悟起来，由哀音变为怒吼"。④ 鲁迅同样告诫，等

---

① 鲁迅：《文艺与政治的歧途》，《鲁迅全集》第 7 卷，人民文学出版社 1981 年版，第 118 页。

② 同上。

③ 鲁迅：《革命时代的文学》，《鲁迅全集》第 3 卷，人民文学出版社 1981 年版，第 418 页。

④ 此三处引文均见鲁迅《革命时代的文学》，《鲁迅全集》第 3 卷，人民文学出版社 1981 年版，第 419 页。

革命真正到来时，因为觉悟者开始真正"由呐喊转入行动"，没有空闲再谈文学；意欲革命的对象，也因革命潮流的冲击，无心顾及文学的批判，革命文学的功能也"暂归沉寂"了。反过来看，鲁迅的寓意也比较明显，即如果在革命既已到来之时，革命文学家们仍然鼓动别人奋力革命，抛头颅洒热血，而自己则隔岸观火，做"楼上观"，这不是革命文学，更不是理想的文学，虽看似有革命的口号，有同情和怜悯，也描写客观，"但所谓客观其实是楼上的冷眼，所谓同情也不过是空虚的布施，于无产者并无补助"①。所以，鲁迅对革命文学的功能和意义有不同阶段、不同层次的划分和辨析。这是值得借鉴和记取的。

但后来诸多的褒扬或者贬斥者，更多把革命与文学的关系简单化、一元化了。王德威曾说："在'左联'成立前后的六七年中，关于'革命文学'的叙述始终包含着许许多多的对话与抗争，应该正视其中的斗争和复杂性，正视那个时代留下的各种思想和价值。"② 这些观念是20世纪90年代以来祛左翼化思潮之后思想界对左翼文化重新评价的代表性观点。左翼文学也在这一思潮后被重新评价。但仍需深究的是，20世纪30年代的中国左翼文学并非整体一块，其形成、流变体现为相异的阶段性特征。左翼文学于20世纪30年代在上海成立后，在事实上逐渐分为两个"左翼"——"上海左翼"和"延安左翼"。两个"左翼"在进行各自的文学主张时表现出不同的文学理想和革命行为，特别是在二者对待作为革命主体的底层民众和人民大众时，表现出不同的革命诉求和底层观念，在大众化方法和实践道路上表现出相异的价值追求。"上海左翼"的"大众化"方法的革命性、理想性与延安文学"为工农兵"思想的实践性、政治性，在不同语境下，体现为相异的底层观和"大众"理论实践。无疑，要进行"底层文学"之于左翼文学的思想、理论资源关系研究，需要对二者的生成语境作以辨析，否则只能流于一种想当然的简单链接。在明晰这一问题之前，我们有必要先对"左联"的底层观及其大众化作以梳理，并以对比分析的方法来介入当下"底层文学"研究时资源挪用的误区。

---

① 鲁迅：《关于小说题材的通信》，《鲁迅全集》第4卷，人民文学出版社1981年版，第368页。
② 王德威：《曾经的斗争，曾经的"革命＋文学"》，《东方早报》2010年3月3日。

第二节　"左联"的大众化与底层观

一　"左联"的革命性及其大众化观念

"左联"从 1929 年 10 月开始筹备，1930 年 2 月成立于上海，再到 1936 年 2、3 月间解散，期间经历了六年多的时间。当时成立时的外部环境是，资本主义国家近乎全球性的、对世界市场的掠夺，同时，资本主义国家正在经历着 1929—1933 年的经济危机。因而，各国的共产党（包括美国的共产党在内）预感到资本主义制度的危机以及世界无产阶级革命即将开始，共产主义社会即将到来。共产国际代表对当时国际形势的估计也过于乐观，"拉普"（苏联无产阶级作家协会）的"左"的思想也很快被中国国内革命者接受。而在国内，李立三等共产国际代表控制着国内无产阶级革命的领导权。从总体上看，"左联"就是在国际、国内处于"左倾"思潮上升的最关键时期逐渐筹备、成立的。①

"左联"在成立前，上海已经聚集了大量的较为激进的革命者或文艺工作者，他们为"左联"的筹备和成立奠定了思想基础。这些来到上海的革命、文艺青年主要有大革命失败后，从革命前线撤退到上海的青年人，郭沫若、李一氓、阳翰笙、洪灵菲、蒋光慈、钱杏邨等；另一部分是从日本被迫回国的创造社成员，如冯乃超、李初梨、朱镜我等，他们此前已接受了日本的纳普（日本无产阶级作家协会）的思想；也有很多是带着小资产阶级革命者狂热的"左倾"情绪来到上海的；另外还有当时在上海的鲁迅、郑伯奇等较年长的文艺工作者。"左联"成立前后，其成员大多都是"左得可爱"（鲁迅语）的 30 岁左右的青年人，他们反对"右倾"路线，反对国民党的独裁，要求停止文艺界的"内战"。② "左联"在成立前后都是秘密进行的，因为他们遭到共产党内部和国民党的双重监控。后来，特别是在 1931 年"九·一八"事变和"一·二八"战争爆发之后，上海出现了大大小小的抗日组织和团体。此时，因为"左联"成

---

① 上述观点参考了陈瘦竹主编《左翼文艺运动史料》，南京大学学报编辑部 1980 年版；马良春、张大明《三十年代左翼文艺资料选编》，四川人民出版社 1983 年版等资料。

② 相关资料可参见夏衍《左联成立前后》，收入中国社会科学院文学研究所编《左联回忆录》，知识出版社 2010 年版，第 28—29 页。

员和部分群众在一起进行抗日宣传，其被监视和控制的局面也暂时得以放松。从而在客观上形成了与群众的结合，而不是做单独的革命行动。

"左联"在将革命行动与群众结合的同时，也意识到普通群众身上蕴藏的民族、民主革命的力量。因为"左联"表现出积极的抗日倾向，所以"左联"成员的文章也被部分进步刊物所接纳，其成员也开始在"中间或中间偏右的"报纸和刊物发表文章，甚至由国民党控制的重要报纸副刊也有"左联"成员担任编辑。① "左联"的活动由先前的党组织内部、党派之间的斗争转向抗日活动，也因此逐步赢得了普通群众和上海文艺界的认可。这是"左联"由政治斗争逐渐转向文学阵地斗争的关键时期。同时，在鲁迅和瞿秋白的影响和领导之下，"左联"逐渐克服了组织内部鲜明的"宗派斗争"和"关门倾向"，开始有意识地倾向于"目的都在工农大众"的问题。② 夏衍曾回忆瞿秋白代表中共中央来上海领导文化工作时的情况："自从瞿秋白领导了文化工作，我们就开始逐渐地、有计划地占领这些宣传阵地。"③

可以看出，"左联"最初成立的根本目的是与当时的国民党当局以及共产党内的"左倾"思想争夺文化阵地。"九·一八"事变后，"左联"的活动得到更广泛的群众的支持。鲁迅和瞿秋白对"左联"的斗争策略及文艺工作的方式的形成起到积极作用，即一方面，"左联"应将文艺工作的重心放在文艺阵地的争取，另一方面，文艺创作始终要为工农大众，而不是个人或某个小团体。由于在"左联"成立前后，"鲁迅是旗手，是盟主"④，而瞿秋白作为党的代表领导"左联"的文艺斗争，从而使"左

---

① 据左联发起人夏衍回忆，经过"一·二八"事变，特别是1933年之后，"甚至上海几个主要报纸的副刊，如《申报》的《自由谈》和《电影副刊》、《晨报》、（国民党CC派潘公展主办的）《每日电影》、《时事新报》的副刊，几乎都由'左联'或与'左联'有关的人担任编辑……连商务印书馆也肯出版'左联'作家的作品了"。见夏衍《左联成立前后》，收入中国社会科学院文学研究所编《左联回忆录》，知识出版社2010年版，第41页。

② 鲁迅在《对于左翼作家联盟的意见》中说，"我们战线不能统一，就证明我们的目的不能一致，或者为了小团体，或者还其实只为了个人，如果目的都在工农大众，那当然战线也就统一了"。见《鲁迅全集》第4卷，人民文学出版社1981年版，第237—238页。

③ 这里所讲的"宣传阵地"主要是国民党和资产阶级的报刊。瞿秋白对"左联"禁止在这些刊物上发表文章等宗派、关门主义进行了批评。见夏衍《左联成立前后》，收入中国社会科学院文学研究所编《左联回忆录》，知识出版社2010年版，第42页。

④ 夏衍：《左联成立前后》，收入中国社会科学院文学研究所编《左联回忆录》，知识出版社2010年版，第33页。

联"的工作逐渐具体化，其主要的工作重心就是进行文艺大众化研究和宣传、介绍马克思主义。文艺与工农大众、文艺与普通老百姓以及文艺与底层民众等关系被更多的"左联"成员讨论并认可。

那么，"左联"成立后所进行的"文艺大众化讨论"及其文学行为又怎样呢？"左联"的大众文艺观是否包含着底层观？从 1930 年 3 月"左联"成立至 1932 年底，"左联"进行了两次规模较大的"大众化"讨论。第一次讨论从"左联"成立伊始既已进行。"左联"成立后即将"大众化"作为首要问题予以讨论，并成立了大众文艺委员会、文艺大众化研究会，编辑、出版了《大众文艺》半月刊。参与第一次"大众化"讨论者均为《大众文艺》的骨干，比如鲁迅、冯乃超、郭沫若、郑伯奇、茅盾、冯雪峰等。讨论围绕为什么大众化、如何大众化等问题展开。冯乃超认为，文学战线应将积极深入群众作为首要任务，走文学大众化道路，至于如何做，"首先要有能使大众理解——看得懂——的作品"，"这不能不要求我们的作家在群众生活中认识他们的生活"，[1] 这样才能够具体地表现出他们的生活。而郑伯奇和郭沫若分别提出"大众文学作家应该是大众中间出身的"、"大众文艺的标语应该是无产文艺的通俗化。通俗到不成文艺都可以"。[2] 对上述大众化方法中提出"出身论"和"不成文艺说"，鲁迅发表了著名的《文艺的大众化》一文，认为"文艺本应该并非只有少数的优秀者才能够鉴赏，而是只有少数的先天的低能者所不能鉴赏的东西……但读者也应该有相当的程度。首先是识字，其次是有普通的大体的知识，而思想和情感，也须大抵达到相当的水平线。否则，和文艺即不能发生关系。若文艺设法俯就，就很容易流为迎合大众，媚悦大众。迎合和媚悦，是不会于大众有益的"。[3] 从外部环境来看，鲁迅认为，"在现下的教育不平等的社会里，仍当有种种难易不同的文艺，以应各种程度的读者之需……因为现在是使大众能鉴赏文艺的时代的准备，所以我想，只

---

① 冯乃超：《大众化的问题》，《大众文艺》1930 年第 3 期。
② 郑伯奇：《关于文艺大众化的问题》，郭沫若：《新兴大众文艺的认识》，均见《大众文艺》1930 年第 3 期。
③ 此文最初发表于《大众文艺》1930 年第 2 卷第 3 期，后收入《集外集拾遗》，后收入《鲁迅全集》第 7 卷，人民文学出版社 1981 年版，第 349 页。为诸多讨论"大众化"问题的论者所涉及，但对鲁迅对"政治之力的帮助"之阐述关注较少。

能如此……倘若此刻就要全部大众化，只是空谈"。当然，鲁迅对当时的"大众化"并非不抱希望："总之，多作或一程度的大众化的文艺，也固然是现今的急务。若是大规模的设施，就必须政治之力的帮助，一条腿是走不成路的，许多动听的话，不过文人的聊以自慰罢了"①。鲁迅对当时声势浩大的"大众化"运动抱有很多警觉，主要原因在于：第一，教育不平等造成的普通大众不识字，接受文学没有客观条件；第二，文学不能一味地俯就、迎合甚至媚悦大众，而大众应该具有适度的知识、思想和感情；第三，要进行较大程度的大众化的文艺，就要有政治之力的帮助。这些论述给"左联"两次较为激进的"大众化"理想和不无偏颇的"不成文艺说"之文学媚悦大众化方法泼了冷水。更重要的是，鲁迅提出的规模化的大众化之路"要有政治之力的帮助"，切中了左翼（延安文艺以前）文艺单纯、片面的大众化设想，即没有政治、权力、权威的介入，在"现下的教育不平等的社会里"，无论是"大众化"还是"化大众"都会成为"文人的聊以自慰"。②

同时，在"左联"很多成员那里，大众化的直接而迫切的目的是"左联"所追求的无产阶级文学取得合法权，博得革命斗争力量，以此来完成与"敌人"（主要指国民党）做斗争，最终实现无产阶级革命的胜利。"普罗大众文艺的斗争任务，是要在思想上武装群众，意识上无产阶级化，要开始一个极为广大的反对青天白日主义的斗争。"③"他（瞿秋白）告诉我们，在目前情况下，在广大人民群众要求抗日的时候，我们必须把作家、艺术家组织起来，利用群众要求抗战的爱国心理来进行我们的文化工作。"④组织同仁，利用群众心理以开展工作，这是"左联"以文艺大众化介入普通大众和底层民众的方式，也是"左联"文艺表现大众的姿态。但是，鲁迅对此一直持有谨慎的态度，因为在鲁迅看来，底层民众或普通市民并不具有革命的意识，也并不能真正理解革命文艺工作者

① 鲁迅：《文艺的大众化》，《鲁迅全集》第7卷，人民文学出版社1981年版，第349页。
② 同上。
③ 史铁儿（瞿秋白）：《普罗大众文艺的现实问题》，载《文学》半月刊，1932年4月第1卷第1期。
④ 夏衍：《左联成立前后》，收入中国社会科学院文学研究所编《左联回忆录》，知识出版社2010年版，第42页。

的革命斗争目的，即不能理解其鲜明的政治意识形态。无论《药》中的革命者夏瑜为解放下层百姓被砍头，继而被下层百姓蘸其血髓食之的悲剧，还是《阿Q正传》中对破产农民作为未庄的底层生存者的"哀其不幸，怒其不争"的主体性渗透；无论是在筹建"左联"前鲁迅讲的有关自己家乡农民想象皇帝的笑话，[①] 还是他认为老百姓"对于乡下的绅士有田三千亩……每每拿绅士的思想，做自己的思想"[②] 的评论，可以看出，鲁迅首先认为大众化在当时并不像很多倡导者想象的那么容易，读者并不具有相当的程度，即首先是识字，其次是基本的知识、思想、情感，在当时教育不平等的社会状况下，这最基本的两点很难达到。在这种境况下，要么放弃"大规模的大众化运动"，要么"有政治之力的帮助"，否则对普通民众和底层大众并不能带来实际的补益。

"左联"时期的政治意识形态暂时搁置了对底层生存者的直接关注，其鲜明的革命理性延缓了进入底层的有效性，也搁置了表述底层的可能。在当时"左联"仍处于边缘化、在夹缝中寻求生路的状况下，并不能"获得"政治之力的帮助，自然很难进行大规模的大众化运动；更重要的是，底层民众并不具备基本的大众化的条件，如何才能进行大众化呢？作为文学方式的大众化怎样才能完成呢？按照鲁迅的看法，在彼时中国情况下，若要大众化，就只能"迎合"、"俯就"、"媚悦"。值得注意的是，鲁迅在"左联"第二次大众化讨论（1932年底）后，于1933年3月写了为我们熟知的《我怎么做起小说来》，"说到'为什么'做小说罢，我仍抱着十多年前的'启蒙主义'，以为必须是'为人生'，而且要改良这人生……没有相宜的白话，宁可引古语，希望总有人会懂"。[③] 在鲁迅看来，无论是启蒙还是大众化，要写下层（底层）人物，创作者的审美态度很重要，"倘写下层人物（我以为他们是不会'在现时代大潮流冲击圈外'的）罢，所谓客观其实是楼上的冷眼，所谓同情也不过是空虚的布施，于无产者并无补助"①。这里鲁迅借批评法国作家戈蒂耶站在上层有权者的角度写无产者的这一审美立场，来批判"左联"大众化运动的意识形态性，特别是对底层百姓的隔膜。所以，从鲁迅的写作及其一贯的观念来看，这两种情况很有必要提及：第一，非同一价值取向的人是不能深知的；第二，这些作品可以作这一时代的记录。但不管怎样，仍然要力求做到"选材要严，开掘要深，不可将所写的没有意思的事故，便填成一篇，以创作丰富自乐"②。

如果我们将革命从文学史批评概念中剥离出来，恢复其历史规定性，革命和阶级、革命与价值目标之间的关系则更清晰。就鲁迅与"左联"的关系来看，鲁迅在"左联"成立前后对革命文学、左翼文学还是抱有很大希望，而后则对二者的创作现状表现很不满意。由此我们可以看出，被"左联"成员称为"旗手"的鲁迅，并不以为"左联"的大众化方法是革命文艺的切实而必要的方法。自然，鲁迅的很多观点也受到来自革命文学内部成员（也是后来的"左联"成员）的质疑。

毋庸置疑，围绕于20世纪中国文学资源中的重要命题是现代性的启蒙和左翼文学之间的矛盾与冲突，在这一冲突中，针对左翼文学一系列的文化批判，如革命文学论争、关于大众化和拉丁化的论争等，似乎都是文学内部的斗争。但是，"左翼文学运动实践者们所遵循的哲学认识论基础，已不再是启蒙主义、个人主义等价值目标而是政治启蒙、历史理性、集体主义等价值规则律令。在左翼文学运动实践者们的视野中，一切都是被视为阶级斗争、阶级解放和创造新型政治社会的工具"③，这和鲁迅的文艺观有很大距离，鲁迅所关注的是人的觉醒及其与之相关的权力制度对底层民众造成的精神伤害，而革命文艺关注的乃是阶级关系的调整和革命话语权力的斗争。周扬曾说："在那时所产生的许多有反帝意义的作品

①　鲁迅：《关于小说题材的通信》，《鲁迅全集》第4卷，人民文学出版社1981年版，第368页。

②　同上。

③　贾振勇：《革命与理性：中国左翼文学的文化阐释·序》，《革命与理性：中国左翼文学的文化阐释》，人民出版社2009年版。

中，我们不能遗漏了以空前宏大的规模把在帝国主义和封建势力双层压迫下的整个中国社会和人民的斗争作了艺术概括的《子夜》”，① 就是典型的例子。“就 20 世纪 30 年代的文艺大众化运动而言，在文学的表征之下实际上潜藏着中国现代性路径的改变、阶级关系的调整、历史主体的重塑等一系列命题。”② 由于 20 世纪 30 年代中国社会的关注点主要集中在政治的平等诉求和社会的公正呼吁，所以，参与者的政治言行及其对未来社会的预设、对未来社会主体生活想象方式的许诺，构成了诸多领域颇具鼓动性的社会表达方式。比如，以革命的名义代管了个人的情感、诉求，乃至尊严，甚至选择更多过激的行为，也在所不惜。

所以，鲁迅和“左联”的关系甚为密切，但他和“左联”的“隔”是深入骨髓的。就鲁迅与革命、国民性、底层民众三者的态度来看，比较通行的观点是，鲁迅除了早期的“立人”主张和晚年对苏联的热情称颂，基本上不正面阐述什么。他的价值仅仅在于批判，在于与黑暗现实的搏斗。这种观点看上去不无道理，但却流于肤浅，伊藤虎丸说，这（指上述“通行”的观点）“是一种基于表象的看法……鲁迅始终如一地致力于对国民主体性的建构”。③ 伊藤虎丸对鲁迅建构国民灵魂和对国民性批判的判断是深刻的，也就是说，鲁迅国民性批判的根本目的不在国民本身，更具有一种自我牺牲和反抗精神，他认为“这种建构不是逻辑层面上抽象地阐述国民主体性应该是什么，而是以自己的血肉之躯摸索、尝试这种主体性在中国现实条件下可能是什么。这是一种‘以身饲虎’的求索，一种拒绝在一个分层的社会里从‘上层’寻求精神世界的尝试”，④ 鲁迅这种拒绝是彻底的。对于底层民众，他更是进行一种把“民众从政治的客体变为政治的主体”⑤ 的艰难实践。

① 周扬：《从民族解放运动中来看新文学的发展》，收入中国社会科学院文学研究所编《抗日战争时期延安及各抗日根据地文学运动资料》（上），知识出版社 2010 年版，第 49 页。

② 张宝明：《重建阶级秩序：20 世纪 30 年代文学大众化运动的内在动机》，《北京师范大学学报》2012 年第 3 期。

③ ［日］伊藤虎丸：《鲁迅和日本人》，引自张宁《走出米达斯逻辑》，《无数人们与无穷远方：鲁迅与左翼·前言》，复旦大学出版社 2006 年版，第 9—10 页。

④ 张宁：《走出米达斯逻辑》，《无数人们与无穷远方：鲁迅与左翼·前言》，复旦大学出版社 2006 年版，第 9—10 页。

⑤ ［日］伊藤虎丸：《鲁迅和日本人》，引自张宁《走出米达斯逻辑》，《无数人们与无穷远方：鲁迅与左翼·前言》，复旦大学出版社 2006 年版，第 9—10 页。

可见，从中国 20 世纪 30 年代的左翼文学运动来看，这场运动确实是当时一批优秀文人知识分子自觉推动历史进步的社会改革行为，也应和了当时全球化的共产主义运动，展示了文人知识分子参与社会进程、塑造自我形象的文化实践；就中国现代性进程而言，这是知识分子革命诉求和理性精神的集中爆发。但不容置疑的是，在这种以夺取革命领导权为直接目的的意识形态斗争和文化实践，"在光明与黑暗、文明与野蛮的搏斗中，深刻展现了人性在自我超越进程中的自豪和无奈"，也"演示了人类理性精神在塑造历史和自我形象进程中的力量与局限"。① 所以，在当下"底层文学"研究中发掘左翼话语资源时，一个迫切需要解决的问题就是重新进入上述左翼资源的细部脉络，对"左联"的复杂性细加辨析，否则，"借鉴"将成为无源之水，失之无据。

二 "左联"的革命理性与审美之维

所以，倘若以"底层文学"为视点，回溯、考量 20 世纪中国文学资源中的革命文学、左翼文学，则应当进入具体的历史语境，探查革命文化展开的动因、脉络以及作为资源的"元资源"，这样才能回答当下"底层文学"中资源归溯的合理性。因为，作为中国革命文化的重要组成部分，革命文学、左翼文学传统同样内在于中国革命，它们处理、回应的问题也是革命必须面对的。但是，正如有论者所言："革命文学、左翼文学到底处理了哪些中国革命必须面对的问题，在革命的展开中到底起到何种作用……需要重新加以梳理和估量。"② 尽管在我们的文学史和现代史领域，革命文学和革命都曾获得过高度的肯定，但这种肯定多基于对二者笼统的概括和修饰性的策略，是一种因政治正确而做出的"将结果推为过程"的逻辑演绎。

考察左翼文学的底层观念，则需梳理和辨析革命文学的革命意识形态，需要考察革命主体所理解的革命到底是什么，考察其"借助何种资源找到自己联系革命的方式以及他们的工作何以具有政治性，其效用在哪

---

① 贾振勇：《革命与理性：中国左翼文学的文化阐释》，人民出版社 2009 年版，第 2 页。
② 张宁：《走出米达斯逻辑》，《无数人们与无穷远方：鲁迅与左翼·前言》，复旦大学出版社 2006 年版，第 9—10 页。

些层面发酵……这一系列的问题不仅针对历史现象，同时也针对今天的现实"①。如果不回到具体的历史语境，而仅仅参照笼统的革命文学、左翼文学"概念"对当下现实发言，那么有关文学与政治的实体式理解会走入歧途。所以，在大而化之的言论空间中，既不能产生对当下现实的真实发言，也就很难理解当下"底层文学"对尖锐现实的反思，更不可能对新的政治文化做出合理的价值批判。这是目前文学资源的借鉴研究中缺乏的，也是文学史研究和思想文化领域急需思考的。

20 世纪中国文学的阶级性以及阶级斗争从 20 年代的革命文学和 30 年代的"左联"业已兴盛，而后演化为一种近乎贯穿近一个世纪重要的文学主题。在话语权力的争夺和阶级斗争的政治意识形态范畴，"左联"的底层意识被权力意识形态冲淡，甚至被取代。因为当时"左联"内部的文人知识分子，特别是其中的激进派，坚信文艺是一种革命意识形态，文学应该强调对社会革命的促进作用，所以，当革命意识形态与文艺的独立性、趣味性发生冲突时，则以意识形态性否定底层民众的真实欲求以及文艺的审美性。一个鲜明个案就是"左联"曾通过《开除蒋光慈党籍的通知》："蒋光慈原名光赤，登报声明改为光慈，是向国民党反动派妥协"，"蒋光慈写的中篇小说《丽莎的哀怨》同情上海白俄少女沦为妓女的悲惨生涯，丧失革命立场"②。据当事者马宁回忆："现在我已记不起发出通知的正确月日，但通知的内容我还记得很清楚，那些理由是不能成立的。"③ 这是马宁在 20 世纪 80 年代的回忆。我们姑且不论党员更名与被开除党籍是否有必然联系，但从中篇小说《丽莎的哀怨》被批判为"同情白俄妓女"与"丧失革命立场"，且在《开除蒋光慈党籍的通知》中，将同情白俄女人这一款置于第三款——"蒋光慈去日本东京，事先未得党中央同意"之前就可以看出，作为革命组织，"左联"将同情白俄妓女定义为丧失革命立场，这比党员"事先未得到党中央同意"，离开党组织

---

① 张宁：《走出米达斯逻辑》，《无数人们与无穷远方：鲁迅与左翼·前言》，复旦大学出版社 2006 年版，第 9—10 页。

② 马宁：《左联杂忆》，收入中国社会科学院文学研究所编《左联回忆录》，知识出版社 2010 年版，第 95 页。

③ 至于蒋光慈前后的改名出于什么目的，刊登此"更名广告"的"《申报》或《新闻报》……没有说明什么理由和原因"。见马宁《左联杂忆》，收入中国社会科学院文学研究所编《左联回忆录》，知识出版社 2010 年版，第 95 页。

更严重。也就是说，这种以革命立场为第一要义的革命组织，其底层观是值得辨析的，这与五四时期"人类的，也是个人的，却不是种族的，国家的，乡土及家族的""人的文学"① 的底层观更是相去甚远，甚至在某种意义上，"左联"成立后并没有自觉的"底层意识"，相反，充斥于组织内部的文艺条律是革命立场的有无；或者说，即使"左联"具有很多论者所谓的"底层意识"，它也是完全服膺于阶级意识的。我们知道，小说《丽莎的哀怨》出版于1929年，所写的内容是白俄将军、官吏、资本家、地主等上层社会曾经的统治者，因受俄国十月革命洪流的冲击而流亡到中国的经历，他们身上的确流淌着"剥削阶级的血液"。但是他们的子女却也因此受尽凌辱，丽莎等女性因此沦为妓女。蒋光慈以同情的笔墨近乎客观地描绘了她们悲惨的遭遇，以深沉的人道主义的精神和情怀写出了那一群特殊的底层生存者背井离乡的苦楚，失去生存根基的迷茫，也写出了从上层社会跌落到底层后作为无告者的沉默。但是在"左联"诸多人士看来，即使他们遭遇再坎坷，他们的痛苦再无助，因为他们身上所流淌的剥削阶级的血液，他们的遭遇则罪有应得，死有余辜。试想，如果她们身上流淌的"剥削阶级的血液"置换成"无产阶级的血液呢"？② 也就是说，只要是剥削阶级的后代，只要以阶级对立的角度去给对方定性，那么她们则永远洗不尽包裹在血肉之躯的"黑骨头"。鲁迅也曾在论述欧洲列强所谓"优等民族论"以及所谓的改革者对犹太民族的驱赶和屠杀问题时说："况乎凡造言任事者，又复有假改革公名，而阴以遂其私欲者哉？今敢问号称志士者曰，将以富有为文明欤，则犹太遗黎，性长居积，欧人之善贾者，莫与比伦，然其民之遭遇何如矣？"③ 所以，无论以民族优劣也好，以阶级关系也罢，若假以革命之名义，以阶级立场为手段，"以遂其私欲"，而无视弱者的生存权利，这样的革命的合理性是值得怀疑的。而那种以阶级关系决定一切社会关系和社会身份的"出身论"的所谓革命方式，在剥夺了作为人的生存权利后，乃假以"公名""以遂其私欲"的狞厉的革命面

---

① 周作人：《人的文学》，《新青年》1918年12月5卷6号。

② 同样是对异国女性的叙述，郭沫若的《牧羊哀话》借一老妪之口，叙述一个朝鲜女儿的遭遇，唤起了更多读者的亡国之痛。作品及其作者也似乎获得了先天的道德优越感，其根本原因就在于两类女性不同的阶级出身。

③ 鲁迅：《文化偏至论》，《鲁迅全集》第1卷，人民文学出版社1981年版，第5页。

孔和革命意识形态,其革命道德的合理性也是值得怀疑的。

其实,从"左联"成员对蒋光慈的人道主义底层同情和不自觉的底层意识被批判,到左翼文学对广义的无产阶级的翻身解放的许诺,以及普通大众的革命激情的调动,再到对具体的"底层群体"的漠视与批判……可以看出,"左联"时期文艺的政治革命的意识形态性,具体表现为革命目的与艺术审美的矛盾,这是"左联"底层意识淡薄的根源。马尔库塞在《审美之维》中谈及革命与艺术审美之间的关系时说,革命与艺术,是"一种对立的统一,一种敌对的统一。艺术遵从必然性,然而又有其自身的自由,这种自由并非革命的自由。艺术与革命在'改造世界'即解放中,携起手来;但是,艺术在其实践中,并不放弃自身的紧迫性,并不离开自身的维度:艺术总是非操作性的东西。在艺术中,政治目标仅仅表现在审美形式的变形中。即艺术家本人是'介入的',是一个革命家,但革命在作品中会付诸阙如"①。以此审视"左联"文艺的审美之维与政治性、革命性之维的关系,可以看出,在"改造世界"的共同目的中,普罗文学及其此后的左翼文学以革命的功利性否定了艺术对"发现人"和"改造世界"的审美恒常性。所以,在左翼文学曾经表现出的意识形态与审美两种功能的失衡语境中,反观新世纪"底层文学"的资源探寻的问题,就会发现当下底层书写研究问题的症结。

第三节　作为"底层文学"资源的左翼文学

一　被链接的左翼文学资源

在"底层文学"这一思潮仍处在概念辨析以及表述/被表述论争的过程中,诸多批评者已从文学史资源中寻找左翼文学传统与当下"底层文学"的合法性关联,试图从中找到深化底层写作的思想和理论资源。一种是,确认新世纪"底层文学"是"左翼文学"的继承与复苏。季亚娅、李云雷、刘勇、何言宏、刘继明等论者,从新世纪"底层文学"面向底层的"向下"精神及文学与现实的关系,上溯其文学渊源,认为"底层文学"是20世纪30年代

---

① [美] 马尔库塞:《审美之维》,李小兵译,广西师范大学出版社2001年版,第164—165页。

左翼文学思想在当下的复兴。季亚娅最早以《"左翼文学"传统的复苏和它的力量》为题，评价了曹征路的《那儿》等作品，① 她认为虽然该作品（《那儿》）意念化、概念化的倾向很明显，但却是我们久违了的"工人阶级写作"；"无论是'底层写作'本身，还是对'底层写作'的评论，都大量引用了现代文学特别是左翼文学的话语资源，可以见出'底层写作'与左翼文学传统有着千丝万缕的联系"。②

　　通过我们前文对左翼文学资源的梳理可以看出，上述观点和思路其问题的主要症结在于省略两类文学思潮的语境，以提取同类项的方式对其进行了远距离的对接，对所借鉴的资源本身的复杂性未能作细致区分。这一研究思路下的所谓新世纪"底层文学"是左翼文学精神的复兴，在事实上肯定了左翼文学是新世纪"底层文学"的精神之源。③ 论者基本确认了两种文学形态的相似性——被淡忘的左翼文学，似乎在大量关于"底层写作"的讨论中被重新激活，并提出当下"底层文学"借鉴左翼文学资源的路径，即"发扬左翼文学的'政治性'写作传统"、"继承及发扬左翼文学在文艺形式探索上的多样性"、"在文艺大众化方面，左翼文学运动可以为'底层写作'提供经验教训"④（但教训是什么呢，论者并未展开说明）。之后相类似的观点进一步被提出："在传统上，它（指'底层文学'——引者注）主要继承了 20 世纪左翼文学与民主主义、自由主义文学的传统，但又融入了新的思想与新的创造。"⑤（自由主义与底层书写关系如何解释，也未有说明）可以看出，这些论述在事实上以寻找公约数的方式追认左翼文学为当下"底层文学"的"精神父亲"。但对左翼文学出现的革命语境、阶级话语和当下"底层文学"所处的大众消费语境、阶层话语等未作具体的辨析，使得这种寻找关联的努力显得表面化、简单化。所以，宽泛地将"底层文学"视作 20 世纪 30 年代左翼文学思想的复兴，把左翼文学指为"底层文学"的所谓"精神父亲"，这就是抽空了

　　① 季亚娅：《"左翼文学"传统的复苏和它的力量——评曹征路的小说〈那儿〉》，《文艺理论与批评》2005 年第 1 期。
　　② 刘勇、杨志：《底层写作与左翼文化传统》，《文艺报》2006 年 8 月 22 日。
　　③ 此观点归纳可参见张继红、郭文元《作为"底层文学"资源的左翼文学和社会主义文学的梳理》，《文艺理论与批评》2012 年第 5 期。
　　④ 刘勇、杨志：《底层写作与左翼文化传统》，《文艺报》2006 年 8 月 22 日。
　　⑤ 刘继明、李云雷：《底层文学，或一种新的美学原则》，《上海文学》2008 年第 2 期。

历史语境, 是将 "底层" 从与之相关的 "上层" 的具体关系中分离出来, 使之空洞化的一种表现。

与上述论述相关的另一种情况是, 倡导 "底层文学" 与左翼文学具有 "亲属" 关系的论者, 其实较早地意识到二者的历史、文化语境的差异, 以及 "复活" 左翼文学传统的艰难。在《那儿》(2004) 发表伊始, 有论者将其命名为 "新左翼文学", 侧重于肯定该作品鲜明的阶级意识,① 其理由是该作品中出现了 "我" 小舅朱卫国作为 "工人领袖的反抗意识", 也有 "英特纳雄耐尔 (共产主义) 一定要实现的理想", 以及 "社会主义历史及其赋予的阶级意识" 等, 也就是作为无产阶级 "对自己历史地位的感觉"②; 在《问苍茫》(2008) 发表后论者强化了对这一观念的认定。论者提出 "新左翼文学" 是强调当下 "底层" 作为无产者的阶级意识, 并将左翼文学传统从20 世纪 30 年代一直到新中国成立后 30 年的社会主义文学简约为一以贯之的 "无产阶级文学"。这种观念中隐含着 "底层文学" 是左翼文学的 "重新崛起" 的含义。其实, 这种以策略性的、暂时省略 80、90 年代的转型语境的方法, 特别是对 "文革" 十年文学的有意回避, 对不同时期的文学进行了远距离的对接。这种通约的、"提取同类项" 的做法无疑遮蔽或掩盖了每一阶段文学与政治等复杂关系, 带有典型的 "将结果推为过程的本质主义" 的逻辑特征。批评者张宁对这一思路和方法的反思颇具意味: 将 "新左翼文学" 与历史上的左翼文学相关联, 那么 "它关联的是什么样的、什么时期的 '左翼文学'? 它是否也关联于可被称为 '统治者文学' 的那部分? 如果是, 那么该怎样定义 '新左翼'? 如果不是, 如何落实于新的阶级主体?"③ 可见, 对此两种文学类型对比, 一个无法绕开的问题就是如何判定左翼文学的阶级主体与新世纪 "底层文学" 中 "底层" 的社会属性。当下研究中诸多的对比研究要么省略对此问题的追问, 要么以 "底层文学" 比附左翼文学, 对二者的细部 "节点" 未做深入探寻。正是对一系列理论和历史不加追问, 使得关于 "新左

---

① 所谓阶级意识, 是指由生产关系所规定的有着共同利益的群体对共同利益和共同命运的感觉, 并且有着为谋求共同利益而采取集体行动的意向, 也就是马克思所说的 "自为阶级"。见杨继绳《中国当代社会阶层分析》, 江西高校出版社 2011 年版, 第 382 页。

② 这是卢卡奇对马克思阐释阶级意识的一种观点, 即在人和人的社会历史进程中理解阶级主体的主体意识。见格奥尔格·卢卡奇《历史与阶级意识》, 杜章智译, 商务印书馆 1992 年版, 第 133 页。

③ 张宁:《命名的故事:"底层" 还是 "新左翼"? ——大陆新世纪文学新潮的内在困境》,《文史哲》2009 年第 6 期。

翼文学"的讨论经常陷入当事者自己也无法觉察的混乱。所以，将"底层文学"与"左翼"和"新左翼文学"联系在一起的论述，从研究意义来看，虽然论者开始注意到"底层文学"在当下的新质，即尽可能挖掘"后革命时代"工人阶级的精神主体性；将其与20世纪90年代以来的"左翼"思潮相关联，确实揭示了"底层写作"的主要思想资源与书写理论资源。但是，笔者认为，在后革命语境中研究"底层文学"，特别是在面对当下严峻的社会问题时，对于所欲借鉴的文学资源中的底层意识的认定是必不可少的。

其实，敏锐的学者早就意识到两种文学本质的区别："明明是'断裂'与'失衡'的历史语境中的底层表述，却故意将底层抽空，变为中性的、祛除了意识形态和历史内涵的'弱势群体'……倒像是中国左翼文学的真正终结。"① 也就是说，当下的"底层文学"研究有其更复杂的历史语境，那就是在不断资本化、市场化以及政治权力话语的多重作用下，更多人被沦为底层，他们既不能表述自己，又没有被合理地表现出来，他们背井离乡的痛楚，他们失去生活根基后的无助，他们在工业生产链条上发出的无奈的叹息等等，没有被合理、有效地表现。这一群体的生存状况被迫成为现代性必然的结果。而大而化之地将"左翼文学"与"底层文学"的简单对接，在很大程度上便是对"断裂"和"失衡"语境的有意漠视和粉饰。

所以，寻求"底层文学"及"底层"未来发展的路径时，应当客观具体地进入左翼文学传统，辨析不同时期左翼文学表述底层的文学观念，特别是从五四到左翼，知识分子对待"劳工大众"态度的变化与当下"底层文学"语境中书写底层的本质联系，理清文学召唤"底层意识"具体的历史过程，并寻求一种新的历史可能性，特别是底层的历史能动性和独特的精神主体性。否则，无论是"底层"还是"新左翼"的讨论都会沦为没有生长性的知识生产或话语资源的自我繁殖。这就是我们对左翼文学在不同时期、不同空间、不同语境下的文学行为及其创作进行细分的最终目的。

二 "左联"作家的底层书写

从"左联"成员的组成来看，其实，有些成员重于创作，而有些成员

---

① 马春花：《左翼文学传统在新时期的沉寂与复兴》，《海南师范大学学报》2009年第1期。

重于意识形态斗争和革命领导权的争夺。就从左翼文学的创作来看，左翼文学在"左联"时期即已分为两大类：其一，表达浪漫蒂克的革命理想与政治理性追求。这类创作在"左联"成立前即已形成，以普罗文学为核心，他们以一种"革命＋恋爱＋性"三元素建构形式，以完成其文学理想。代表作家有茅盾、蒋光慈、洪灵菲、华汉（阳翰笙）等。他们以革命浪漫主义的昂扬向上的姿态，以令人血脉贲张的革命激情，表达革命高涨之时的精神快感和革命遭遇挫折后的自我放纵。有意思的是，这种写作赢得了更多青年革命者的追捧，也形成了一种追逐"革命＋恋爱"的风气。茅盾的《蚀》三部曲和蒋光慈在20世纪20年代末创作的《野祭》、《菊芬》、《冲出云围的月亮》等在当时引领了一个时代的文学潮，风靡一时，茅盾在文坛的地位陡增，蒋光慈也获得了众多青年读者的追捧。正如郁达夫所言，"一九二八、一九二九以后，普罗文学执了中国文坛的牛耳，光赤（蒋光慈——引者注）的读者崇拜者突然增加了起来"[1]。革命与文学浪漫蒂克的结合成为左翼文学的主流，也成为"左联"时期文学的主潮。其二，"革命＋恋爱＋性"三元素之外，也有很多左翼作家并没有直接地参与政治斗争，而是以文学书写的方式实现了知识分子与底层民众的血肉关联。

左翼文学被作为文学的理想主义和社会批判的有力武器，更多地被引入到新世纪"底层文学"的研究。但是，左翼作家内部的复杂，并未得以区分，对资源本身的模糊是这种借鉴性的对比研究的症结，因为"左联"的历史既不是文学史，也不只是政治斗争史，[2] 而是带有鲜明的意识形态性质的文学运动，即使是左翼内部，其观点也不尽相同。所以，如果要从左翼文学中寻找当下"底层文学"可供借鉴的资源，就文学本身而

---

[1] 郁达夫：《光慈的晚年》，载《现代》1933年5月第3卷第1期。
[2] 有关左翼研究的思路很多，有"祛左翼化"的，也有新左翼和新左派的研究，但这两种研究仍缺乏历史化的眼光，也容易出现另一种极端。王德威的观点值得我们借鉴：他这样一个台湾地区背景的学者来谈"左联"的历史，确实挺有意思。他的台湾教育中是没有"左联"或者左翼文学这一块的，都是他去美国以后补课补上的，最后《剑桥中国文学史》中关于"左联"和左翼文学这一块也由他来负责撰写。主编《剑桥中国文学史》中左联和左翼文学这一块，他感慨很多。那么多脉络，对他的写作是很大的挑战。他的主线是把左翼文学的不同论述拿出来，比如创造社、太阳社、第三国际、鲁迅等等他们对左翼文学的论述一一拿出来。结果是，多种问题的交锋，最后以"两个口号"斗争结束。他个人不主张把这段文学史写成政治斗争史。相关论述可参见高华《重新认识20世纪30年代的左翼文化》，《革命年代》，广东人民出版社2012年版，第135页。

言，对处于"左联"政治漩涡之外的作家的创作姿态及其当下价值的研究也许更有意义。

就创作来看，由大众化而来的作家中，也有一些作家，他们并没有介入"左联"的阶级斗争和政治意识形态中，而是积极地进行文学创作，并与底层民众建立了连筋带骨的血肉关系。他们的创作观念与革命斗争策略有一定的距离，用作品表达了进入底层、关怀底层的鲜明的底层意识。如叶紫、萧红、张天翼、艾芜、吴组缃等。在进行底层的书写时，他们更真切地显示了左联作家的底层关怀，即对底层作为人的观照，但因为他们的写作并没有和激情高涨的革命精神和摧枯拉朽的革命快感结合，所以并未形成潮流，但他们无愧为真正以文学的方式关怀"左联"意欲服务的底层民众的优秀作家。

叶紫是"左联"时期作为底层写底层的代表作家。作为底层生存者，叶紫并没有介入"左联"对革命领导权和意识形态的斗争，而是将笔墨伸向大革命失败后的洞庭湖畔的底层民众，特别是在战争滋扰下农村民众的苦难、觉醒和无奈。代表作品《丰收》和《星》，都取材于底层，即在权力控制下的农村底层民众如何逐渐意识到自己被剥削、被奴役的事实，并不断走向觉醒和反抗。1935 年，鲁迅将叶紫的《丰收》与萧红的《生死场》以及萧军的《八月的乡村》编为"奴隶丛书"，与鲁迅肯定三者作品中对"奴隶"书写有关，即表达了对觉醒者的爱和对奴役者的憎。《丰收》写出了洞庭湖畔一家两代农民的观念差异，以新一代执意反抗与老一代保守持重之间展开心理较量。同为社会底层，新一代则以反抗和革命的方式改变了自己的命运，老一代则抱守"革命是别人的事，好死不如赖活着"的忍从原则。作品也昭示了一个近乎普遍的主题，即作为底层农民、底层民众，在无路可走时，反抗则是唯一的出路。中篇小说《星》与《丰收》在主题上一脉相承，但比《丰收》有更深入的思考，特别是对底层生存者命运的思考不再停留于压迫/反抗、革命/出路等两项对立的主题。身为底层的梅春姐，在革命洪潮的激励下，开始思考自己的不幸婚姻与自己作为底层被压迫者之间的关系，于是将革命作为改变个人婚姻、命运的可依靠力量。作品的深刻之处在于，它不但表现出了农村底层女性以革命的方式寻求个人生理、心理的解放，以及个人解放与社会解放之间的必然联系，也"深化而且艺术地回答了'五四'以来女性解放和个性解放的现实出路——革命"①。更为重要的是,《星》以丰富的文本信息和复杂的人物心理展现了底层女性对曾经心仪的"可依靠力量"——革命的疑惑和担忧。作者以革命启蒙和革命理性间的悖论回答了底层生存者特别是底层女性寻求出路的艰难。

如果说,叶紫以底层生存者感同身受的经历写出了作为底层农民、农村女性对改变命运的愿望,表现出了作家鲜明的底层立场和底层情怀的话,萧红则以沉郁清婉的精神痛楚和圆润成熟的"越轨笔致"写出了底层人物"对于生的坚强,对于死的挣扎"②,更写出了对底层女性悲剧性命运在泥淖般无法自拔的"庸众"关怀中走向死亡的叹惋。萧红的《呼兰河传》正是以童年叙述的方式,写出了一个带有人之本然的"活性因子"的女性——小团圆媳妇被"无知的残酷"折磨而死,且这样的无知并没有因为一个女性的死去而改变多少;也写出了一个人人都能看到但没人能主动去填平的大泥坑,这个大泥坑周而复始、年复一年地淹死马、骡子甚至吞没镇子上的老百姓,甚至那个主张新学的教员的儿子,直到这时,人们才对那个大泥坑有所反应:之所以淹死那么多的牛马和人,就是老龙王对办新学教员的惩罚。我们看到,在泥泞般的现实中,终于有那么些许的人觉醒了,他们想通过教育进行启蒙,想通过拯救他们的下一代而给他们出路,但是他们非但不能被理解,反而成了被憎恨的"好事者"。自然,我们也想到鲁迅《药》中那个喊出"我看大清的天下总有一天是我们的"那个"疯子"夏瑜的结局,被他意欲拯救的底层民众蘸其血髓而食之的悲剧。折磨在延续,而挣扎从未停止。萧红的写法与鲁迅在很多立意和细节处异曲同工,且鲁迅对萧红几乎没有掩饰的欣赏,很大程度上在于萧红对这个古老民族精神艰难变革的书写,也在于萧红小说对底层关怀的细致、老到和深刻以及与鲁迅对国民灵魂和底层生存关怀精神的契合。从这个意义上看,与鲁迅一样,萧红的写作已经超出了左翼作家的革命主题和争夺无产阶级领导权的工具理性的写作。正如鲁迅之于"左联",虽身在"左联",但其文学观念、底层关怀意识已经远远超出了某个团体、组织。

---

① 贾振勇:《革命与理性:中国左翼文学的文化阐释》,人民出版社 2009 年版,第 188—189 页。

② 鲁迅:《萧红作〈生死场〉序》,《鲁迅全集》第 6 卷,人民文学出版社 1981 年版,第 408—409 页。

"左联"青年作家群的涌现，标志着左翼文学的成熟和深化。除了叶紫和萧红、柔石、吴组缃、沙汀、艾芜都无一例外地以底层书写的方式为文学的成熟和发展做出了贡献。

在组织身份上，曾加入"左联"的沙汀和艾芜和没有加入"左联"的吴组缃，因其在小说艺术上的成就，被很多文学史家统称为左翼作家。其实，在底层意识和底层关怀方面，三者有更多的共通性。作为"左联"新人，沙汀与艾芜在接近和参与革命后，回头开始文学创作，并阅读鲁迅的作品，向鲁迅学习小说创作的方法。前文中提及的《关于小说题材的通信》，乃鲁迅写给沙汀、艾芜两位青年的文学讨论。① 其中"选材要严，开掘要深"则成为沙汀创作的座右铭。② 此期间沙汀的创作也代表了左翼文学创作的深化。而深化左翼文学创作一个鲜明的标志就是两位青年作家对"选题"和"开掘"的领悟。在《通信》一文中，鲁迅关于小说题材选择与开掘是针对"倘写下层人物罢，所谓客观其实是楼上的冷眼，所谓同情也不过是空虚的布施，与无产者无补助"而言的③，即写下层人物，尽管当时还存在很多的问题，"却还有存在的意义"；反过来看，如果仅仅是同情和布施下层人物，对他们是无补益的。鲁迅对青年人的意见，击中了当时青年人因没有写重大题材、重大革命事件而困惑的弊病。就写下层人物而言，只要能够开掘到他们"生之坚强，死之挣扎"，那么，"自然更不必硬造一个突变式的革命英雄"④，但不可苟安，变革仍是常态。这是鲁迅对文学创作之于"时代的助力和贡献"的判断。可见，无论是底层写作还是底层研究，问题不在于是否关注了重大题材、重要人物，而在于是否真实地反映了某一时代，并以怎样的姿态看取底层。是以道德的同情和布施，还是作为底层生存者的平等表述；是楼上的冷眼旁观抑或隔岸观火，还是深入底层群体精神和灵魂，做深度开掘，这对底层关注是有积极意义的。

---

① 鲁迅在《关于小说题材的通信》中所说的 Y 及 T 先生，就是杨子青（沙汀）和汤艾芜（艾芜），见该文注［2］，《鲁迅全集》第 6 卷，人民文学出版社 1981 年版，第 369 页。

② 钱理群、温儒敏、吴福辉：《现代文学三十年》（修订本），北京大学出版社 1998 年版，第 304 页。

③ 鲁迅：《关于小说题材的通信》，《鲁迅全集》第 6 卷，人民文学出版社 1981 年版，第 368 页。

④ 同上书，第 369 页。

那么，就具体的写作来看，左翼新人以怎样的写作手法和观念纠正了左翼文学初期的概念化问题？他们的底层意识和底层关怀对当今的"底层文学"写作及论争有什么借鉴意义？沙汀在与鲁迅的交往中，将"选材要严，开掘要深"作为自己一贯的创作观，并在茅盾的建议下放弃了先前的"印象式的写法"，转而去写自己熟悉的四川农村，此期间的《丁跛公》、《代理县长》、《凶手》、《兽道》等作，写中国农村的黑暗和军阀暴政对农民的掠夺，以及因此造成的下层百姓的绝对贫困，更写出了无路可走的底层民众被迫走革命和反抗道路的中国现实之一角。比如《代理县长》中，代理县长的米肉俱足，却念念不忘在农民身上搜刮民脂，底层百姓苦不堪言；《凶手》中，被抓壮丁的哥哥被迫枪毙当逃兵的弟弟，强权者将弱者逼上了绝路；《兽道》中，军阀强奸坐月子的妇女，致使其婆母发疯……作者也不无深忧地写出了即使到了"五四"新文化运动之后的十多年，仍然有底层妇女因反抗而被活生生钉死于棺材中的悲惨。从沙汀的写作中，我们看到作者对底层生存者更深入的思索，即无论时代怎样变迁，制度怎样更改，作为被奴役的底层百姓的生活并没有发生根本的变化。他们似乎看惯了不公的现实，也接受了"城头变幻大王旗"的闹剧引发的惨剧。沙汀的独特之处在于，尽管他以擅长写地域特色而著称，但他所写的地域都是浸染着人物与环境相关的世态人情，以此表达潜隐在世态人情中经久不变的底层生存实相；尽管他前后不忘喜剧手法，但他的笔力主要运于对那些基层政权、流氓市侩欺凌和奴役底层百姓的讽刺，表达对底层生存者含泪的微笑和同情。这种近距离观察和进入底层生存者的书写方式，对"左联"早期知识分子"革命＋恋爱"方式的深化是明显的。

应该说，进入底层的"左联"作家的底层书写仍然带有知识分子理想主义的气质，但他们逐渐克服了早期"普罗文学"的"革命必然胜利"的简单理想。以艾芜为例，他的底层意识中包含着比较明显的"劳工神圣"的信仰，他"孑然一身，流浪在我国西南边境，以及缅甸、马来亚、新加坡等地，充当过杂役、马店伙夫、僧人伙夫……亲身获得了那些特异的生活素材，体验了社会下层人民的思想感情"①。按今天的话来说，艾

① 钱理群、温儒敏、吴福辉：《现代文学三十年》（修订本），北京大学出版社1998年版，第307—308页。

芜是当下被称为具有底层生存经验的表述者。《南行记》是一部典型的底层写作的小说集。但他的底层群体在边疆异域，在主流权力及其体制之外。这些底层生存者被不公的社会逼出了正常的生活轨道；作为生存意义上的人，他们以恶抗恶，价值观被扭曲地塑形；作为生活意义上的人，他们不择手段，为填饱肚皮而情感冷漠。艾芜关注的底层群体虽处于主流社会的边缘，但与主流社会形成相互的映射关系。正是因为权力社会的非人道才使得他们走入边缘，形成了地域性、局域性的民间。在艾芜的这个民间里，他们（底层群体）杀人越货，更无意精忠报国。但是，作者对这些"反面人物"的态度是明确的，他没有回避他们身上的匪气，也没有以道德批判的姿态去揭示他们头上的"癞疮疤"；他试图要表达的是：把这些鲜活的灵魂逼迫成为一个边缘的尴尬群体的根源到底是什么，他们身上被遮盖的灵魂之美何在，能否在泥沙俱下的渣滓中发现闪光的金子。

从当下"底层文学"可供参看的"左翼"文学资源来看，艾芜的小说一方面对表述底层的领域有新的开拓，另一方面对作家进入底层精神世界的态度和方式，即以选材之严与开掘之深，为当下"底层文学"的写作和批评提供了有益的借鉴。另外，"左联"作家中潜心于底层表述的作家还有柔石、吴组缃等。他们并没有以普罗文学的口号表达革命浪漫情怀，而是与底层生活进行"亲密的接触"，甚至放弃了知识者对革命的想象性表述，表达了"作为底层"的深刻的理解与同情。

可见，左翼文学本身的复杂性决定了我们当下的"底层文学"研究在借鉴左翼文学资源的难度。首先，"左联"夺取革命领导权的直接目的并没有鲜明的底层意识，这就要求我们在寻求底层话语、借鉴底层资源时，将借鉴什么，如何借鉴作为进入资源的首要问题，否则，将所有的左翼文学作为"底层文学"可资借鉴的资源，甚至认为左翼文学是新世纪"底层文学"的精神之父，含混笼统地断定新世纪"底层文学"是左翼文学的复兴，会使"底层文学"批评和研究陷入省略历史语境的空洞研究。其次，在"左联"倡导者之外，还有一部分作家，他们意识到"左联"在阶级观念方面的进步性，特别是对无产阶级及其广大底层民众利益的保障和守护，进而以文学的方式进入底层精神世界，表现他们在权力和体制下被奴役的悲惨遭遇，更以革命的理想和激情表达了主体对底层民众作为历史主体性和精神能动性的发现和呼吁。最后，正如叶紫、沙汀、艾芜、吴组缃等身为“左联”或靠近“左联”的作家，并没有停留于概念化阐释，正如鲁迅所期望的，“我们战线不能统一就证明我们的目的不能一致，或者只为了小团体，或者还其实只为了个人，如果目的都在工农大众，那当然战线也就统一了”①。鲁迅对“左联”的革命动机和根本目的进行了明确的警示，也直指了“左联”的要害。在“左联”革命领导权斗争日趋激烈、“左联文艺大众化”讨论两次未果之际，未居于“左联”中心的作家已经开始了他们走入底层，寻求底层主体能动性的文艺创作。也许，这种潜心于底层的创作行为才是当下“底层文学”亟需借鉴的。如果将上述结论再作以说明的话，那就是：

首先，“左联”作为 20 世纪中国文学中具有鲜明的意识形态规范和注重革命领导权争夺的团体，它从来不是一个单纯的文学团体，正如“左联”执行委员会对“左联”组织的说明：“‘左联’这个文学的组织在领导中国无产阶级文学运动上，不允许它是单纯的作家同业结合，而应该是领导文学斗争的广大群众的组织。”② 在这个意义上看，叶紫、沙汀、艾芜等作家的创作观念并不与“左联”对他们的期望吻合，甚至是因没有执行“左联”的斗争纲领而违背了组织要求。但是他们的书写为“左联”作为无产阶级文学组织忽略文学创作的现象进行了有益的补充——尽管组织者并没有真正注意他们，或无意注意他们。他们以作品回答了一个阶级和一个阶层真实的生活状况和精神状况，特别是他们在口号之外表达的与底层世界血肉相连的主体精神，对我们重新进入“左联”不无补益。这是我们在当下寻找和进入左翼文学资源必须梳理和反思的问题。

其次，由于历史语境的不断变迁以及文学史价值的重新选择，在 20 世纪 90 年代以来兴起的“祛左翼”文学、文化思潮使得左翼文学资源的细部区分并未能以良性的态势发展，这也使从左翼文学中寻求底层书写思想资源的努力变得艰难。因为对社会问题进行有穿透力的文学表达，必须要有强大的思想资源的支持。对于左翼文学资源的当下性转换的问题，邵燕君的观点值得借鉴，她认为“思想能力的薄弱构成了今天‘底层文学’

---

① 鲁迅：《鲁迅全集》第 4 卷，人民文学出版社 1981 年版，第 237—238 页。
② 《无产阶级文学运动新的情势及我们的任务》（1930 年左联执行委员会通过），见陈瘦竹《左翼文艺运动史料》，《南京大学学报》编辑部出版 1980 年版，第 59—60 页。

创作的一大瓶颈",以此,她认为在后革命语境下,曹征路的底层关注从阶级的角度对当前复杂的社会现象做出了自己独立的思考,这是当下"底层文学"不容忽视的新现象。① 即在经济学的数字理论的背后,底层似乎变成了一种必然的现实存在,甚至底层必须为中国社会现代化付出代价,无论是背井离乡的痛苦还是生存根基被动摇后的无奈,似乎成了可以用符号、数字计算的公式。也就是说,"底层文学"如果仅仅是对底层群体的统计学计算,没有强大的思想足以对底层之所以成为底层的深度反思,"底层文学"的写作和研究都是轻浮的。即使以审美的、情感的方式介入底层,但仅仅会成为廉价的同情,抑或道德批判。以此来看,"底层文学"研究在寻找左翼文学这一思想资源时,我们看到的并不是"左联"的所谓社会正义的口号,更不是为夺取革命领导权的纲领,而是面对被压迫的、被边缘化的无产者时所秉持的底层立场,以及因此而产生的批判精神和力量。孟繁华认为左翼文学最大的特点就是浪漫主义和理想精神,强调它的批判精神和战斗性,也注意到"底层文学"批评中对待左翼文学"两种不健康的立场和评价",即"要么把左翼文学置于唯一合法的地位,认为只有左翼文学才有资格居于现代中国文学的正统地位……要么就是认为中国文学的'极左'倾向肇始于左翼文学,清算中国文学的'极左'倾向必须从左翼文学做起",② 可以看出,无论是从左翼文学和先前的现实主义文学思想中寻找"写什么"和"怎么写"的思想和理论资源,还是强调左翼文学的批判性和战斗性,以此进一步深化介入现实的力度,都不能忽视当下"底层文学"所面对的社会转型和意识形态难题。可以肯定的是,这些立场和价值判断,根源于社会公平和正义缺失引发的知识分子的人道主义精神和对现实做出的理性思辨。当然,这样的思路还可以进一步追问。

最后,从"左联"到"延安"再到新中国成立后30年的文学,左翼文学有着重要的成就和历史教训。在进入左翼文学资源时,需要一种历史的、辩证的价值观,因为"历史精神资源从来就不是一个纯粹和澄明的

---

① 邵燕君:《"写什么"和"怎么写"——谈底层文学的困境及对"底层文学"的反思》,《扬子江评论》2006年创刊号。

② 孟繁华:《"底层写作"与"左翼文学"》,见《游牧的文学时代》,作家出版社2009年版,第197页。

体系，总是充斥着真与假、美与丑、善与恶的历史辩证内涵"，"当我们缅想着文人知识分子的精神传统，重构着他们的价值谱系和知识源流的时候，必须真诚和勇敢地面对那些无法回避和拒绝的精神遗产"①。如果公允地对待左翼文学遗产，在今天的"底层文学"研究和文学史写作中会有很大的空间。当然，如前所述，由于多年来文学史家对中国百年文学史的不断"重写"，以及20世纪90年代鲜明的"祛左翼"倾向，左翼文学传统本身受到很多论者甚至作家的质疑，从而出现了研究的悖论，一方面是作为"底层文学"之所谓"精神父亲"的左翼文学传统受到质疑，另一方面又是"底层文学"的兴盛，这种寻找资源本身的复杂性与左翼文学资源的当下性转换之间的矛盾则更加突出，这一矛盾一直延续到延安文艺以及新中国成立后的社会主义文学。

---

① 贾振勇：《革命与理性：中国左翼文学的文化阐释》，人民出版社2009年版，第2页。

第三章

"人民"/"工农兵"：延安文艺的
革命实践与底层问题

延安文艺思潮和中国 20 世纪 30 年代的左翼文艺思潮有着一脉相承的文学和政治思维，这一思维对 20 世纪 50 年代以后的"当代文学"主流观念的形成产生了极其深远的影响。在某种程度上，"所谓 50—70 年代的'当代文学'其实就是中国的'左翼文学'（广义上的使用），或者说中国'革命文学'的一种'当代形态'。"① 左翼文学观念在 20 世纪 30 年代经由"左联"的推波，在抗日战争爆发后逐渐成为中国文学主流，并与其他非左翼文学思潮进行了"多边论战"，从而为左翼文学思潮的推介和稳固奠定了基础。而延安文艺时期，随着延安文艺"整风"的完成以及毛泽东《在延安文艺座谈会上的讲话》（下文简称《讲话》）发表，有关工农兵主题和大众化话语再次成为解放区文艺讨论的核心问题，文艺的重要性和文艺从属性同时被强化。从延安文艺"整风"到《讲话》发表之后，工农兵成为文学与政治观照的焦点，20 世纪中国文学的性质和方向也因此与此前的文艺有了鲜明的变化，这成为 20 世纪中国历史进程和中国社会现代化进程的重大事件，也深刻地影响了此后中国文学与政治的关系。

在寻找"底层文学"的思想和理论资源的批评和研究中，延安文艺与底层书写的关系，延安文艺观念中涉及的工农兵、人民大众以及知识分子立场等问题被重新发掘，特别是文艺为工农兵服务、普及与提高等文艺

---

① 洪子诚：《问题与方法：中国当代文学史研究讲稿》，生活·读书·新知三联书店 2002 年版，第 282 页。

政策与"底层文学"的关系被有意建构，① 论者试图以此来寻求当下"底层文学"书写和研究中可能存在的另一种资源，这样的回溯意识值得肯定。需要注意的是，倘若对两类文学思潮中"相似"概念缺乏细微的辨析，而对两种文学形式进行链接性的对比研究，很容易导致想当然的结论，或者陷入将结论推为过程的本质主义逻辑。

第一节 工农兵方向与"人民的出场"

有关 20 世纪中国文学资源的发掘和转化，一直是中国新文学以来持续的建构行为。延安文艺思想与 20 世纪文学之间的关系，在新中国成立后被主流文艺理论家所重视，② 这是将当下"底层文学"与延安文学进行对接的理论根源。在这种发掘与转化的"对接"研究中，工农兵话语和群众意识是论者关注的一个重要话题。

一 延安文艺与工农兵书写

延安文艺时期，文艺与工农兵"结合"从一个侧面体现出文艺表现生活的广泛性，从另一个侧面又显现出文艺对政治指向的服从性。《讲话》发表后，为工农兵创作的风气浓郁，甚至形成了一个时段的"全民文艺"运动，文艺知识分子搞文艺，革命领导人指导文艺，老百姓参与文艺。此时期，民歌、话剧、木刻画等与工农兵相关的文艺样式空前繁荣。无论从革命意识的提高还是日常生活的审美观照来看，延安文艺与普

---

① 姜春、谭光辉等论者认为《在延安文艺座谈会上的讲话》有鲜明的底层价值取向，"彻底颠覆了此前的文学传统与书写经验，以其鲜明的指向和姿态，形成了以劳苦大众为主体的文学观念和美学原则，体现了强烈的底层关怀与底层叙事精神"，"理想的底层文学形态"与毛泽东的《在延安文艺座谈会上的讲话》所规定的文学形态"有高度的一致性"。分别见《文艺理论与批评》2012 年第 1 期，《当代文坛》2011 年第 4 期等期刊。

② 比如从延安以来便作为无产阶级文艺思想的权威阐释者和坚决贯彻者的周扬看来，《讲话》在当代文学史上的地位是："把新文艺推进到了一个新的历史阶段"，相对于"第一次文学革命"（五四文学）来说，它是"第二次更伟大、更深刻的文学革命"。见周扬《坚决贯彻毛泽东文艺路线》，《光明日报》1951 年 5 月 17 日。胡风、冯雪峰的看法与此不同，他们虽也申明重视《讲话》在新文学史上的意义，但并不把它看作带有根本性质的转折，在他们看来，"中国新文学传统，在'五四'时期，经由鲁迅为代表的作家的实践就早已经确定了。"见洪子诚《当代文学的概念》，北京大学出版社 2010 年版，第 23 页。

通百姓的"结合"的紧密程度是空前的。与此相关，文艺的从属性则在"整风"运动及《讲话》发表后更加明晰，文艺表现的主题、题材、方式都受到解放区社会环境和政治氛围的诸多限制。这样，文艺主题的单一与形式的多样出现了矛盾。《讲话》发表后，文艺的性质基本被确定：政治第一，文艺第二，文艺为政治服务，"任何阶级社会中的任何阶级，总是以政治标准放在第一位，以艺术标准放在第二位的"[①]；"为什么人的问题，是一个根本的问题，原则的问题"[②]。当然，从《讲话》发表前后的文学观念和文学创作来看，无论是为工农兵的文学观念，还是政治第一，文学第二的规定性话语，在那个特殊的时代语境里，自有其存在的现实紧迫性和历史合理性。这也就是在《讲话》发表七十年之后，很多研究者不断地试图在《讲话》之后的主流文学中寻找"底层文学"乃至现代中国文学思想和理论资源的直接动力。比如，雷达先生以"地气、人气、正气"来发掘人民生活是一切艺术的生活源泉这一历史论断在当下仍具存的时代价值；[③] 赵学勇先生也认为"延安文艺作为'中国经验'的集大成和马克思主义文艺理论中国化的重大成果，既是中国新文学历史逻辑发展的合理结果，又全面规范了当代文学的建构与走向。"并且有意识地在五四文学和延安文学中寻求二者之同，以建立一种"深层的联系"[④]。也就是说，在文艺为工农兵服务、文艺的生活的唯一源泉在于人民生活，以及大众化方式推进了文艺与人民的生活等方面，延安文艺与五四文学一样都是当下文学强大的传统资源和文学史背景，也能为本土性的"中国经验"提供可资借鉴的正向参照。

　　依托《讲话》对工农兵的认知和定位以发掘延安文艺的历史价值及其当下意义是新世纪"底层文学"研究的一种典型思路。这一思路之所以盛行，并被相关研究者认可，是因为《讲话》中对工农兵文艺的强调和"为工农兵服务"等观念的表述在此前的文艺政策中是没有的。一方

---

① 毛泽东：《在延安文艺座谈会上的讲话》，《毛泽东选集》第 3 卷，人民出版社 1991 年版，第 869 页。

② 同上书，第 857 页。

③ 雷达：《地气·人气·正气——谈谈我对当前文学发展的几点思考》，《文艺争鸣》2012 年第 7 期。

④ 赵学勇：《延安文艺与现代中国文学》，《解放军艺术学院学报》2012 年第 4 期。

面，工农兵真正成为文艺的主体，知识分子只有为工农兵服务、表现工农兵生活的写作职责；另一方面，作为解放区新政权的主体，工农兵虽有革命的愿望，但对革命和新政权的认识有待"革命的启蒙"的介入。在《讲话》中，明确要求作家、知识分子应当严肃对待"革命的启蒙"问题，因为"严重的问题是教育农民"，明乎此，方可体现文艺工作者的"立场问题"和"态度问题"①。对于这些论断，我们则仍需要细加辨析，其一，按照周扬的观点，延安文学在很大程度上解决了"五四文学运动"没能"与工农群众结合"的这一"根本关键问题"②；其二，若将工农兵群众与作家、知识分子的关系确定为"结合"这一"关键根本问题"，自然就会陷入对艺术"真实性"的表达困惑，因为无论此期的革命浪漫主义的工农兵书写还是新中国成立后社会主义现实主义的"新的人民文学"，更多地将歌颂与暴露作为衡量文学质量优劣的标尺。在这一时段的文学作品中，我们看到的文学形象更多是单一的，非此即彼的，体现出更高意义上的艺术自律与政治规范的互否与张力。那么，我们如何介入延安文学中的这一"工农兵方向"与当下"底层文学"可资借鉴的资源的关系？与此相对照的问题是，王实味曾在《野百合花》中提出的"等级问题"（比如收入不平等及社会地位差距等与"底层文学"中涉及的阶层之间的关系）应该如何客观评价？对这一系列问题的追问，才可能使我们的关注从简单的对比研究回到问题本身的思考，也可能从对概念不加区分的含混、随意的运用深入到名词背后的实质。

二　工农兵主题与"人民的出场"

在工农兵书写、作家书写的无产阶级化等这一系列改变 20 世纪中国人思想和生活的"概念和范式"中，工农兵、群众、人民以及上层、下层等概念被提出并得到强化。在这诸关系中，延安文艺叙述中的阶层关系却表现得比较模糊，并不及 20 世纪 30 年代左翼文学那么清晰。随着作家精神的工农兵化，人民这一语词外延及其使用频率也随之增加，"人民"

---

① 毛泽东：《在延安文艺座谈会上的讲话》，《毛泽东选集》第 3 卷，人民出版社 1991 年版，第 847—848 页。

② 周扬：《发扬"五四"文学革命的战斗传统》，《人民文学》1954 年 5 月号。

话语逐渐成为 20 世纪中国文学一个复杂的存在。

在延安文艺时期，"人民"这一完整的概念既已开始使用，而后逐渐对它的内涵有了较为明晰的界定。毛泽东在《矛盾论》中说："在阶级社会中，革命和革命战争是不可避免的，舍此不能完成社会的飞跃，不能推翻反动的统治阶级，而使人民获得政权。"① 此后在《讲话》中多次使用"人民"，其意义与工农兵相近。而后在《关于正确处理人民内部的矛盾》中，毛泽东对人民的外延进行了如下界定："人民这个概念在不同的国家和各个国家的不同的历史时期，有着不同的内容"，"在现阶段，在建设社会主义的时期，一切赞成、拥护和参加社会主义建设事业的阶级、阶层和社会集团，都属于人民的范围；一切反抗社会主义革命和敌视、破坏社会主义建设的社会势力和社会集团，都是人民的敌人"。② 这里的"人民"更多地附着于社会主义社会性质，若要成为人民，前提是赞成、拥护社会主义革命和建设事业。在这里，人民既是一个集合概念，也是一个个体概念。在社会主义前提之下，对人民概念的重新界定，体现了社会主义国家权力对人民赋予的保护性力量。不难看出，除了政治学意义上的"国民"属性之外，"人民"这一概念也包含了普泛的人道内涵和宝贵的人道意识。

可见，无论是人民还是与之紧密相连的人民性，都有两层涵义，一为具有人道内涵和人道意识的具体概念，另一为黏着于人道并赋予政治意义的宽泛概念。在第一层意义上，文学的人民性与文学的人性内涵相通，作家（知识分子）则应站在人民的立场，反映人民的生活、表达人民生活的状况和历史期望。这样，对于处于社会底层的人民，作家能站在他们的立场，表达对他们的理解和同情，以及对历史和现实的批判，这与作家的人道精神相关。而在第二层意义上，人民、人民性，在漫长的文艺运动中成了可以与政治性互相置换的词语。在延安文艺及其此后的社会主义文学运动和文学实践即是在上述第二个层面上展开的。

---

① 毛泽东在延安时期，在抗日军政大学做题为《矛盾论》的演讲，首次使用"人民"一词，此处的"人民"与该文中使用的"人民大众"同义，且并未对其作界定。见《毛泽东选集》第 1 卷，第 334 页。另：此前有论者认为毛泽东使用"人民"一词是在《讲话》中，不确。

② 毛泽东：《关于正确处理人民内部的矛盾》，《毛泽东选集》第 5 卷，人民出版社 1977 年版，第 364 页。

尽管在《讲话》里已明确使用了与"底层"相关的"人民"、"人民群众"这一系列概念，但我们并不能以此简单地推出延安文艺的底层意识。《讲话》强调表现工农兵、服务工农兵，甚至圣化工农兵，但其目的却在团结人民、教育人民，并且打击敌人、消灭敌人。在这里，"人民"是"团结"、"教育"的对象，是客体，所以它们最终体现的是无产阶级革命的政治指向。延安文艺时期的为工农兵服务政策，极大地调动了处于被压迫阶级的革命愿望，也为无产阶级革命的胜利和延安革命政权的巩固奠定了群众基础。这一时期的文学作品也更多是从工农兵的翻身解放，从底层受苦者到新政权主人的立场抒情、叙事的。比如《王贵与李香香》、《漳河水》、《兄妹开荒》等代表性的长篇叙事诗和秧歌剧，主题是翻身与解放，作家借普通老百姓喜闻乐见的信天游、秧歌调等民间艺术形式回应了《讲话》中工农兵题材，同时也塑造出了具有典型特色的、苦大仇深的翻身人物形象。以此，解放区革命的合法性在文学创作中得到有效建构，而赵树理这一生于农村、为农民写作的"农民作家"成为《讲话》之后的"方向性"作家——"赵树理方向"① 则成为当时符合时宜且在此后引起诸多争议的文学现象。

事实上，"赵树理方向"所关涉的问题也并非单一。赵树理一方面通过小芹、小二黑等新人争取婚姻自主的胜利来肯定解放区新政权；另一方面，赵树理小说中的小二黑与小芹等新人的结合，恰恰就是因为区上领导的"恩典"（即过去的"代圣人立言"，不准说自己的话，只准重复权力者的话）才得以完成；而且《漳河水》、《王贵与李香香》中女性的抗争以及"被解放"仍是被英雄的人物或组织所"拯救"，这种讲述范式是解放区文学的常规"表达式"。我们看到，在这一类文学叙述中，个体的自主是有限度，也是有限制的。

从创作实践来看，延安文学在很大程度上还具有另外一种功能，即文学为政治服务，政治第一，文艺第二，这也是《讲话》的指导原则。所以，今天我们如果笼统地将《讲话》作为"底层文学"的思想资源，认定它就是"代工农兵立言"的文学是符合历史事实的。由于延安中央政府特殊的边缘化状态，对于新政权的宣传，使知识分子和普通群众认识新

---

① 陈荒煤：《向赵树理的方向迈进》，《人民日报》1947 年 8 月 10 日。

政权则成为文学即时的也是非常重要的功能。"团结"、"教育"人民的文学则成为延安文学的主流，这一主流的写作格调因为歌颂与暴露、"毒草"与"鲜花"等二元价值的确立，使得为表现社会底层的工农兵文学很容易异变为"团结"并"教育"人民、拥护新政权的集体化写作。如《白毛女》，杨白劳、喜儿固然是"被压迫阶级"的代表，但剧作主题不在底层的处境状况，"这出戏成功地把阶级斗争、翻身解放的政治主题与善恶报应、爱情大团圆、性格脸谱化的民间艺术趣味和传奇色彩熔铸在一起……它极大地迎合了解放区农民的欣赏习惯，使政治宣传功能和审美功能达到了统一，在解放战争和建国初的民主改革中发挥了巨大的政治宣传作用"①。其"大团圆"的结局，着眼点在"旧社会把人变成鬼，新社会把鬼变成人"，也折射了底层民众作为"被压迫阶级"获得人身自由后"感恩"心态。这种道德意义上的感恩，既体现了《讲话》中的歌颂与暴露的一种既定"原则"，更是作家从情感上对新政权的认同与接受。

代表"《讲话》后方向"的赵树理，其本人确有"代农民立言"的"愿望"，在《小二黑结婚》里，我们看到的是，小芹和小二黑的确是社会的底层，他们既不能得到封建家长的准许，获得恋爱和婚姻的自由，又对基层干部以权谋私的"阴谋"无能为力。他们的阻力既来自封建习俗，又有新政权内部混入的"坏分子"的滋扰。《小二黑结婚》固然是涉及了基层政权"不纯"的问题，赵树理亦想触及底层，但"不纯"的"问题"在新政权化身——区长一出场就抛到一边去了，轻易地化解了。在文本里，我们看到的是新人"出场"的"尴尬"：小二黑、小芹是作为"被解放者"出场的，新政权不单把他们从金旺、兴旺兄弟手里"解放"出来，又把他们从"封建家长"手里"解放"出来，最终是区长给了他们恋爱婚姻的"自由"。如果我们直接将其作为当下"底层文学"可供借鉴的资源，显然是欠妥的。因为在《小二黑结婚》中，处于底层的小二黑和小芹，与封建家长和基层政权里混入的"坏分子"之间的双重冲突在文本中的化解并非来自底层自我意识的觉醒，也并非他们在新政权内部获得的自由恋爱和婚姻自主观念的胜利，而是区长"恩典"的结果，《小

① 朱栋霖等编：《中国现代文学史（1927—2012）》（下），北京大学出版社 2014 年第 2 版，第 293 页。

二黑结婚》的底层意识也开始游移。同时，我们可以进一步推想：作为小芹和小二黑的对立面的二诸葛、三仙姑，他们不也是"底层"吗？在文本叙述中，二诸葛说到底是个无法把握自身的命运、只好求助于求卜问卦的底层人；三仙姑说到底是个借以扭曲的形式"反抗"命运的底层人。这是他们真实的处境，真实的生存状态，他们在小说里甚至不是"团结"、"教育"的对象，而是被嘲笑、"被改造"的对象。小说体现的这种"改造者"（而不是启蒙者）的视角，这是延安文学与五四文学书写和介入底层方式的本质区别。

依此，我们不能简单地将延安文艺视为当下"底层文学"的理想形态，而需要辨析二者的异同。甚至对于这两种文学形态而言，二者最重要的联系不在于它们之间的趋同化，而在于两者之间的差异。

首先，延安文艺要解决的重要问题就是规范和建构，这是一种特殊语境下的文学选择。延安文艺，特别是"整风"、《讲话》之后的延安文艺，在不断地规范和建构中，在表现为工农兵服务主题时，其表现方式受到诸多规范，工农兵和人民形象也在政治与文艺、歌颂与暴露、教育与普及等对立模式中趋于扁平化，尽管在文本叙事中留下诸多未有定论的文本裂隙，这使得作家在塑造人物的过程中，也表现出一种价值选择的摇摆和模糊。在这些文本裂隙里，我们仍然可以看出，工农兵和人民在很大程度上还不能作为一个个体发言，而是作为一个符号，代表新政策、新制度发言。白毛女从人变成鬼，再由鬼变成人之后，她该表达怎样的心情呢？二诸葛和三仙姑这些落后的、生活没有着落的边缘人的出路何在？如果不是区长的"恩典"，他们会不会从"人民"的界限中剔除出去？以至"十七年文学"中，赵树理所书写的"小腿疼""吃不饱"等人物还能不能被"人民"这一集合概念所接纳？也就是说，这些边缘人物被主流的文艺观教育、改造、建构之后，他们作为边缘位置的底层感受，能不能被合理地表述，如果不能，那么这一文艺形态是否会成为当下"底层文学"研究者理想化、想象化的资源"建构"呢？

其次，在提出"以人为本"、"关注民生"的今天，"底层文学"又被公认为"自'人文精神大讨论'后唯一进入公共领域的话题"，一个很重要的原因就是知识分子（作家）对当下底层状况的担忧，作家试图以一种切身的体验和独特的思考进入底层的生活处境和经验世界。这一处理方式与延安文艺最明显的区别在于其叙事视角是个体的而不是群体的，是情感体验的而非理性先验的，当然更是底层的。在这个意义上看，当下的底层书写的底层意识和对人的精神关怀才逐渐接近了"以人为本"。而在复杂的历史语境下出现的延安文艺，其底层关怀因新的历史任务的规训遮蔽了个体意义上底层"人民"的出场，这种历史的错位并没有被当下"底层文学"的批评者注意到。

可以肯定的是，延安文艺时期为工农兵服务的文学观念，在文艺实用功能层面上的确意识到了五四启蒙文学与底层民众之间的"断裂"关系，并提出了写工农兵、为工农兵的文艺政策，甚至出现了有意圣化工农兵的文艺现象，这为表述底层提供了历史契机，但这并非当下"底层文学"可直接借用的理论资源。因为当时的工农兵和今天的底层不是一个可以通约的概念。延安文艺时期的工农兵概念强调其作为无产阶级革命主体的主体性，是文艺为之服务的主要（甚至唯一）对象。新世纪"底层文学"重新以"底层"命名，并突出作为具有历史主体性和精神能动性的人民，试图以此来剥离附着于人民概念上的非人民元素，以显现"底层文学"的新质。

回头来看，在新世纪"底层文学"书写中，有无数作品，无不将底层群体的艰难处境和被权力掌控的沉默者作为文学观照的对象，更将作为"分享"了社会发展的艰难但没有获得社会尊重的人民作为试图关怀的对象，比如彭学明的散文《娘》①，王十月的《国家订单》、《你在恐慌什么》等都是这一类作品。散文《娘》的写作并非"为底层代言"鸿篇巨制，甚至也没有被作为"底层文学"的代表作品予以解读，② 但是，我们能在作品中看到，那位普通的、作为"人民"之一员的女性，在历经多次的社会变革和家庭变故后，仍以瘦弱的肩膀扛起养家糊口重任时的无言与坚韧，更看到的是历次"社会的进步"对她的冷漠和薄情。

如果从作家的审美态度、自审意识以及对底层人民的情感认同的角度看，这种底层观的精神指向无疑是有情感的冲击力的，理应受到喝彩和敬重。"底层文学"作家看到了历史进步与社会变迁，也看到了历史进程中

---

① 彭学明：《娘》，《黄河文学》2011 年第 10、11 期。
② 关于此作，将在第四章中作较为细致的分析。

的一系列问题，比如宏大的历史进步叙述与日常的个人表述之间的复杂关系，对这一关系的追问促成了"底层文学"的批判力量，比如与《娘》相关第一个问题则是那历次的革命和运动对于像"母亲"那样的底层来说，他们到底获得了什么？第二个问题是，作为光荣的"人民"，她们更需要什么呢？很显然，这种观照视角和表述方式与延安文艺时期工农兵书写有很大的距离。那么，我们能否从这些对比和疑问中发现当下"底层文学"研究在远距离的资源对接中出现的误区呢？

第二节 延安文艺的"大众化"与底层问题

延安文艺与当下"底层文学"直接相关的另一个现象是大众化问题。这一时期"唯一源泉论"的出台和"大众化"道路选择，是特殊历史语境下文艺功能"合革命目的性"的典型行为，这使文学形式与普通老百姓之间建立了血肉相连的关系。但从20世纪中国文学主题和功能的现代性转变来看，大众化道路选择中又包含了很多相互纠缠的内在悖论，文艺的民族化、大众化与现代化之间互动又互否，中国新文学的现代化道路和文学资源的选择呈现出复杂而多重的矛盾。

在中国现代文学史上，有关于文艺大众化的讨论一直未曾间断。从20世纪20年代的"民众文学"讨论，到20世纪30年代"左翼"文学内部进行的文艺大众化论争，再到抗日战争时期的"民族形式的中心源泉"论，最后到延安文艺时期为工农兵服务的大众化文学实践，其中涉及的问题主要有大众主体的界定、文艺大众化之路的可能性、大众化与"走向民间"的文艺行为的关系等。在不同的历史语境下，文学大众化又呈现出相异的阶段性特征。延安文艺时期，毛泽东在《讲话》中提出的"唯一源泉论"、工农兵主体论等，作为延安文艺大众化的理论基础，既有它合理的历史化过程，也呈现出了中国现代文学在民族化、大众化与现代化之间的复杂性和多重矛盾。所以，在寻求"底层文学"的历史资源时，对资源本身的辨析显得尤为重要。

一 《讲话》与大众化

毛泽东在《讲话》中提出了艺术的"唯一源泉论"，认为"作为观念形态的文艺作品，都是一定的社会生活在人类头脑中的反映的产物……人民生活中本来存在着文学艺术原料的矿藏，这是自然形态的东西，是粗陋的东西，但也是最生动、最丰富、最基本的东西；在这点上说，它们使一切文学艺术相形见绌，它们是一切文学艺术的取之不尽、用之不竭的唯一的源泉。这是唯一的源泉，因为只能有这样的源泉，此外不能有第二个源泉。"① 毛泽东运用马克思主义的物质、意识的辩证关系，指出作为"观念形态的文学艺术"，是"社会生活"的反映，而且强调作为"自然形态的文学艺术的原料"，其生动性、丰富性等实用价值和审美价值高于具体形态的文艺作品。可以看出，"唯一源泉论"是毛泽东《讲话》对"文艺来源于生活，又高于生活"的文艺观的修正，而强调"生活"的重要性，特别是人民生活是艺术的唯一源泉，除此之外，别无其他。② 那么，这里所谓人民的生活究竟是指怎样的生活呢？

从"生活"到"人民生活"，扩大了生活的内涵，从而对"生活"——关注对象作进一步限定，使其所指更明确。这里强调的人民，是以工农兵为主体的、作家（知识分子）服务的对象。根据《讲话》所阐述的内容，这里的"人民"的主体是"正在和敌人作残酷的流血斗争的工农兵大众"。而作家应该从实际的工农兵生活中找到"他们所急需的和容易接受的文化知识"，创作出更具"普遍性"的文艺作品，对他们进行一次"启蒙运动"，以"提高他们的斗争热情和胜利信心"③。借用马克思主义的反映论，毛泽东逐渐从理论上解决了为工农兵服务与文艺大众化之间的关系。对生活、实践、物质的第一性和决定性的强调和对文学、艺术、意识的淡化，为文艺的阶级性和工农兵为主体的延安文艺提供了有力的理论支持。

其实，早在 20 世纪 40 年代初，车尔尼雪夫斯基的《艺术与现实的审

---

① 毛泽东：《在延安文艺座谈会上的讲话》，《毛泽东选集》第 3 卷，人民出版社 1991 年版，第 860 页。

② 毛泽东在《讲话》中提出的"唯一源泉论"，强调生活有不可比拟的丰富生动的内容，同时强调生活和艺术"两者都是美的"，但并没有用"自觉能动性"概念，而在《论持久战》（1938 年）中却较多强调作家对社会生活反映的"自觉的能动性"和审美创造力。对作家能动性还是生活源泉论的偏重，表现出毛泽东对创作主体或表现客体的侧重。

③ 毛泽东：《在延安文艺座谈会上的讲话》，《毛泽东选集》第 3 卷，人民出版社 1991 年版，第 861—862 页。

美关系》已被译成中文，并在延安正式出版，且周扬的"美是生活"并包含着"深刻的真理"、胡风的"一个取得了艺术力和思想力的高度统一的人物，有现实的一面，也有非现实的一面"等观点在《讲话》前后被讨论，但被认为"由于未上升到源泉论的高度进行论述，所以，未能从根本上解决问题"，① 也没有得到深入的讨论。而《讲话》有意强调"唯一源泉论"，意在突出以人民群众为主体的社会生活。这一建立在"客观性"和"实践性"基础上的文艺理论，在事实上否定了"主观性"和"非现实主义"的文学创作，特别是新文学以来作家追求的"尊个性，张精神"的个性主义，以及自我表现论、知觉说等非无产阶级的文学观念，并以剪除旁骛、独尊"人民生活"的方式，为其后的文学与表现对象的关系、文学与政治的关系，以及文学表现方式的固定化作以理论的指导。

值得注意的是，这种看似单一化的整合观念和方法在事实上为此前"左联"时期一直未能解决的"大众化"问题找到了可供操作的方法和权力保障。《讲话》首先要解决的是思想的统一问题，即世界观问题。这里涉及"为谁而写"以及"如何为"的问题，进一步确认为工农兵服务的目标、解决普及与提高的具体的文学方法。这样就比较切实地解决了20世纪20年代"民众文学"论争、1930年3月"左联"成立以来未曾中断的"大众化"论争等悬而未决的问题。②

事实上，《讲话》中提出的"唯一源泉论"，是对马克思主义文艺反映论所做的审时度势的当下阐释。这一阐释是对五四新文学以来文艺大众化道路未能结出硕果的历史经验的总结，也是对新文学初期蔡元培的"劳工神圣"、中国工人运动先驱黄爱、庞人铨等的"到民间去"，以及20世纪20年代"革命文学"欲以"教导大众"等观念的及时总结。正如毛泽东在《讲话》中对"大众化"的说明："许多同志爱说'大众化'，但是什么叫作大众化呢？就是我们的文艺工作者的思想感情和工农

---

① 相关论述参见李文瑞《源泉论简说——从现代文学看毛泽东对社会生活是文学艺术的唯一源泉的论述》，《西北师大学报》1996年第5期。

② 1922年1、2月，《时事新报·文学旬刊》曾开设了"民众文学的讨论"专栏，文学研究会同仁朱自清、郑振铎、俞平伯、徐昂诺、路易等知识分子抱着"启蒙"理想，讨论如何表现"除统治阶级以外的底层"和"仍旧未脱掉旧思想支配"的"一般民众"，这是"民众文学"倡导者乃至"五·四"一代作家无法真正民众化、大众化的悖论。相关论述可参看本书第二章第二节的论述。

兵大众的思想感情打成一片。"① 这一简明的阐述,从理论阐述层面并没有超越"左联"时期"文艺大众化"和此前"走向民间"的倡导,但从"化"大众的效果来看,却远远超过了后者,其根本原因在于《讲话》前"整合"的文化语境和"政治之力的帮助"的双重效能②。当然,这一"政治之力"并非一种权力的强制,而是一种政治化、制度化的意识形态导引以及延安作为中国光明前景的革命圣地对作家、知识分子的召唤力。③

与上述讨论相关的且很本质的一个问题就是,作为从新文学初既已开始探索的文艺"大众化"道路,在很大程度上与五四新文学欲以完成的启蒙任务并不一致,那么从文学现代性的角度来看,延安文艺的大众化、民族化道路是促进了文学的现代化发展进程还是相反?

延安文艺对作家知识分子与大众关系的总体引导方向是走向民间,"与老百姓打成一片",这与五四新文学时期的开启民智或"立人"传统相异。这也是启蒙意识和大众化观念的内在矛盾。当然,启蒙主义和大众化并非天然对立,正如支克坚先生所说:"启蒙主义从来都不是超历史的东西,而是包含着具体的历史内容。鲁迅的启蒙主义,一开始就跟揭露社会的黑暗和国民性的弱点紧密联系,从来不曾离开社会改革。如今他的新的认识是,仅仅从一般的意义上谈社会改革还不够,一般地呼唤改革者还不够;中国要真正创造'历史上未曾有过的第三样时代',必须经过革命的实践——真正觉悟的青年、真正的革命者的革命实践。所以,启蒙需要有新的思想高度,新的内容和特点,新的实践的意义。这已经是革命的启蒙,它应该是'人'的启蒙层次的提高,而不是将其狭隘化,更不应该

---

① 毛泽东:《在延安文艺座谈会上的讲话》,《毛泽东选集》第3卷,人民出版社1991年版,第851页。

② 毛泽东在《讲话》之前已经发表《为动员一切力量争取抗战胜利而斗争》(1938年8月25日)、《论持久战》(1938年5月)、《中国革命和中国共产党》(1939年12月)、《新民主主义论》(1940年1月)以及《整顿我们的学习》、《整顿党的作风》、《反对党八股》等能够获得道义力量的文章及其言论。

③ 正如洪子诚先生在谈俄国十月革命后一些作家的命运时所言:"当初别尔嘉耶夫这样的人,一些优秀的知识分子为什么向往革命?那是因为革命有一种非常神圣的力量,为当时落后、贫困而且愚昧、黑暗的俄国提供光明的前景,所以革命者有那样一种献身精神。"见洪子诚《问题与方法:中国当代文学史研究讲稿》,生活·读书·新知三联书店2002年版,第298页。

走向跟'人'的启蒙对立。"① 从这个意义上看，延安文艺中提出的为工农兵服务的文学目的具有重新提高普通民众意识、教育民众，使其获得更高的民族独立与解放的主义，同样属于"革命"的启蒙。

其中的复杂性也同样不容忽视：《讲话》是在新民主主义文化基础上，"把文艺的特殊性与中国革命的现实要求统一起来，以革命的现实要求调整文艺创作和审美取向"② 的合革命目的的大众化文艺观，在很大程度上又否定了知识分子启蒙的可能性，从而使得"革命的启蒙"失去保证。延安文艺的大众文艺观出现了"革命启蒙"与"人的启蒙"的悖论。这是今天我们在研究"底层文学"过程中重新进入延安文艺，挖掘和梳理历史资源时需要辨析的。

二 大众观念与底层意识

还需要明晰的是，从大众化的文艺美学观来看，《讲话》中的"唯一源泉论"、"普通老百姓喜闻乐见的民间文化传统"等观念提出的文化基础是新民主主义，其中也包含了"民主"、"科学"、"平等"、"大众"等语汇的近代、现代性质，与五四新文化运动的反传统相沿革，延安文艺时期的文化形态应呈现资产阶级文化所倡扬个性的崇高性美学形态，而在当时特定历史阶段的广大无产阶级和普通劳苦大众，只是鲁迅所言的、不具备"普通的大体的知识"群体，其主体审美理想和道德凝聚力还停留于中国传统文化"美""善"的统一之上。这样就产生了"文化发展的合规律性和革命要求的合目的性的矛盾"③。而解决这一矛盾的有效方法则是以"政治之力的帮助"和道义力量的感召等合力因素，而不是其中的一种。政治之力的单纯介入会使普通大众失去自己的声音，而道义力量的情感赞助也会使这一行为成为廉价的道德同情，不利于大众（或底层）的解放。而当下"底层文学"创作的一个误区——"表同情的底层文学"也可从此获得某种矫正。这一类所谓"底层文学"中，底层生活只有眼泪和苦难，没有微笑和希望；只有苦大仇深和叠加的苦难，没有嬉笑怒骂

---

① 支克坚：《从鲁迅到毛泽东——关于二十世纪三十到四十年代革命文艺思潮的变化，兼论周扬和胡风在变化中的地位》，《鲁迅研究月刊》2004 年第 8 期。
② 陈伟：《中国现代美学思想史纲》，上海人民出版社 1993 年版，第 351—352 页。
③ 同上书，第 352 页。

和日常凡俗。为了"制造"底层生活的贫困与不堪，以博得底层民众或普通大众的情感认同，最终将带来"苦难展示症"。

　　延安文艺前后的大众化道路的选择，与中国新文学内部发生的大众化论争一脉相承，并使得"大众化"实践获得了空前的规模化运动，为民族独立和普通百姓的翻身解放打下了群众基础。但是从总体的文艺大众化的作品成果来看，作为呈现在审美蕴藉中的意识形态，延安文学的审美性仍然弱于意识形态的规定性；而作为对现实生活的深切观照来看，其否定性的批判弱于肯定性颂赞。从中国新文学的发展道路来看，这一系列的内在矛盾使得中国现当代文学呈现出鲜明的阶段性特征，即"前三十年"的总体的批判性特征，"后三十年"的歌颂性格调，这一趋势则造成了"后三十年"文学表现视域和思维方式走向单一和封闭。中国文学的现代性特征呈现出内部的复杂和多重矛盾。近年来，随着新左翼和新自由主义思潮论争的出现，有关于左翼文学、延安文学，乃至社会主义文学，在经历了20世纪80年代的"祛政治"和"污名化"后，又出现了被神圣化、乌托邦化的现象。任何一种单一主观判断都会遮蔽事物本身的复杂，特别是启蒙现代性与审美现代性之间互证与互否。这也是我们将新世纪"底层文学"研究与延安文艺大众化道路的历史性选择作为讨论对象的最终目的。

　　延安文艺在"整风"和《讲话》后的方向，以追求单一的政治正确为主导方向，以实现为工农兵服务的大众化文艺道路为实践，形成了"整风"前后的风格的差异，自由、活泼与多元的尝试渐趋衰微，代之而起的是内容相对单一（翻身、斗争）、视觉直观（戏剧、版画）、情节简单（独幕剧、单线）的解放区新文艺。

　　作为无产阶级文艺的阐释者，周扬曾试图通过翻译车尔尼雪夫斯基的作品来强调文艺的"底层反抗"的主题，但并没有改变延安时期文艺表现方式的单一化现象，也没有改变这一时期底层意识缺乏的事实："车尔尼雪夫斯基认为新的政权应当交给最下层而又人数最多的阶级的手里——农民、雇佣工和工人的手里。他说只有这种政府才能维护劳动人民的利益。"[1] 周扬发表于《讲话》前夕的这种底层与政权的关系的论文在当时

————————
　　[1]　周扬：《唯物主义的美学——关于车尔尼雪夫斯基和他的美学》，《解放日报》1942年4月16日。

"整风"气氛中并没有形成多大的影响，也没有出现这种意义上的文学，更没有出现周扬所激赏的车尔尼雪夫斯基的《怎么办?》那样反思现实的理想的作品。而此期间讨论最多的是有关歌颂与暴露、文艺与政治等政治引导的策略问题。对这些问题的"关注"一直延续到新中国成立后30年的文学，成为政治对文学不断"规训"的典型行为，使得由"革命文学"、左翼文学延续而来的革命性逐渐削弱，"'革命文学'的'原则'、文学方法所蕴含的文学创新，在开始的时候，对原有的文学形态，具有一种挑战性、创新性，在当时的文学格局中，是一种不规范的力量。这种不规范的力量，在它进入支配性、统治性的地位之后，在它对其他文学形态构成绝对的压挤力量之后，就逐渐规范自身，或者说'自我驯化'。"①

延安整风运动进一步规范知识分子的表达方式及其所要表现的内容，《讲话》发表之后，文艺方向的单一性使得知识分子自我批判意识和自我改造行为，成为知识分子接近表现对象时主要甚至唯一的方法。曾经在五四时期被知识分子发现和确认为底层的老百姓——大众（不包括市民）成为服务对象，甚至只有写"老百姓喜闻乐见，在政治上起作用"的所谓民族化、大众化的作品成为符合方向的合法性写作。因此，在延安"整风"以及《讲话》发表之后，知识分子和人民大众的关系发生了明显的变化。

从五四时期知识分子与大众的"启蒙/被启蒙"的关系看，知识分子基本认同的观念是：普通大众因为封建等级制的固化，底层百姓物质和精神上的贫困是源于皇权思想的禁锢，这样，知识分子则成为合法的启蒙者。延安"整风"和《讲话》发表之后，这种关系发生了微妙的变化，普通大众成为需要唤醒其革命意识的服务对象。新中国成立后的社会主义文学，是延安时期左翼文艺的延续，不同的是，延安文艺和社会主义文学，除了主流的国家意识形态对文学性质的界定，即毛泽东在《新民主主义论》中对中国社会发展的性质和文学性质的"同质"规定外，其最明显的区别是新中国成立后的社会主义文学作为"胜利者文学"的主人翁姿态。这样，回头再来看，假若要将延安文艺作为新世纪"底层文学"

---

① 洪子诚：《问题与方法：中国当代文学史研究讲稿》，生活·读书·新知三联书店 2002 年版，第 283 页。

的一种当下性资源，首先必须面对这一历史资源的细节予以还原，或者将其作为一种"底层文学"的参照背景，具体地、历史地，而不是想象地以同义词链接的方式进入延安文艺资源。不无惋惜的是，那种远距离对接的、无意（或有意）地忽略历史语境的研究仍是"底层文学"研究的主潮。

当然，在指出上述症结时，我们仍然要看到，延安文艺事实上从另一个方面具有的表现底层民众自觉性形成以及实现自我意识的现代意义。比如，延安时期，由于抗日战争、国内革命战争，客观上造成了中国城乡人口的大量流动，特别是从城市向乡村的流动。在客观上看，城市市民和知识者的"下乡"，把城市价值观念和城市文明元素带到农村，促进了农村底层群体和底层社会的变化。延安文艺时期，现代城市文明的影响也从东部、南部扩展到了中西部腹地，这其实也是一个将城市文明带入乡村的过程。在这个意义上看，市民和知识分子的下乡，从城乡价值的互动来看，他们带来的是一种乡村社会改造的可能，"作为一场新的启蒙运动的一项隐蔽内容，城市文明以一种微妙的方式将其价值观影响、渗透到了社会的底层。正是这样的背景下，我们读到了解放区文学对农民生活与此前截然不同的反映。"[1] 在 20 世纪 40 年代的"新农民"身上，其实也有着一些远非传统农村文化所能概括的东西，比如，孙犁、康濯小说中对读书识字、新型婚姻等一类新鲜事感兴趣的青年农民形象的塑造，还有我们前面论及的像赵树理的《小二黑结婚》、李季的《王贵与李香香》这一类看上去完全"乡土化"的作品所描绘的解放区农民对婚姻自主的追求，其中也有与城市现代文明联系在一起的现代人生观念的渗透，[2] 这一切从客观上造成了乡村底层精神的提升。如果公允地进入历史，则这种新观念的介入对解放区文学的单一化表现方式将是一个丰富的补充，这一视角的切入还未引起当下"底层文学"研究者重视，即使谈及这一类小说，也不是从底层、底层意识这一视角展开。也许这该是另一个话题！

---

① 邵宁宁：《城市化与文明社会秩序的重建——中国现当代文学中的"进城"问题》，《兰州大学学报》2008 年第 1 期。

② 同上。

第四章

人民性/阶级性：作为"底层文学"
资源的社会主义文学

在目前流行的文学史叙述话语中，"当代文学"的"渊源"会追溯到"1919 年五四文学运动的兴起"，但是它的"直接源头""则是 1942 年的延安文艺座谈会"。① 虽然这种以"源头"、"直接源头"的方式在事实上遮蔽或"掩盖了左翼文学领袖和权威作家在这一问题上的裂痕和冲突的历史"，② 但是有一点是肯定的，那就是从左翼文学到延安文学，再到社会主义文学这一条线索的内在承续，以及这一延续观念与五四启蒙文学的距离。③

随着新世纪"底层文学"批评"史化"意识的出现，在发掘"底层文学"所倚重的精神资源和文学资源时，20 世纪五四新文化时期的启蒙话语、20 世纪 30 年代革命话语、40—50 年代社会主义革命话语、90 年代"纯文学"话语资源等，都进入了批评者的视野。在这些资源序列中，左翼文学和社会主义文学资源最受批评者关注。批评界对这两种文学资源的青睐，呈现了新世纪文学批评在 20 世纪 90 年代"祛政治"后"重新政治化"的趋向，也是"人文精神"衰落后，文学以"回望"革命文学资源的方式重新介入公共领域的典型体现。

---

① 持这一观点的文学史家是朱寨，上述语句转引自洪子诚《当代文学的概念》，北京大学出版社 2010 年版，第 24 页。

② 洪子诚：《当代文学的概念》，北京大学出版社 2010 年版，第 24 页。

③ 在黄子平、陈平原的《论"20 世纪中国文学"》中，含有对"20 世纪 50—70"年代文学的"异质性"解读，且洪子诚在 1986 年版《当代中国文学的艺术问题》中亦持此观点，但此后又修正了自己的观点，认为："50—70 年代的文学是'五四'诞生和孕育的充满浪漫情怀的知识者所作出的选择，它与'五四'新文学的精神，应该说具有一种深层的延续性。"见洪子诚《当代文学的概念》，北京大学出版社 2010 年版，第 18 页。

第一节 "社会主义文学"与"人民性"讨论

从对马克思主义的继承和发扬、对工农阶级态度以及文学的大众化经验等角度看，社会主义文学与左翼文学之间在局部特征上具有质的一致性，它是左翼文学精神在历史流变中出现的不同文学形态。就文学而言，社会主义文学，特别是社会主义现实主义文学曾经被赋予政治正确的先在优势，且在政治允许的范围内表达了社会主义历史的合理性和社会公正性，从而在很多"底层文学"研究者那里，社会主义文学则成为一种取之不尽的有效资源。

一 人民性，社会主义文学的核心内涵

目前，就"底层文学"与社会主义文学资源关系研究来看，论者首先是强调"人民性"，以此赋予当下"底层"新内涵。在"底层文学"思潮初现波澜的 2004 年，在"底层问题与知识分子的使命意识"① 的讨论中，蔡翔就强调"社会主义记忆"中"社会主义对平等和公正的承诺，对大众，尤其是对工农阶级的承诺"，重提社会主义价值观对于人民主体性观照的积极意义。后来孟繁华、贺绍俊、方维保、冯宪光等学者借"新人民性"、"人民性"等概念界定"底层"新内涵，重提 20 世纪 50—70 年代社会主义文学观念，强调在特定社会形态下书写边缘群体的重要性，以及当下底层与社会主义文学中工农主体的联系。孟繁华认为"底层文学"不仅应该表达底层人民的生存真相，也要展开理性的社会批判，维护社会的公平、公正和民主，是"新人民性文学"的最高正义。② 可见，孟繁华强调的是，文学对社会作理性批判的重要性，作家不能停留于对底层生存状况的简单揭露，而批评家的姿态也不是为占有道德制高点。此后，贺绍俊提出"新国民性批判"③，与孟繁华的"新人民性"有相似处，都包含着人民性与社会形态的复杂关系，这些评论开拓了当下"底层文学"研究的理论空间。

---

① 蔡翔、刘旭：《底层问题与知识分子的使命》，《天涯》2004 年第 3 期。
② 孟繁华：《新人民性的文学——当代中国文学经验的一个视角》，《文艺报》2007 年 12 月 20 日。
③ 贺绍俊：《文学的人民性与社会形态》，《探索与争鸣》2008 年第 5 期。

其次，建构"底层文学"批评新体系。把毛泽东文艺理论和社会主义价值纳入当下"底层文学"批评，这是近年来"底层文学"回溯历史、寻求文学史资源的新倾向，即回到 20 世纪 50—70 年代的主流文学实践语境，寻找毛泽东文艺时代文学话语实践的当代意义，建构当下"底层文学"批评新体系。程光炜以"当代文学的文化性格，其实就是毛泽东的文化性格"为立论点，对毛泽东"创立一种适应未来现代民族国家的'新文化'"之设想予以肯定，但对其实践哲学的文学价值以及其功利文学观的偏颇进行了理性辨析；① 旷新年提出"人民文学"是"未完成的历史建构"之文学史观，认为毛泽东文艺思想从根本上来说就是要利用文艺的教育作用树立一套崭新的社会主义文化价值体系，创造"社会主义新人"，而"人民正是在对于新的社会主义文化价值体系的认同中形成的"。② 旷新年从革命语境中剔除了话语权力的附着物，强调对"人民的主体性"被建构的历史，在此基础上他强调走入"底层"、深入民间践行学术的行为。③ 从"人民"到"底层"的历史建构中，建立人民的历史能动性，确认底层的主体性，对政治意识形态和权力话语的"去蔽"努力，以及进入底层的人文情怀，颇具意味。蔡翔则通过对社会主义历史阶段的"平等主义和社会分层"等五对矛盾关系的梳理，提出社会主义内部的核心矛盾——"现代性问题"——是构成"社会主义危机的因素"④，应该作积极理性的对待。这一系列具有历史感的分析对当下"底层文学"研究意义非同小可。⑤

二 "底层文学"与"人民文艺"

可以看出，新世纪的"底层文学"是"人民文艺"或"文艺的人民性"在新时代的发展，这一观点得到更多评论者的认同。评论者通过重新发掘社会主义文化价值体系，为当下底层写作寻求可供借鉴的话语资源。

---

① 程光炜：《毛泽东与当代文学》，《粤海风》2002 年第 4 期。

② 旷新年：《人民文学：未完成的历史建构》，见吴秀明编《"十七年"文学历史评价与人文阐释》，浙江大学出版社 2007 年版，第 33 页。

③ 旷新年：《走向底层的学术》，《读书》2011 年第 8 期。

④ 蔡翔：《社会主义危机以及克服危机的努力》，见《革命·叙述：中国社会主义文学—文化想象（1949—1976）》，北京大学出版社 2010 年版，第 365 页。

⑤ 李云雷：《"底层叙事"前进的方向》，《小说选刊》2007 年第 5 期。

如李祖德、李云雷等的对话，发掘《讲话》中的"人民"性，强调文学的"人民情感"以及"人民的语言"，① 刘中顼从"红色经典"的描写中寻找人民对公平、正义等的美好感情，认为"红色经典"对人民正义斗争的肯定，无不闪耀着是非明辨、爱憎分明的人民性的灿烂光辉!② 可以看出，社会主义历史及其赋予的阶级意识，作为一种"人民性"的保护性力量的当下意义。在这个意义上，张未民认为"曹征路的《问苍茫》具有重要意义，他（它）使我们再也无法回避在文学批评中使用社会主义一词，不在社会主义概念和意义上理解《问苍茫》……这部作品的价值会出现一些低估"③。无论是重提"人民性"概念，还是有意建构社会主义文学价值体系，都为当下"底层文学"的社会内涵注入了新的思想动力，这些思考将"底层文学"研究拓展到更开阔的历史视域中，让我们再次思考 20 世纪中国社会的现代化进程。只是论者对中国社会主义文学本身存在着理解上的不统一，对可供借鉴的内容还未作清晰认定，社会主义文学的革命性、先锋性尚未得到发掘。所以，有学者也担忧借用"社会主义"以及"人民文学"的文学资源时难免有鱼龙混杂的现象，"如果重拾社会主义价值，是否有必要将之剥离出曾搭载这一价值的沉重历史过程？而剥离出历史过程的价值，是否只是知识分子的'书斋里的革命'?""如果不将价值剥离出历史过程，那么被称之为'社会主义'的这种价值，是否还具有社会主义性质?"④ 这样的质疑对 20 世纪文学资源的当下转化提出了难题，也让转化的问题走向有针对性的局部与细部。

所以，在借鉴社会主义文学资源时，我们不能因为今天的底层状况，而有"昨是今非"的历史观，更不能简单地提取公平、正义等符号性概念来框定当下"底层文学"。应对两个阶段的文学语境作深入的对比与辨析，不可作简单的现象链接。这样，一些具体的深入细部的思考就有了积极而实在的意义，比如，梳理从 20 世纪 40—70 年代文学的"底层"观

---

① 李祖德、李云雷等：《〈讲话〉与中国文艺的"人民"方向》，《文艺理论与批评》2007 年第 4 期。

② 刘中顼：《论"红色文学经典"的人民性》，《文艺理论与批评》2011 年第 3 期。

③ 张未民、陈建功等：《〈问苍茫〉与我们的时代——曹征路长篇小说〈问苍茫〉研讨》，《文艺理论与批评》2009 年第 5 期。

④ 张宁：《命名的故事："底层"还是"新左翼"?——大陆新世纪文学新潮的内在困境》，《文史哲》2009 年第 6 期。

的改变，即考察从延安文学到"胜利者文学"中，大众主体与知识分子地位的变化；结合从革命文学、《讲话》传统延续而来的"圣化工农兵"的政治意识形态，分析在社会主义文学形态中，赵树理、丁玲、柳青、浩然、周立波等在"《讲话》后时代"以"人民为本位"的社会主义文学的审美意识形态及其局限，分析可转化为当下底层写作的理论资源与思想资源的可能性问题。

第二节 动员结构与缺省的底层意识

把毛泽东文艺理论和社会主义价值纳入当下"底层文学"批评，这是近年来"底层文学"回溯历史、寻求文学史资源的新倾向。那么，建国后不断被窄化的"人民文学"以及"社会主义现实主义"创作方法是否能有效进入"底层文学"的写作，"底层文学"的精神指向是否与带有鲜明国家意识形态的"规范写作"有共通之处呢？作为社会主义革命时期的文学写作是否与后革命时代的"底层文学"之间有某种必然的联系？

一 被"动员"的"人民"

尽管在社会主义革命阶段，"人民"翻身被社会主义意识形态的文学不断书写，"人民"（工农阶级或联盟）也在社会主义初期获得了政治地位某种程度的公平。在这一时期的文学中，"人民"的积极性因"翻身"的想象而被"动员"和"改造"。那么，这一层面的人民书写与新世纪"底层文学"的精神联系何在呢？

如果带着这一系列的问题进入《创业史》、《金光大道》，进入《艳阳天》、《山乡巨变》等作品，就不难发现新世纪"底层文学"与社会主义文学精神指向的不同。《创业史》中的梁生宝与郭振山，《艳阳天》中的萧长春与马之悦之间，他们最大的矛盾和分歧是两条路线的斗争，即走社会主义道路还是走资本主义道路，走"合作化"道路还是单干以追求个人的"发家致富"的路子，双方的斗争也围绕这一主题展开。在《艳阳天》、《山乡巨变》、《创业史》等描写农民生活改变的作品里，作者着力塑造的主人公萧长春、邓秀梅、梁生宝等党的"代表人物"，是典型的社会主义现实主义文学打造的新人。他（她）们大公无私，作为党的政策的宣传者和代言人，同时也是新中国成立后新一代知识分子的形象。小说中，翻身当家做主的"人民"对自己身份和地位的变化心存喜悦，对党的干部也并不排斥，但心头总是布满了疑云，特别是对"合作化"的动机、过程、结果等没有清晰的判断。但有一点是很明显的，那就是农民刚刚分得了土地，又要"互助合作"，那是不是自己所得的土地又会以"互助、合作的方式"被国家收回。在上述作品中，这种担心或显或隐地得到了表现。在这里，国家意志和个人私有财产发生了冲突。也就是说，对于作为"人民"的普通农民来说，他们认为，分得的土地里生产的粮食是自己的私有财产，而国家搞合作化与个人财产之间的关系究竟怎样，国家的政策解释并不清楚，农民对其更是模糊的。这样，在社会主义文学中就出现了所谓新人带头搞合作化的作品。从而也形成了这一时期所谓"动员—改造"为叙事结构的小说。

"动员—改造"的叙事模式表现出社会主义文学中"人民代表"与"人民"之间的相互关系。如果我们将当下"底层文学"中作家的底层意识与社会主义文学时期的作家的人民立场作一对比，可以发现，前者更多是以底层的生活状况为主要描写对象，表达了对不断被底层化、边缘化的底层群体的理解与同情。尽管有不少作品表现出"苦难展示"的缺陷，甚至不无占据道德高度的话语策略，但其立场是试图表现他们生活的艰辛甚至不幸。而社会主义文学中的"动员—改造"模式中，意欲翻身的底层民众与国家、政党代表——干部之间的关系就是"被动员与动员"的关系。

对人民群众的重视是革命政治重要的历史经验，也是社会主义革命和建设的重要经验。在无产阶级革命战争时期，毛泽东曾强调："红军不是一个单纯打仗的东西，他的主要作用是发动群众，打仗仅是一种手段。"[1] 这是1929年革命的群众基础相对薄弱的时候毛泽东的调动群众、集中群众力量的战略，即"分兵以发动群众，集中以应付敌人"。[2] 抗日战争时代的群众动员本是特殊时期的力量集结，甚至是一种权宜之计，但是这种不无强

---

① 这是毛泽东1929年于江西瑞金时期给中央前委的信，意在强调群众工作的重要性，见毛泽东《红军第四军前委给中央的信》，《毛泽东文集》第1卷，人民出版社1993年版，第57页。

② 毛泽东：《红军第四军前委给中央的信》，《毛泽东文集》第1卷，人民出版社1993年版，第57页。

迫的动员观念到社会主义革命时期仍然被延续下来，并成为指导作家构思的观念模式和推动故事进展的叙事动力。在社会主义文学的价值建构中，作为"人民"内部的矛盾，干部和群众属于同一阶级，即无产阶级。但是，如果进入小说的文本叙事，我们会发现，在 20 世纪 50—70 年代的社会主义文学中，这种人民内部的关系却表现得相对暧昧。比如在《山乡巨变》中，王菊生和张秋生这两个人物形象，作者分别以"菊咬筋"① 和"秋丝瓜"② 为人物绰号，意指他们俩思想的落后和行为的怠慢。但是，对其怠慢和落后的归因，要么是其阶级意识的淡薄，要么是对国家意志和政治命令的消极敷衍。对于动员干部邓秀梅来说，"秋丝瓜"是个难对付的角色，他的消极落后就是因为在"国民党时代，他当过兵"，是个"爱使心计的角色，爱叫人邦（帮）他打浑水，自己好捉鱼"。③ 而对于刘雨生这样不积极配合合作化的村干部，作者如何刻画他的"转变"？在《山乡巨变》的《争吵》章里，作者写刘雨生对合作化并不了解，对合作化的前途和方向更是一无所知，"如今，上级忽然派个邓秀梅来了，说是要办社。他心里想，组还没搞好，怎么办社呢？"④ 但是刘雨生最后还是被说服、被教育了。于是他的思想不得不转变。当然，这里有一个潜在的"可转变"的因素，那就是刘雨生是党员，而不是群众。

事实上，无论是互助还是合作化，就其生产方式来看，它有诸多益处。从现代化的角度看，作为社会主义农业现代化的一种方式，它可以逐步改变小农经济的落后生产方式，避免农村贫富差距加大。从农业生产效果和农民生产方式来看，它可以增强互助者抵御风险的能力；合作生产的方式，可以增加成员之间的生产方法、生活情感的交流，特别是年轻的互助者会更乐意参与这种生产方式。⑤ 近些年，有关于十七年文学中合作

---

① 咬筋，即把自己利益看得重，难以说话的人，又叫咬筋人。上面冠以本人的名字，下面简称咬，比如菊咬筋便是。见周立波《山乡巨变》，人民文学出版社 1979 年版，第 68 页注①。

② 丝瓜即文中张桂秋，是刘雨生的妻兄，"人生得矮小，人叫他秋丝瓜"，而重要的是，他思想不上进，是阻碍党员刘雨生思想积极的绊脚石，"他是个兵痞，家里也穷。土改时，划作贫农，如今成了上中农"。见周立波《山乡巨变》，人民文学出版社 1979 年版，第 57—58 页。

③ 周立波：《山乡巨变》，人民文学出版社 1979 年版，第 66 页。

④ 同上书，第 56 页。

⑤ 在《山乡巨变》、《艳阳天》等作品中写出了这一生产方式的益处，但其目的在于动员和鼓动，且农民心理转变的过程并不符合小说故事的叙事逻辑和人物的情理逻辑，其原因是作家有合作化政策观念在先，使得农民对这一政策的接受和理解过程与叙事进程出现错位。

化、人民公社等集体生产方式的书写被研究者"再解读",以重新激活特殊语境中的文学、历史资源。① 但是,在我们看来,以这样的观点来肯定一种农村集体化道路,以此来阐释农民曾为现代化实验所经历的贫困,所遭遇过的苦难的合理性,至少是非人民的,也是非历史的。也是因为这个逻辑,有论者则把前几年曾给朱镕基写信呈示"农民真苦,农民真穷,农民真危险"的李昌平誉为今天的"梁生宝"。② 这其中况味则令人怀疑,因为,李昌平作为农民干部,他的困惑是当下农民在现代性转型过程中的遭遇,更准确地来说是一种底层感、边缘意识,一种物质的贫困和精神的空洞,这一系列现象与当下"底层文学"面对的状况具有质的同一性。

他们(当下中国底层生存者)的贫困并非不懂得勤劳致富的真理,而是在现代转型过程中,被物质和精神困扰,被历史抛弃,从而感受到勤劳致富是一种美丽的谎言。而梁生宝面临的是无论自己多努力,农民们并不想跟着他干,因为跟着梁生宝,自己的利益(个人财产)将受到损害。他们担心的吃穿问题是心目中天大的事,也是他们心目中最大的政治。李昌平和梁生宝两个不同时代的农民干部,一个是面对农民的物质和精神的贫困向国家相关领导人揭示一种事实,一个是在国家政策规约下塑造出来的公而忘私的政策试验者。其区别在于对农民的态度上,前者因为理解农民在现代性背景下的贫、穷、苦,而后者虽然在主观上希望农民生活水平提高,但前提是走政策规定的路。总之,前者具有较为鲜明的底层意识,而后者更像是一个超历史的、集体化观念的形象符号。无论是在建国初期,还是农业逐渐走向现代化的今天,这种区分并非不言自明。就文学作品中的底层意识而言,一个很重要的原因就是作家们缺乏一种现代人文关怀,以农民的立场介入特殊时期的农民真实想法,自然就没有写出在经济上刚刚获得了土地,在政治上刚刚获得翻身的普通百姓对既得"好

---

① 比如旷新年认为:"农村合作化的根本目的是改造小农经济和避免阶级分化。这也成为考验革命中国的重要问题。"张乐天认为:"或许创建人民公社所支付的代价太昂贵了,以至于公社日复一日地成为许多人攻击乃至诅咒的对象。"上述观点见薛毅编《乡土中国与文化研究》,上海书店 2008 年版,第 404、406 页。

② 引自旷新年《社会主义现实主义经典〈创业史〉》,见薛毅编《乡土中国与文化研究》,上海书店 2008 年版,第 403 页。

处"的不安全感。作为新中国成立初期的农民而言，因为他们习惯于对历史作个人化判断，也拥有对政治斗争的翻云覆雨的朴素经验，更尝遍了有产者有权者失信于民的无奈。所以，这个时期的老百姓的诉求更多的是稳定而不是骤变，是安居乐业，而不是阶级斗争。

但是，作家在描写农民对新的政策的理解和接受的过程却显得操之过急，更出现了以政治命令规训接受者的现象，这使得作品的叙事显得不真实，甚至出现了逻辑的虚伪和荒谬。比如，《山乡巨变》中，刘雨生的转变也就在稍作迟疑之后自我说服了，他的转变仍然是迅速的，他要豁出抛弃"标致的堂客（妻子——引者注）"，甚至"家庭散板"（即家庭破裂）的代价积极配合邓秀梅的工作。而这一转变的动力在于他以党员的标准战胜了"私想"。他思想斗争的依据就是党员对国家政令的绝对服从，"'你是共产党员吗？'他的心里有个严厉的声音，责问自己，'入党时节的宣示你忘了吗'？"他终于想清楚了，"不能落后，只许争先。不能在群众面前丢党的脸。"① 其实，在 20 世纪 50—70 年代文学作品里，这样表达对党的忠心的作品并不少；在苏联文学中，有关于农民与集体意识，私有财产和共有财产的矛盾等问题的表现也很突出。比如在肖洛霍夫的《被开垦的处女地》中的康德拉脱就是这样一个人物，他不愿将自己的牲畜和农具交给集体农庄，但也是迫于自己对集体意识落后的压力，出现了自我的挣扎："不管你怎么舍不得，也得把牲口送归公有，虽然它们是在家里的泥地上跟孩子一起长大的。这种舍不得私有财产的卑劣感情，一定要克制，不能让它在心里作怪……""他睡不着觉，因为有一条自私的毒蛇在他心里作怪，他舍不得财产，舍不得牲口，虽然他最终放弃了这些东西……"② 如果从人物形象内心的变化来看，这种变化的动因是在小说之外，是缘于观念先行的叙事推动，或"必须的叙事逻辑"。

与此相反，另一些被作家批评的"落后"的人物艰难的转变和困惑则更令人信服。比如总是不配合、不服从的"钉子户"的担忧，"这几天来，菊咬筋心里十分不安。他日里照样出工，晚上翻来覆去睡不着。每天清早，

---

① 周立波：《山乡巨变》，人民文学出版社 1979 年版，第 56 页。

② ［俄］肖洛霍夫：《被开垦的处女地》（第 1 部），草婴译，安徽人民出版社 1984 年版，第 87、170 页。

听到盛淑君的话以后，他总要苦恼地思量一阵。要是大家入了社，一个人不入，他怕人笑骂，怕将来买不到肥料，又怕水路被社里隔断；要是入呢，他深怕吃亏。耕牛农具，一套肃齐万事不求人，为什么要跟人家搁伙呢？在他看来，贫农都是懒家伙，他们入社，一心只想占人家的便宜。他跟别人伙喂的黄牛牯要牵到社里，上足了肥料的上好的陈田也要跟人家的瘦田搞到一起。"① 在菊咬筋看来，"这明明是吃亏的路径，我为什么要当黑猪子呢？"

作为对国家政策既没有发言权也没有知情权的普通农民，"菊咬筋"、"秋丝瓜"乃至同一时期赵树理塑造的"吃不饱"、"小腿疼"等人物的想法在当时的特殊环境里既有其真实性，也有典型性，他们害怕自己吃亏，几天来茶饭不思，掉了几斤肉；同样，他们既怕脱离群众，又怕被组织惩罚⋯⋯这些情节更是令人感叹。但是作家将这种真实却当成了宣传政策的"反面教材"，甚至在价值取向上将其作为"抗旨不遵"的落后典型。

二　关怀与改造，两种"底层"观

在分析"落后人物"思想转变的艰难的过程后，我们需要更进一步深入思考的是，对于还没有理解清楚国家和党的政策方向及目的的村干部来说，说服和动员如何变成了最有力的"思想的武器"？

我们看到，在《山乡巨变》中，令勤劳致富的中农"菊咬筋"困惑的不是合作化给农民带来的好处，而是不无政治命令的宣传和诱导。"菊咬筋"没有看到合作化给当时的农民带来的实际利益，在日常生活中，他面临最大的困惑是对不走合作化者的鼓动和嘲讽。当茶饭不思的"菊咬筋"的猪栏上贴的"血财兴旺"条幅被别人换上"三人一条心，黄土变成金，参加农业社，大家齐上升"的宣传标语时，他怒火中烧，但他再次看到自家双福门上的财神上糊上了写有"听毛主席的话，走合作化的路"标语的两张大红纸时，他撕标语的手是颤抖的。此时的他变得心灰意懒，原本一个"勤快的角色"，什么也无心再干了。而与此并置的一个情节是——他的"消极和抵抗"被积极分子盛淑君导演的师生秧歌戏

---

① 周立波：《山乡巨变》，人民文学出版社 1979 年版，第 98 页。

作为直接题材，成为戏里戏外被挖苦、嘲笑的人物。

我们的问题是，就连村干部都没有基本认识的现代化合作生产方式，普通百姓，或者作为被"动员"的、已然被命名为国家主人的"人民"，他们怎么能很快认识到所谓互助、合作思想的先进性和现代性呢？在《创业史》、《山乡巨变》、《艳阳天》等作品中很少谈及对合作化本身在实际意义上给农民带来的实惠，而是以合作化天生比单干先进的逻辑来鼓动大家走合作化道路。

这样，在小说构思过程中，作者的思路只能以政策方向为准，对于塑造积极分子和先进分子这样的角色来说，最好的方式就是写动员和教育，先发动党员干部，再教育普通百姓——人民，最终达到合作化之目的。即使我们不以结果推过程的逻辑，不以今是而昨非历史观再去批判当时提倡合作化的不合时宜，就拿当时动员结构中作家的人民意识或底层意识来看，此时期的作家构思作品时最鲜明的问题即是概念先行。应该说，这种观念并不具有人民性，更没有时下论者所谓鲜明的底层指向，或底层意识。因为在动员结构里，作家的审美立场、姿态是被自上而下的"遵命"原则所限制。尽管在动员结构里，作家试以理解、阐释国家政策的立场，表达人民群众对政策的理解和接受过程，但其最终目的乃是动员与说服教育。所以，关怀和动员，一词之差，差之千里。一方面，在这个动员结构里，被赋予主人翁的"人民"对自己当家做主的知情权仍然是模糊的，很多权力由党的干部或先进人物代为执行。另一方面，很多处于贫困现状的农民在政治上获得了翻身解放，却并没有获得经济上根本的改变，而且由于延安以来向苏联学习的、建立在干部职权基础上的等级工资制，以及权力的再度分配等原因，工资差距、城乡差距已经显现，职权干部和工农兵的工资差距问题非常严重。① 在这里，一面

---

① 前文我们提及的王实味对延安"等级制度"的批评，其实是战时特殊时期实行的供给制度，这是一种不合理的社会财富分配方式。新中国成立后，国家开始"从供给制转向等级工资制"，即学习苏联的职务等级制度，一开始将工薪人员分为 13 等 39 级，最高工资是最低工资的 9 倍；而 1955 年颁布的干部工资标准中，最高工资和最低工资的差距扩大到 33.11 倍之多。同时，干部在工资以外的住房、秘书、专车等待遇均按苏联模式特殊享受。参见杨奎松《从供给制到职务等级工资制——新中国建立前后党政人员收入分配制度的演变》，《历史研究》2007 年第 4 期；蔡翔：《动员结构、群众、干部和知识分子》，《革命/叙事——中国社会主义文学—文化想象（1949—1966）》，北京大学出版社 2010年版，第 73—124 页。而最高级别的干部工资与普通工人的工资也相差 30 倍，相关论述见洪子诚《问题与方法：中国当代文学史研究讲稿》，生活·读书·新知三联书店 2002 年版，第 215 页。

是职权等级工资比例差距的不断扩大，一面是制度化规约对农民财产的公有
化和平均分配，这必然造成农民积极性的严重挫伤，甚至造成了"人民"的
贫困。因为人民仍然是事实上的底层，自然，在老百姓看来，这样的合作化，
对他们来说无异于蒙蔽，这一点，在当时的社会主义现实主义的作品中并不
能直接表现。

同时，就社会阶层的组合和划分来看，在全国"解放"之后，所有
的社会成员已被整合成四种成分，即"一种成分是'干部'，一种是'工
人'，一种是'群众'，一种是'农民'"。① 干部、工人、农民的身份是
比较清晰的，但是"群众"这一概念群体被整合到社会成分里边时本身
就显得比较暧昧，事实上，它并非与干部、工人、农民并列的概念，因为
后者是一种职业身份，而群众则是一个与思想是否先进，是否为党员来衡
量的身份归属。按照这一归类方法来看，社会主义文学作品中的"菊咬
筋"、"小腿疼"、"吃不饱"、"二诸葛"、梁三老汉等大量的边缘群体自
然就是群众，落后分子，他们也很难坦然地居于"人民"这一行列，甚
至很容易被排除出"人民"这一概念范畴，成为"人民"的"敌人"。
可见，这些有可能成为"敌人"的落后群众，是很难成为社会主义文学
关怀的对象，他们的物质愿望和精神诉求也不能得到合理的表达。

在这个意义上看，社会主义文学的话语系统中是没有"底层"这一概
念的，这是一种历史性缺失。相反，新世纪"底层文学"则更多从这一缺
失中进行突破，有意识地表达底层与变动不居的社会政治、经济、文化之
间的"切身"关系，其底层意识和底层观也逐渐变得清醒而自觉。仅以彭
学明的长篇散文《娘》为例，该作品也从 20 世纪 50 年代写起，作者以自
叙、回忆的手法写出了历次社会变迁中一个普通女性的命运。作品写了
"娘"一辈子怎样"护犊子"，并因之改嫁，承受流言蜚语，怎样在历次的
生活困难、甚至国家的政策失误所造成的子女饥饿中挣扎，而后终于拉扯
"我"考上了大学。作为最传统的中国母亲的缩影，"娘"的忍从和负重从
没有真正被他人理解过，甚至他的两个丈夫和已经成为名人的"我"。"我"
踏着"娘"韧性的肩膀终于出人头地，从"被侮辱"的底层爬到了市级干

① 洪子诚：《问题与方法：中国当代文学史研究讲稿》，生活·读书·新知三联书店 2002
年版，第 214 页。

部，"我"也执意把"娘"接到了城里。进城之后的"娘"却仍然要过那种摆地摊甚至捡菜叶的"节俭"生活，她更要为"我"娶媳妇"瞎操心"，甚至惹来了记者、电视台的关注。"我"与娘的隔膜越来越大，甚至后来发生了"冲突"："娘"因为自小落下的风湿病以及"瞎操心"的习惯而得重病，"我"毅然决然送她到医院……当第二次病情复发之后，母亲坚决反对住院输液，而"我"强行把她拉到医院。去医院前一天晚上，"娘"曾给"我"请求，让我不要关灯，该忙啥忙啥，她想看着"我"的脊背，这样她心里就踏实了。其实，读到这儿，我们已经读出了母亲的孤独与恐惧。她害怕医院，害怕花钱，害怕那冰冷的针管，更害怕儿子的单身……但是，母亲还是在遗憾和恐惧中病逝于医院——她的又一个遗憾产生了，她曾希望自己能在自己辛勤劳作过的那片土地看看自己亲手栽种的竹子，就合上眼睛。然而，她的希望却被"我"武断的"孝心"判了死刑。与20世纪50—70年代的作品相比，一个明显的区别是两个时期的作品显出了不同的观照"人"的视角——政策视角和生活视角，简单而言，前者关注的则是政治化的人，后者则关怀的是生活化的人。同样在一次次翻云覆雨的"运动"或社会事件中走过来，彭学明笔下这一个普通农村劳动妇女的命运会让人荡气回肠，因为她真实地传达出了作为普通的女性，普通的人在社会变迁中的遭际和命运，这种视角的写作在社会主义文学中却是罕见的。那么，为什么在社会主义文学中，这一类人物的生活和命运会被我们的作家所"忽略"，所"弃置不顾"？这该是一个值得我们深思的问题。① 总之，诸如《娘》一类作品（其他作品我们将在第六章中涉及），更具有周作人所说的"普遍"与"真挚"两个标准的人的文学意义上的"底层文学"，也是一种"述己"（周作人）的文学，而非"言志"的文学。在这个意义上，"底层文学"与五四文学在精神上是相通的，② 它继承和延续了五四时期"人的文学"的主题和精神。

---

① 这一思维直到"文化大革命"结束后才得到社会学、文学界真正、深入的讨论，见白烨整理《三十年人性论争的情况》，《文学评论》1981年第1期。

② 雷达曾在谈"底层文学"出现的问题以及突破局限的可能性时，提到"关注人的问题应该先于关注哪部分人的问题"，也是对"底层文学"继承五四文学传统的期望。见雷达《长篇小说是否遭遇瓶颈——谈新世纪长篇小说的精神能力问题》，《重建文学的审美精神》（下），北京师范大学出版社2009年版，第164页。

所以，尽管社会主义文学中的农民主题或农村题材的作品似乎成为新中国成立后文学的主体，也在一定程度上写出了农民获得政治翻身后的喜悦和对党的感恩，但是这一时期的作家很难说具有"底层意识"。其重要的原因就是，作家在阶级观念和国家意识形态的规约下，将农民有意写成社会主义革命和建设事业的见证者，或者有意无意地把对底层民众的教育和改造作为意识形态斗争的实验，比如将农民对合作化、公社化的支持与反对等立场简化为公与私的斗争，并上升为无产阶级与资产阶级思想的区分标志。这种以阶级、国家、社会性质为根本对立的意识形态斗争，很大程度上遮蔽、规训了作家对处于社会底层群体的生活状况、精神诉求更真实的表达。

总之，当下"底层文学"研究对"历史化当下"（余虹语）的文学资源与"底层文学"关系的研究确已得到诸多学者、评论家的重视，也取得了相当重要的成果，但诸多问题还需全面深入地展开，存在的主要问题是：首先，对一些相关"底层"、"底层文学"等具体命名的历史性内涵辨析不足，对历史语境重视不够。拿新世纪"底层文学"比附解放区文学、社会主义文学的简单对比研究仍然很多，这既缺少重要概念在不同历史语境中具体含义及异同的辨析，也缺乏对两个历史时期产生"底层问题"的社会、文化环境的辨析。其次，对文学史整体性观照不足。很多研究还未能在现代性进程中的文学史视野下观照当下"底层文学"，而是在 20 世纪中国文学史资源中截取某一思潮或片段性话语，这造成资源的封闭或借鉴时的机械挪用。所以，如果不能对资源细部特征作清理和反思，将导致研究结论的不可靠或对"当下性转化"途径的模糊。

第五章

作为"人民"的底层与"底层文学"

第一节　国家意识形态与底层问题的悬置

在民族、革命、解放等宏大的历史建构和文学叙述中，作为"人民"的大众具体的现实诉求很容易被忽略，这一现象在 20 世纪文学的发展进程中有比较清晰的脉络。同样，在国家意识形态宏大的历史建构中，作为"人民"的大众以及作为底层的广大弱势群体的现实诉求也会被民族大义和国家意识形态暂时遮蔽。

一　国家意识与人民意识

在民族独立和解放的历史进程中，中国新文学以自己独特的建构和想象方式推动了历史的进程，也形成了人民大众与知识分子之间的复杂关系。"'五四'新文化以来，知识分子与大众逐渐成为相对的两个范畴。20 世纪三四十年代之后左翼理论中的大众进入主位，知识分子日渐边缘化，并且在五六十年代成为改造、批判乃至消灭的贬斥对象。"① 知识分子与大众关系其实早在 1938 年，毛泽东在《中国共产党在民族战争中的地位》中就强调"中国气派和中国作风"，强调"只有民族得到解放，才有被压迫的无产阶级和劳动人民得到解放的可能"。② 在这个"只有……才……"的句式和逻辑中，蕴含着民族独立和国家的完整作为普通民众翻身解放这一前提。所以，在"50 年代之前，阶级和民族的观念共同织

---

① 南帆：《后革命的转移》，北京大学出版社 2005 年版，第 60 页。
② 毛泽东：《毛泽东选集》第 2 卷，人民文学出版社 1991 年版，第 519 页。

就一段复杂的历史。压迫与被压迫阶级关系的理论曾一度转移到民族关系的考察"。① 茅盾也曾说："被压迫民族本身内也一定包含着至少两个在斗争的阶级——统治阶级和被压迫的工农大众。在这种状况下，民族主义就成了统治阶级欺骗工农大众的手段，什么革命意义都没有了。"②

　　新中国成立后，知识分子对自己的主人翁态度曾一度表现出了激动和亢奋，这源于对新型的现代民族国家的想象。作为国家的主人，作为人民民主国家的知识分子（作家），他们曾经扮演的角色要么是启蒙者，要么是振臂高呼而应者云集的组织者，即使作为"到民间去"的积极分子，他们仍然带有明显的优越感。也就是说，曾经的民粹主义思想在那些真正"走入民间"的知识分子那里，并没有真正认同"民粹"，当然，民间疾苦和底层生存与他们还是十分隔膜的。但是，当他们一旦被迫成为"右派"，丧失了部分或完全人生自由，不再享有普通"公民"的权力时，底层感和边缘意识逐渐萌发。被划为"右派"或被改造的知识分子，在意识到自己身上"资产阶级"缺陷的同时，也意识到自己的底层状态，"在社会的最底层——劳改队，我还常常爆发朦朦胧胧的创作冲动"，但是，"右派"身份让作家明确地意识到："我还不是一个真正的公民，还是被专政'公民'。"③ 作为知识分子，作为社会主义革命和建设的重要力量，很多作家在新中国成立之初即顺应着社会主义国家理想写作，但"反右"运动之后，知识分子突然从建设者、主人翁的地位沦为边缘人，甚至成为社会主义的"罪人"，尽管他们对自己是否忠于社会主义是心知肚明的，正如在划为"右派"后，从维熙曾以底层身份来言说"右派"的生活，将当"右派"20年说成"在底层生活了二十年"，并以这些素材写出了《大墙下的红玉兰》，他以激情的笔墨描绘了新中国历史上的暗夜，成为"反思文学"的代表作。

　　那么，被沦为底层的知识分子是否真的理解并写出了那些一直生活于

　　① 见杜赞奇《从民族国家拯救历史：民族主义话语与中国现代史研究》，王宪明译，社会科学文献出版社 2003 年版，第 11 页。

　　② 石萌（茅盾）：《"民族主义文艺观"的现形》，《中国新文学大系 1927—1937，文学理论集二》，上海文艺出版社 1987 年版，第 474 页。

　　③ 从维熙：《文学的梦——答彦火》，《北国草·附录》，十月文艺出版社 1984 年版，第546 页。

底层的劳动者的处境呢？没有！他们等待"大赦"、一展才华的优越感使得他们与底层劳动者并不能互相理解。虽然劳动改造在客观上促成知识分子近距离地接触底层劳动者，但是这种物理距离的缩小并没有从根本上缩小二者的心理距离。比如，在《绿化树》中，马缨花与章永璘，二者并不存在改造与被改造的关系，而更多体现了知识分子与底层大众根深蒂固的隔膜。因为写《大风歌》而遭劫难的章永璘，当批判锋芒被历次的批斗和饥饿消磨殆尽之后，他唯一关心的就是如何填饱辘辘饥肠；为填饱肚子，他使尽了知识分子所有的能耐，但仍然不能让自己免除揪心的饥饿。他只能躲在破棉絮中阅读马克思的《资本论》。应该说，这个细节带有反讽的意味。一是《资本论》中谈及的资本、价值、使用价值、商品等等概念与章自己关系的遥不可及，但他仍然可以如痴如醉地阅读，以之抵御生理的饥饿感；一是资本论中的资本、商品、交换、剥削、剩余价值等概念和理论在极度饥饿的章永璘身上难免发生异变，因为他的生活已经远不及《资本论》中那些备受剥削的工人。但作者以隐喻的方式将其曲折地传达出来，并将渗透、隐匿在章永璘的唯物主义者的信念和马缨花的暧昧关系的描写中。在另外一层意义上来看，只有不断地阅读，他的知识分子身份才能与那些言语粗野、行为粗犷的底层大众相区分，自己的知识分子记忆才能获得暂时的保存。章永璘与马缨花的隔膜是渗入血液里的。

尽管革命理论号召知识分子与劳苦大众打成一片，以此来认同自己的无产阶级立场，但是他们的日常生活趣味与劳苦大众大相径庭。章永璘已经没有任何条件地投入到劳苦大众中间，甚至他的肉体和精神得到了劳苦大众的保护、拯救，但是，等他的肉体逐渐复活后，精神开始了背叛。也就是说，曾经被沦为底层的知识分子，当自己的政治身份发生改变后，他们与底层的血肉相连的关系发生了怪异的变化。章永璘与马缨花的婚姻观、爱情观、家庭观、生活观并未能产生共同的想象。从根本上说，走进劳苦大众、走入民间的预设在张贤亮《绿化树》、《男人的一半是女人》这儿，基本已经宣告结束。正如南帆所言："这个时候，章永璘的知识分子特征即表现为超越世俗的精神渴求，又表现为鄙视大众的贵族心理。"[1]

有意味的是，在表现了知识分子与劳苦大众的精神的隔膜以及因此引

---

[1]　南帆：《后革命的转移》，北京大学出版社 2005 年版，第 65 页。

起的内心的尖锐矛盾后，张贤亮开始有意"软化"这一矛盾。一个典型的体现就是马缨花、黄香久、海喜喜这一群体形象的退场。在"唯物主义启示录"系列以及《习惯死亡》、《我的菩提树》中，作者开始在社会关系的意义上探讨知识分子的身份、历史及其当下价值。换言之，知识分子已经走向了叙事的前台。

而马缨花、黄香久这一人物谱系的出场或退场，事实上一直牵动着无产阶级革命文艺的叙事主线。在某种意义上，1949 年之后左翼文化理论所渴望的"革命"在理论上大功告成，但一场又一场的斗争接踵而来，只是"继续革命"的现实延续，倘要在这种"继续革命"的斗争哲学中进行人民生活的贴身观照，也许时机还未成熟。

二　"祛政治化"与底层意识的流转

由于中国革命与文学特殊的"连体"关系，特别是受 20 世纪 20 年代"革命文学"以及 20 世纪 30 年代左翼文学的负面影响，一直在其后的历史中未得到彻底的反思。

在新中国成立后 30 年里，"文学与政治的歧途"进一步分化，文学的批判性被简约化的赞歌和颂歌模式所取代，作为知识分子，作家对"人民"叙事的合理、合法性一直悬而未决。也就是说，知识分子何以代表人民发言，这是一个根本性的问题，早在延安时期，毛泽东曾说："同志们很多是从上海亭子间来的；从亭子间到革命根据地，不但是经历了两种地区，而且是经历了两个历史时代。一个是大地主大资产阶级统治的半封建半殖民地的社会，一个是无产阶级领导的革命的新民主主义的社会。到了革命根据地，就是到了中国历史几千年来空前未有的人民大众当权的时代。我们周围的人物，我们宣传的对象，完全不同了。过去的时代，已经一去不复返了。因此，我们必须和新的群众相结合，不能有任何迟疑。"① 无论是延安文艺时期，还是新中国成立之后，"人民"，作为一个集合概念，在无产阶级革命和社会主义革命、建设时期都曾被赋予神圣的地位，人民，作为历史的创造者，自然居于革命浪漫主义文学的中心地

---

① 毛泽东：《在延安文艺座谈会上的讲话》，《毛泽东选集》第 3 卷，人民出版社 1991 年版，第 860 页。

位，但是底层却一直是一个相对模糊的概念。

在社会主义现代化建设时期，人民的主人翁地位在经历了 20 世纪 80 年代相对的稳定期后，又开始了精神内涵的振荡。从高晓声到张贤亮，从直接写农民，到间接表达对底层农民的态度，底层却一直处于遮蔽/去蔽与被书写/被遗忘等复杂的张力结构之中。

20 世纪 70 年代末期，当中国社会终于开始从政治上反思"左"的思潮，特别是"文化大革命"时期的"极左"思想。除了政治上的"拨乱反正"，中国在经济领域逐渐引入市场，当市场作为一种反集权、反权威的有力推手时，社会结构也因此发生了巨大的改变，社会阶层结构也因此发生了变化。一个典型体现就是在这个时候底层大众的生活成了一个想当然地被解决了的问题。底层写作也因此而渐趋消失。即使是关注农民命运的高晓声，也因此表现出了"单向度农民"，写他们的政治的翻身以及性格中透露的"娇气"，也透露出难以掩饰的对底层民众看似善意的嘲笑。这种站在知识分子的立场观看农民命运、底层民众的姿态在张贤亮那儿体现得更明显。

当然，文学对社会的建构与想象有其自身的优势和缺陷。其优势在于塑造出可知可感的、具有时代精神的人物形象，传达对社会的审美价值判断。面对底层民众权利的缺失、经济的匮乏等造成的生存艰难，如果还要以所谓的强者生存的逻辑来教化大众，至少这不是文学姿态，而是片面经济学或狭隘政治家的眼光在弱势群体中贯彻弱肉强食的"丛林法则"。在谈及作家与自己描写对象的问题上，有论者曾对张贤亮的《绿化树》结尾章永璘把"走上红地毯"作为人生至高荣誉这一情节予以批判，认为比较俗气，不符合全篇小说的叙事逻辑，也不是一种真正的"人民的文学"，建议其删改，但张贤亮说，"我坚持不删"，因为"那不仅是主人翁个人命运的改变，而且是中国社会全面改变的象征"①。事实上，作家以人物形象的塑造来"象征""社会全面改变"是文学的常识，也是常理。问题在于，作家是否传达了自己所塑造的对象——人物真实的内心，也就是说，作家是否有权利替不能开口者说话，能否代表人物说出超越他们能

---

① 张贤亮：《红地毯》，《小说中国》，经济日报、陕西旅游出版社 1997 年版，第 39—40 页。

力和意愿的想法，这是关涉一个时代的"写作伦理"① 的问题。

事实上，在"写作伦理"里还内含着一种文体的伦理，即写作者对每一种具体的文本内部秩序的尊重与自觉，作者无权凌驾于具有自足生命的文体之上。从本质内涵上，文体自身的独特性是文的伦理和人的伦理的同一。② 需要讨论的是，很多将代表人民发言作为一种权力，而非文学审美价值的内在要求。如果凌驾于文本的自足之上，作家的审美判断也就是可疑甚至虚伪的。比如张贤亮以"人民代表"的姿态在文本之中和文本之外探讨稳定人民的方法，更为自己发明了"统治者宝典"自喜："我发现有一段直到今天也未被任何学者引用过的马克思的话，简直可以作为垂至万世的统治者的宝典，仅仅那一段话就比马基雅弗利的《君主论》(the prince) 全篇还有价值，极其精辟地总结了历史的统治术和（为）后代统治者指示了教训。"③ 那么这句话到底是什么呢：

> 一个没有财产但精明能干、稳重可靠、经营有方的人，通过这种方式（指贷款等）也能成为资本家（因为在资本主义生产方式中，每个人的商业价值总会得到相当正确的评价），这是经济辩护士们所赞叹不已的事情，这种情况虽然不断把一系列不受某些现有资本家欢迎的新的幸运骑士召唤到战场上来，但巩固了资本本身的统治，扩大了他的基础，使它能够从社会下层不断得到新的力量来补充自己。这和中世纪天主教会的情况完全一样，当时天主教会不分阶层，不分出身，不分财产，在人民中间挑选优秀的人物来建立其教阶制度，以此作为巩固教会统治和压迫俗人的一个重要手段。一个统治阶级越能把被统治阶级中最杰出的人物吸收进来，它的统治就越巩固，越险恶。④

---

① 写作伦理，简而言之就是写作者（创作者和评论者）面对写作对象（主要指人）、具体文体内部逻辑时表现出的伦理意识和道德感。这体现了写作者的知识分子身份、立场及其意义，同时涉及了文学创作和批评中的写作的目的性、规约性及其关系。见张继红、郭文元《写作伦理：1990 年代以来中国当代文学的一个关键词》，《当代文坛》2011 年第 5 期。

② 相关论述见张继红、郭文元《写作伦理：1990 年代以来中国当代文学的一个关键词》，《当代文坛》2011 年第 5 期。

③ 张贤亮：《红地毯》，《小说中国》，经济日报、陕西旅游出版社 1997 年版，第 14 页。

④ 见张贤亮《统治者的宝典》，《小说中国》，经济日报、陕西旅游出版社 1997 年版，第 14—15 页。

对于马克思关于"资本主义制度对无产阶级统治秘密的批判",张贤亮却欣喜地发现了中国当下作为有志于成为大企业家的"统治宝典",且以"醍醐灌顶"来形容当时自己发现这一用人之道后的自豪,他说:"今天的一般读者读了以上那段话也许觉得平淡无奇,除非是有志于成为大企业家的人能动心,从中品出滋味(顺便说一句,现在我就是用这种方式来挑选我企业中的管理人的)。但当时我读到这段话的那一刹那,才真正体验到'醍醐灌顶'这句成语形容的是什么感觉。"① 在我们佩服张贤亮并掩饰也无遮拦的勇气的同时,我们看到的是作为"成功者"和"胜利者"的张贤亮对"管理术"的敏感与好奇,更看到的是作者对马克思的资本主义批判理论"反其意而用之"的聪明,以及寻求"统治术"的苦心孤诣。熟读《资本论》的张贤亮,通过对马克思经典术语和观念的"有意误读",并结合中国封建历史沿革久远的事实,总结出腐败的"'异族'统治的清王朝也长达 300 年"的根本,就在于他们能够"把被统治阶级中的最杰出的人物吸收进来",统治的上层"不断从社会下层得到新的力量……可见民族矛盾也好,阶级矛盾也好,都是能用政治和经济的开放政策来化解的"②。我们看到,成为"人民代表"作家的张贤亮,在希望上层吸收下层精英的同时,更多地将自己所代表的人民作为统治对象,以此避免因为下层力量不能被合理利用而产生民族矛盾或阶级矛盾,从而达到社会的长治久安。如此思量真可谓用心良苦! 这就是张贤亮所言的"非常幸福的时候"③。

审美趣味的变化,在很大程度上表现的是作家价值观的改变。从作家转变为企业家和全国政协委员之后的张贤亮,在表达了"当全国政协委员真好呀"的感慨之后,对自己所代表的人民——农民和底层民众的态度也逐渐发生了变化。20 世纪 90 年代之后,张贤亮也写到知识分子(包括文化产业工作者)与底层民众的关系,但是诸如《绿化树》、《男人的

---

① 张贤亮:《统治者的宝典》,《小说中国》,经济日报、陕西旅游出版社 1997 年版,第 15 页。

② 同上书,第 16 页。

③ 张贤亮曾经为自己发现表达了与马克思一样的兴奋。马克思在《普鲁士最近的书报检查令》中引罗马编年史家塔西佗的话说:"当你能够感觉你愿意感觉到的东西的时候,能够说出你所感觉到的东西的时候,这是非常幸福的时候。"见张贤亮《统治者的宝典》,《小说中国》,经济日报、陕西旅游出版社 1997 年版,第 27 页。

一半是女人》等作品中对马缨花、黄香久等人民的保护和救济之恩的感怀已逐渐淡出了文本视域。在张贤亮小说的修辞策略的转变中，我们看到的是作家审美趣味和价值立场的转变。如果说张贤亮早期作品中有一种对底层百姓特别是底层妇女的愧疚和感恩的话，那么，从《青春期》开始，作家对底层开始不屑，甚至厌恶。比如在《青春期》最后一部分中，作者描写了一个像马缨花一样的女人，她是生产队长"麻雀"的女人，并与主人公发生了私情。这仍然是作者熟悉的、带有"自叙传"色彩的青春记忆。在刚开始描写麻雀女人时，我们看到的更多的是叙事者对她的欣赏和感恩，但是在紧随其后的情节中，我们看到作者对麻雀女人以及农民的书写的渐变。有这样两个对比鲜明的情节，其一是写主人公与前来抢水的农民发生冲突，然后写到农民的一个手指被剁掉。开始，作者用比较中性化的词语表达了自己对农民兄弟伤害之后的歉疚，即只要社会不伤害我，我就尽可能地不去伤害社会。其中不乏作者对农民的温情。但是，与此相连的一个情节是："我办的影视城有了效益以后，附近地头蛇式的个别基层干部竟然挑唆农民也像抢水渠似的来抢占。……我得知消息后一个人驱车赶到影视城，果然看到乌鸦似的三五成群衣衫不整的人在我设计的影壁前游逛，见我到了，一只只就像谷场上偷吃谷粒的鸟雀那般用警觉的小眼珠盯着我。我又感到那股带血的气往上冲，那气就是'青春期'的余热。我厉声问谁是领头的。一只乌鸦蹦出来嬉皮笑脸地回答他们根本没人领头，意思是你能把他们怎么样？我冷冷地笑：'好，没人领头就是你领头，我今天就认你一个人！要法办就法办你！你看我拿着手机是干什么的？我打电话下去就能叫一个武装连来！'乌鸦听到'武装连'，赶紧申明他们也是身不由己，人都是'上面'叫来的。我说，行！既然'上面'你就替我给'上面'那个带一句话：我能让这一带地方繁荣起来，我就也有本事让一家人家破人亡！今天的门票钱我不要了，赏给你们喝啤酒，明天要是我还看见你们在这里，你告诉'上面'那个人，他家里有几口人就准备好几口棺材！谁都知道我劳改了二十年，没啥坏点子想不出来……"① 自然，对于底层民众的"无理取闹"，作家有权利去批判，至少这一个群体的寻衅滋事会给社会带来某种程度的秩序的混乱，而且这里

———————

① 张贤亮：《青春期》，经济日报出版社 1999 年版，第 41—42 页。

边的"我"不一定就是作者本人，即叙事者和主人公的情感态度不一定与作家本人的审美价值等同，这应该是文学常识。但是，张贤亮这种带有自传色彩的作家立场却令人不寒而栗。有人曾经以采访录的方式确证了上述小说情节的原型，即张贤亮的影视城确实曾遭到当地无业游民的滋扰，且解决问题的方式与《青春期》的一系列情节相似。① 牧歌认为张贤亮的堕落，在于他对底层民众的愧疚与感恩转向了对他们的憎恶，是作家的妄自尊大。当然，仅仅从文学作品的情节来索引作家的生活经历，难免有对号入座和道德批判之嫌。我们更关心的是这种话语方式和修辞策略中渗透出来的作家的审美态度，特别是作家对底层的情感以及由此引发的文学底层书写的蜕变。

如果再次进入《青春期》的底层书写的话语转变和修辞特征，我们会发现作家的叙事秘密和底层题材可能出现的危险。需要我们注意的是，那一大段的"憎恨描写"是插在更大一段的对青春期的温情脉脉的回忆之中，它并不是故事的主体，也就是说，作家并非有意识地要把"承包户"、"农民雇佣军"、"造反团"写得很坏，而是在无意之间表达了对他们的憎恨。我们看到，在这一大段的插入情节中，作家用了大量的感情色彩的词语来，比如"乌鸦似的三五成群衣衫不整的人"、"像谷场上偷吃谷粒的鸟雀那般的小眼珠"、"一只乌鸦嬉皮笑脸地回答"、"乌鸦听到'武装连'"以及"要法办就法办你"、"家里有几口人就准备好几口棺材"等措辞。从中可以看出，对自己利益受到侵犯的作家，有意无意间表达出对当地游民（包括农民）的憎，从而"青春期带血的气"随之爆发出来。在这里，我们看到的是，作为获得"平反"后的知识分子，在经济体制改革和政治地位翻身的大背景下，其优越感又历史性地居于普通百姓和社会底层群体之上，所以，对底层的价值判断也随之改变，正如南帆所言："张贤亮的前半生，农民一直是他的恩人，农民的温暖和保护是他活下去的理由；然而，市场经济深刻地重组了传统的社会关系和利益配置，企业家的张贤亮不可避免地与当地农民发生了经济上的摩擦。在某种程度上，他开始讨厌甚至敌视这些昔日的盟友。"② 自然，作为已经获得

---

① 参见牧歌《堕落的张贤亮》，《大舞台》2000 年第 5 期。

② 南帆：《后革命的转移》，北京大学出版社 2005 年版，第 77 页。

巨大的"利益"和社会资源的大企业家，要对付那些素质并不很高，且不无"国民劣根性"的无业游民和"底层滋事者"而言，那是轻而易举的事！

　　当然，我们仍然无意于将张贤亮作为唯一的、在潜意识中有可能背叛"人民"和"底层"的典型，对其作一种"道德归罪"，而是试图从这种叙事手法的修辞策略和文本缝隙中探察作家无意识表述中的审美情感的变迁。一个很重要的问题是，知识分子（作家）与普通民众和底层大众的关系是否又面临一个转折点？如果说现代意识的萌发和新文学的发生，促成了五四一代知识分子对平民、国民和底层意识的发现，并以理性精神对其进行启蒙，表现了知识分子（作家）深刻的批判精神，寄寓了作家深刻的理解与同情；"革命文学"、延安文学，则仍然将普通民众作为引导和教育的对象，调动其革命性因素，以促成社会的变革；那么，20 世纪50 年代的社会主义文学中的知识分子与普通民众仍然在事实上被置于某种历史局限所造成的理论对立当中，"知识分子既没有独立的社会理想，也没有独立的经济基础，……'政治'仍然成为解释知识分子与大众相互对立的全部根源"①。但仍然有一些作家，比如赵树理、老舍（包括早期的张贤亮）等时常跨越历史的局限和障碍与普通民众进行秘密的情感沟通。知识分子与底层民众的关系总是或紧或松、或断或连地呈现于 20世纪文学中。只是随着知识经济时代的到来，知识与经济、知识与资本建立了密切的关联，甚至在某种程度上，知识与资本获得了相近、相似的意义。知识精英与普通民众和底层大众的客观距离得到了经济学的"赞助"和社会学的诠释。

　　这就是当下中国社会转型过程中的底层必然要遭遇的命运。也就是说，在知识可以合法地转化为资本的当下时代，知识精英可以在大众群体中脱颖而出，知识者与底层群体间某种新的社会关系正在形成，底层在社会转型时期的命运成为社会现代化将要付出的必然代价，且资本、权力甚至知识有可能成为底层群体最大的敌人。

　　从这个意义上看，当代中国社会的分层现象似乎成为一种必然，因为社会主义市场经济的建立、消费时代的意识形态等众多原因，关于文学与

---

①　南帆：《后革命的转移》，北京大学出版社 2005 年版，第 77 页。

社会关系的价值及意义已经由"革命"时代转移到"后革命"的时代。在这样一个驳杂的现代语境中，中国当下问题的复杂性不言而喻，其中既有"资本"的问题，也有"权力"的问题，同时，公平与正义的问题不仅只是反映在"底层"，其实也同样反映在其他领域。许多问题是纠结在一起，甚至由于这种复杂性引发的贫富差距、人心背向，都与大量的底层民众的出现有关。

在这个意义上，路遥的写作就值得肯定，更令人敬佩。在《平凡的世界》中，路遥通过对经历了土改、人民公社以及"文化大革命"等社会主义革命之后，农民、农村的贫困，写出了作为人民当家做主的社会在很大程度上，并没能让底层农民过上幸福生活的悲剧性。作品从1975年写起——显然有作家本人刻意的安排。经历了近30年的社会主义革命，在政治上的翻身，并没有彻底改变作为国家主人——人民的经济生活，甚至在一段时间里造成了民穷财尽、民不聊生，而农民再次成为真正意义上的底层。路遥在小说中，借管农业的副主任田福军的话说出了新中国成立近30年来农民的贫困："我们是解放四十多年的老革命根据地，建国已经快三十年了，人民公社化已经快二十年了，我们不仅没有让农民富起来，反而连吃饭都成了问题……归根到底，总不能让农民走资本主义的道路吧？"① 路遥的担忧可谓意味深长，正如有论者所言，通过路遥的小说，我们看到，几十年的"现代"革命，变成了"悲剧性的'革命',"② "作为社会最底层的农民阶层，他们无疑是国家灾难的最大受害者"。③ 这种鲜明的底层意识是新中国成立后30年文学中少有的，也是新世纪文学"作为底层写底层"的有益资源。即使到了市场经济主导社会经济、寻求中国现代化道路的今天，仍具有警示意义。

第二节 "祛"政治、"纯"文学与底层表述

在新世纪"底层文学"资源的探寻研究中，20世纪90年代兴起的

---

① 路遥：《平凡的世界》，人民文学出版社1984年版，第414—415页。
② 曾镇南：《现实主义的新创获》，《路遥评论集》，人民文学出版社2007年版，第71页。
③ 黄曙光：《当代小说中的乡村叙事》，巴蜀书社2009年版，第240页。

"纯文学"思潮也进入了论者观照的视野。就目前的研究来看，更多关于"底层文学"与"纯文学"之争的论述集中于"'纯文学'反思与'底层文学'合法性的质疑"等问题。① 当然，"底层文学"在新世纪成为一种"自'人文精神大讨论'以来唯一进入公共领域的话题"的原因更多来自一种"合力"的因素：首先，从话语转型层面看，20 世纪 90 年代以来，中国社会在加速转型中出现的资本话语、政治话语、知识话语等话语权力的重新组合，以及由此所造成的社会分层；其次，从思想启蒙的角度看，20 世纪 80 年代形成的"新启蒙"立场在"人文精神"衰落后的重获肯定；再次，国家意识形态层面对社会分层和底层贫困现象所进行的制度和政策的导引，如"构建社会主义和谐社会"、"以人为本"、"科学发展观"以及建立"自由、民主"观念等，② 逐渐强化了中国社会底层问题的关注；最后，新文学自身从 20 世纪 80 年代的偏重文本、文体实验向关注当下、批判现实转化所体现出的自我调适等。"纯文学"观念对"底层文学"介入现实姿态的质疑是这种"合力"中最重要的一种力量。也是文学现代性在审美性和意识形态性方面的角逐。这种角逐是"底层文学"和 20 世纪中国文学资源一次最直接的对话，也在某种程度上体现了新世纪文学与 20 世纪文学精神的深度关联。

一 "二度内转"与"纯文学"的兴起

新世纪"底层文学"的提出和兴起，基本上与反思"纯文学"是同步的，而且论述"底层文学"之于社会现实意义的思路，也与反思"纯文学"问题一致。事实上，20 世纪 80 年代以来文学的"向内转"前后经历两度转变，第一次转变是走向文学自身，而第二度转变是走向文学的反面。第一次的内转根源于 20 世纪 80 年代评论界对西方文学的大量引介。当时西方文学面对的是高度发达的资本主义文化逻辑的内在矛盾，尤其是发达资本主义经济与文化的矛盾，而中国文学面对的仍然是现实社会的物

① 这种研究路向的梳理和评价可参看郭文元、张继红《新世纪"底层文学"与 20 世纪中国文学资源》，《当代文坛》2012 年第 5 期。
② 与党和国家历次的方针政策相比，中国共产党第十八次代表大会上提出的"民主、自由"第一次取消了民主与自由的修饰、限定词，逐步强调自由的、民主的普世价值，在"广泛的权利和自由"方面体现社会主义的优越性。这是一个新变，也是一种进步。

质生存问题。① 我们借鉴的是西方发达资本主义意欲解决的人的理性与非理性关系以及启蒙的辩证法等思想，而要解决我们的物质生活的贫困问题，以及人们面对社会身份发生变化后的心理调整等，以"跃进"的方式提前解决我们还未到来的文化与资本、理性与非理性、自我与他者的内在矛盾，使得文学提前面对存在主义，甚至提前接触了"存在是提前到来的死亡"（海德格尔）的哲学命题。而不断"内转"的"纯文学"思潮借以借鉴的西方资源，并非"纯而又纯"的文学观念，包括元叙事、虚构理论等，本质上又是一种反本质主义的价值观。

　　而当下"底层文学"批评者又以"向内转"（第二次）的观念来反驳文学对底层的书写，认为它只是一个"美丽的错误"。"底层文学"之所以遭到很多论者的质疑，主要是因为这种文学形态和命名方式带有鲜明的"题材决定论"的色彩，即潜在地暗含着无论是底层写还是写底层，是一种观念文学，而不是"纯文学"，以此来看，"底层文学"并不能容纳 20 世纪 90 年代以来的"纯文学"观念，两种文学观有较大的冲突。归纳起来看，对"底层文学"的担忧和质疑主要有：吴义勤认为"底层文学热"以"文学"的名义歪曲了文学，② 郜元宝的看法则更激烈，认为"底层文学""剿灭"了"纯文学"，③ 相近的观点有陈晓明的"美学的脱身术"④ 和洪治纲的"苦难焦虑症"⑤ 展示等。这些观点被很多研究者认同并广泛引用。之所以能引起如此巨大的反响，主要是因为其不但为当下"底层文学"的题材决定论和道德优越感给予警示，又为其黏着的社会问题难以深化的现状提出了更高的要求。当然，"反质疑"的论点也同时出现，如"'底层写作'思潮可以说是对'纯文学'弊端的一种纠正，它使人们关注以往视而不见的群体，让人们看到了现实中存在的种种社会问题，以·'引起疗救的注意'，同时也让人们重新认识到了文学与现实社会的联系，不再将文学当作孤芳自赏的'玩意儿'，这对文

---

① 参见张光芒《论中国文学应该"向外转"》，《文艺争鸣》2012 年第 2 期。

② 吴义勤：《"底层文学热"：以"文学的名义"歪曲文学》，《羊城晚报》2008 年 4 月 4 日。

③ 郜元宝：《〈中国的"文学第三世界"〉一文之歧见》，《文艺争鸣》2005 年第 5 期。

④ 陈晓明：《"人民性"与美学的脱身术——对当前小说艺术倾向的分析》，《文学评论》2005 年第 2 期。

⑤ 洪治纲：《底层写作与苦难焦虑症》，《文艺争鸣》2007 年第 10 期。

学的发展起到了积极的作用"①。其实更多支持"底层文学"者认为
"底层文学"是对"纯文学"观念的反驳和矫正。而王尧认为,"底层
文学"与"纯文学"介入现实的方式有区别,与审美性并不矛盾。合
法性质疑体现了文学的道德价值与艺术价值不平衡的现象,也是 20 世
纪中国文学论争的焦点。

我们知道,"纯文学"在当时一时兴起,与钱理群、李陀等人的倡导
有直接关系,二者对为何而纯、怎样纯都有过比较清楚的说明和反思,即
主要针对文学被僵硬的意识形态束缚,呼吁文学要从单一的创作模式中解
放出来,回到心灵,回到文学本身。应该说,这一文学主张在当时起到了
非常积极的正面作用,也因此使得 20 世纪 90 年代的文学创作有了"纯文
学"、"文学性"、"艺术自律"等更为自觉的文学观念。但是,由于这一
说法带有很强的反思文学政治功利的直接目的,本身就是一种"祛政治
化"的策略,所以到了 20 世纪 90 年代,其副作用逐渐显现,以至于它自
己也成为以经济为中心的资本、市场新意识形态"有益无害"的一部分。
所以才有了近年对"纯文学"不断的质疑和讨论,和文学自主性的要求。
难怪主张"底层文学"观念且实践"底层文学"写作的曹征路对"纯文
学"的看法则更极端:"就表现对象而言,'纯文学'大体经历了心灵叙
事—个人叙事—欲望叙事—私人叙事—隐私叙事—上半身叙事—下半身叙
事—生殖器叙事这样一个发展路线图。"② 而这一路线在很大程度上与马
克思所发现的"资本"的诡计相关,即"资本"往往会利用所谓个性化
和天才化的光晕来塑造一种捕获、征服大众的"商品"(身体、物质欲
望)意识形态的"商品拜物教"。③

"底层写作"对"纯文学"的"误解",也反映出底层写作的思想资
源的探寻和转化至今仍然是个问题,正如有论者所言:"思想资源的落后
和贫乏,曾是使'底层文学'难以深入的症结……也是这些年作家们做

---

① 李云雷:《底层写作所面临的问题》,《江汉大学学报》2006 年第 10 期。
② 曹征路:《纯文学向上,还有什么向下?》,http://blog.sina.com.cn/s/blog_ 4c200b960
10007wm.html.
③ 在马克思看来,拜物教产生的直接后果是人的关系的物化;有关马克思使用"拜物教"
的词源学的梳理,见刘世衡《难以摆脱的幻象缠绕——齐泽克意识形态理论研究》,知识产权出
版社 2011 年版,第 69—75 页。

'时代大书'的企图屡屡落空的原因。"① 甚至意识到新世纪文学的精神生态的失衡和文学资源匮乏的危机。② 所以，在 20 世纪 90 年代的社会转型语境中，反思对"纯文学"的认识，理清"纯文学"与社会互动的复杂过程，比如"纯文学"在文学的"祛政治"过程中与政治构成了一种离合，又与"商业文化"与消费意识形态形成了对抗，当它逐渐成为一个主流概念后，却最终与社会相"脱节"。

如果文学为了追求纯而又纯的文学性，而与现实无关，会不会是对现实的一种屈服或冷漠呢？其实，陈晓明在提出"审美脱身术"时仍然试图为"底层文学"和"纯文学"打开通道："当代文学并非不关注底层民众的贫困现实，而这一点恰恰是当今文学始终存在的主导潮流，这一潮流从来没有断过，只不过是有了新的美学上的意义"，"也就是说，正是对底层苦难现实生活的表现，当今文学（主要是小说）找到与'纯文学'融合的一种方式"③；前面已提及，提倡"纠正纯文学弊端"的论者也在论文显要的位置提出如何扬弃"纯文学"与"左翼文学"，对"纯文学"作扬弃而非纠正。如果把"纯文学"概念辩证地转化为一种具体的历史叙述，或许能够确立"底层文学"与"纯文学"的连接点。

当然，这涉及对"纯文学"的深度理解，涉及我们对 20 世纪 80 年代以来文学史资源的认识。④ 从"底层文学"产生的文化语境和文学史发展的历史进程来看，"底层文学"思潮是一种"合力"影响的结果。除了前面提及的"底层文学"与"纯文学"思潮对于社会现实的关系，以此强调"底层文学"介入社会现实的担当意识外，另一种与"底层文学"相关的文学观念即"回到文学本身"。近年来，关于 20 世纪 80 年代的文

---

① 曹文轩、邵燕君：《2007 年中国小说》（北大选本），《前言》，北京大学出版社 2008 年版。

② 雷达：《新世纪文学的精神生态和资源危机》，《重建文学的审美精神》（下），北京师范大学出版社 2009 年版，第 180 页。

③ 陈晓明：《从"底层"眺望纯文学》，《长城》2004 年第 1 期。

④ 事实上，有关"底层文学"与纯文学的论争还可以从如下方面作深入的对比研究：（一）梳理新时期以来政治和文学双重的"拨乱反正"，以及文学的"祛政治化"、"向内转"倾向的脉络，结合 20 世纪 90 年代的社会转型、阶层分化与"人文精神"衰落、文学"纯化"等事实，分析新世纪"底层文学"与 20 世纪中国文学底层书写精神的关系；（二）分析 20 世纪 90 年代以来"底层观"的价值分裂，特别是"新左派"的"具有历史能动性、革命性"的底层观与新自由主义"作为现代性转型的必然代价"的底层观对当下"底层文学"的影响。

学价值论中，"回到文学本身"是文学史论的基本判断。在解释"回到文学本身"时，有论者指出："所谓'回到文学本身'，实际上内含着这样一层意思：即文学完全独立于国家、社会、政治、意识形态等公共领域之外，从而是一个私人的、纯粹的、自足的美学空间。这一说法之所以能够得到确立，其背后，显然是来自于'纯文学'这个概念的有力支撑。"① 也就是说，"纯文学"是建立在"公共领域"和"美学空间"的二元结构之中的，这是对 50 年以来政治/文学二元结构的重新表述，其中隐含了文学批评界对"政治"的重新理解和谨慎使用。蔡翔在表述"纯文学"这一概念时非常谨慎，他探讨的"这样一层意思"，是在 20 世纪 90 年代"回到文学本身"讨论中的其中一种倾向，即"回到文学本身"，从而重返文学自身也就成为研究界对 20 世纪 80 年代以来的文学历程的基本判断与描述。同时，有一点是很清楚的，那就是无论是"回到"，还是"重返"，其处理和观照的基本问题是"文学性"与"政治性"的关系。如果说"纯文学"以前的文学观念是一种"美学上的回避"，那么在"纯文学"概念兴起之后则是"政治上的回避"。当然所谓政治，并不简单地指某种政党政治，而是孙中山所谓"众人之事"，即正在发展的抑或变动不居的现实生活，以及与普通人相关的衣食住行等民生问题；同时也是伊格尔顿所说的饮食男女、衣食住行、身份族类等一系列"最基本的政治"②。

如果"纯文学"纯到连这些最基本的现实生活都要有意回避，以显示其文学的纯洁性，那恰好就是被商业意识形态和政治意识形态剪除了文学本应有的批判锋芒，反倒为其所征用，其先前具有的先锋性也就不复存在，而成为一种反文学现代性的行为。

二 "纯文学"与"底层文学"的离合

以此，"纯文学"观念在"底层文学"炽兴之际，以"文学本身"的问题为标尺衡量"底层文学"的非文学性，是用一种所谓文学内部的标准排除其他文学对现实的介入。"'纯文学'在确立了自身合法性地位

---

① 蔡翔：《何谓文学自身》，《当代作家评论》2002 年第 6 期。
② ［英］特里·伊格尔顿：《理论之后》，商正译，商务印书馆 2009 年版，第 5—6 页。

后，却渐渐忘记了自己的'出身'，忘记了它由之而出的那个时代和社会的限定，把一个更多由策略性要素构成的命题，当成了本质如此的战略性规划。它忙着重新确立文学秩序：一方面，它以文学本体论的身份，继续与几乎不复存在的文学工具论保持一种假想的二元对立关系，以加固自己的正当性地位；另一方面，它又以精英者的身份，与'通俗文学'、'大众文化'等建立了一种等级关系，以保持自己的霸权地位。"① 由此可见，"纯文学"在纠正了 20 世纪 80 年代文学的非审美性以及文学工具主义弊端后，仍然以相同的观念否定"底层文学"，从而走向了矫枉过正的弊端，即以看似独立、自足的美学观念和封闭空间占据话语霸权，"甚至可以毫不夸张地说，'纯文学'这个概念在中国的产生、兴起乃至对整个文学史的控制，都留下了现代性在当代中国的影响痕迹。因此，在今天，对'纯文学'这个概念的重新辩证，实际上亦暗含了对现代性的重新思考，以及对中国社会发展的重新认识。而对一个概念的辩证，也就自然转化为一种具体的历史叙述，一种对思想源流的追溯与描写。"② 这种判断基本切中了"纯文学"与中国现代性悖论的内在联系，也是"纯文学"在矫枉过正过程中出现的"二度内转"③。

不难看出，对以"底层文学"在内的现实主义文学在当代中国命运的重新思考，自然也是"回到文学本身"的题中之意，在这个文学观辩证过程中，"纯文学"也可以说是一个超越了"现实主义"与"现代主义"的概念。但是，至于"纯文学"应该怎样"纯"，则一直没有确切的标准，反而在维护文学性的同时，它却繁衍出许多"关门主义"式的文学品种，乃至许多所谓的私人化、下半身嗜好的写作，在这种观念主宰下被"纯文学"加冕，文学表现的领域越来越狭小，介入现实的力度也越来越贫弱。一个当初具有"革命性"的、与"底层文学"同样有批判性的文学命题，走向了一种僵化的文学意识形态。反过来看，从这一比较中"底层文学"的"新质"才得以彰显。

从另一个角度看，将"底层文学"与"纯文学"相对立，作为正反

① 王尧：《底层文学与纯文学》，《江汉大学学报》2006 年第 5 期。
② 蔡翔：《何谓文学自身》，《当代作家评论》2002 年第 6 期。
③ 张光芒：《论中国文学应该"向外转"》，《文艺争鸣》2012 年第 2 期。

题来论述，在某种程度上是误读了"纯文学"之"纯化"的语境，没有对这一文学观念和文学史资源作以历史化的还原，也未能对"纯文学"的反政治的修辞策略和被政治意识形态"规训"的悖论加以甄别，自然就出现了极端的相互质疑的论点，使得"剿灭论"和"纠正弊端论"也互相抵牾，虽然两者在"底层文学"文论中都具有广泛的代表性，但"在处理'底层写作'与'纯文学'的关系时，未能将这两个概念进入历史化的过程"①。既然"底层写作"所坚持的"现实主义"以及介入现实的方法还只是"提出"了"新的问题与新的可能性"，那么"底层写作"在什么意义上纠正"纯文学"的弊端，需要进一步追问。

要看到，历史上的，包括 20 世纪 90 年代中国大陆的"纯文学"思潮本身并不纯。站在不同的立场、从不同的视角去界定"纯"的含义，其文学价值相差不啻十万八千里！玩文学、借文学消遣的说"纯"，绝对崇奉"美"或"形式"的说"纯"，要摆脱"金元"和"指挥刀"的也说"纯"……至于第一类"纯文学"的主体是文学史上被称为"70 后"的欲望写作，这类文学其实是借文学之"纯"名义，甚至打上了先锋的旗帜，以身体叙事和欲望化叙事彰显自身的存在价值，其本质是一种不断市场化和娱乐化的文学语境中的身体消费，使人和人的身体成为一种消费品，反而显示出了对 20 世纪 90 年代社会现实的隔膜，这就使得"纯文学"的自身所包含的美学革命的意义也被消费了。同样，第二种"纯文学"观以绝对地崇尚"美"和"形式"的"纯"法，事实上是 20 世纪 80 年代确立的美学上的个人主义和审美自由主义的文学实践，这是 20 世纪 90 年代市场意识形态的"感性/人性"的基础。而在市场意识形态占据主流位置的 20 世纪 90 年代，特别是在近几年，以确立美学个人主义和解放感性为目的的文学行为已经融入市场意识形态的惊涛骇浪。这是资本和市场巨大的吞噬力量，也是文学在市场意识形态背景下主动隔绝与现实关联的、"单向度审美"的必然结果。所以，在这个意义上，我们更赞同第三种"纯文学"说，并且以为它在价值追求和思想指向上是与"底层文学"完全一致的。譬如说，第三种"纯文学"观，它强调"超"功利，就是指摆脱权力和资本的控制与诱惑而言的，不做权力与资本的奴隶，既

---

① 王尧：《关于"底层写作"的若干质疑》，《当代作家评论》2008 年第 4 期。

不为权力唱颂歌，也不向金钱献媚讨好；又譬如说，第三种"纯文学"强调作家思想的独立和自由，同样是指向权力和资本的，它是鲁迅所说的不满现状的文学，是"和人生问题发生密切关系"的、"就在写我们自己的社会，连我们自己也写进去"（所谓感同身受）、"连自己也烧在这里面"的文学①；这一类"纯文学"也是恩格斯所说的打破幻想、引起对现存社会现实怀疑的文学，是"通过对现实关系的描写，来打破关于这些关系的流行的传统幻想，动摇资产阶级世界的乐观主义，从而不可避免地引起对于现存事物的永世长存的怀疑"的文学。② 在这一点上，它又和五四文学时期周作人的"人的文学"、"平民的文学"的倡导有一致之处，是"记载世间普通男女的悲欢成败"，"以普通的文体，写普遍的思想与事实"，"以真挚的文体，记真挚的思想与事实"，"只自认是人类中的一个单体，浑在人类中间，人类的事，便也是我的事。我们说及切己的事，只想表出我的真意实感"，"而只须以真为主，美即在其中"。③ 周作人普遍、真挚和以真为美的理念，划清了与绝对崇奉"美"与"形式"一说的界限，表明真与美、内容与形式不是二元的，而是一元的。其实，周作人还强调"个人性"，正是强调思想的独立和自由，而这个"个人"，这个"一个单体"具有自身是人类一员的自觉（即所谓"切己"，即鲁迅所说"连自己也烧在这里面"），所以又并不依附于权力和资本，即周作人所谓"既不坐在上面"（不和权力沆瀣一气），"又不立在下风"（不崇奉、媚悦）④。"底层文学"在直面当下现实问题时，已体现出了这一精神特点。这也正是我们以"底层文学"为观照对象，在各种资源的梳理和对比中认识到的、作家独特的体验和发现。倘若没有作家切身而独特的体验，没有作家思想上独特的感悟和发现，哪里会有"人世和人生的大书"出现？

① 鲁迅：《文艺与政治的歧途》，《鲁迅全集》第 7 卷，人民文学出版社 1981 年版，第 118页。
② 恩格斯：《致敏娜·考茨基（11 月 26 日于伦敦）》1885 年，《马克思恩格斯全集》第 36卷，人民出版社 1975 年版，第 382 页。
③ 周作人：《平民的文学》，《每周评论》1919 年第 5 期。
④ 同上。

第三节　阶层还是阶级：在暧昧中突围的"底层文学"

一　阶层话语与"底层文学"

在后革命时代，"底层文学"思潮的涌现，折射了转型期诸多社会矛盾，最明显的"问题"就是严重的社会阶层的分化，贫富差距的拉大，以及由此引起人民对作为无产阶级历史主体性地位的怀疑。新世纪"底层文学"中的"底层"绝大多数就是这些地位尴尬的"人民"。所以，应该如何命名，是可以认真讨论的，比如，在社会学领域回避使用"阶级"一词，主要是出于保险起见，① 尽量不使用"冲突论"的阶级、阶层研究方法，认为目前的阶层研究"应该是团结和动员更多的社会力量来实现社会经济的发展目标，是为了建设好现代化的社会主义国家"②。这自然也应是阶层研究题中之意。但仅仅是一种经济的、数字的建设性研究是否遮蔽了底层处境的根本问题？比如，不断的资本化、市场化、产业化和权力制度隐性化大背景下，那些屈辱的眼泪，生存根基被抛出后绝望，背井离乡的迷茫……所有这一切是否是一种历史逻辑的应然？当然不是。那么，这种不无暧昧的概念使用中到底折射了哪些问题，"底层文学"创作和研究又进行了哪些突围？

首先，"底层"在20世纪90年代突然之间成为"问题"，一方面与20世纪80年代以来思想界不断祛政治以反思社会主义革命时期的阶级分析方法有关，也就是说，对20世纪30年代以来的左翼文学、文化以及不断窄化的马克思主义批评方法的质疑，引起了学界对"阶级"分析的谨慎。更为重要的一个方面，即面对20世纪90年代以来中国社会不断分化的社会阶层，李陀、张承志、韩少功等作家有意"复活"诸如"穷人"

---

① 比如在被"底层文学"广泛引用的、陆学艺编著的社会学著作《当代中国社会阶层研究报告》中，编著者认为："实际上，在大多数英文文献的有关论述中，并不存在阶级与阶层两个概念明显的区别，大多数理论家都采用同一个词语：'class'，它既可以译成'阶层'，也可以译成'阶级'。"认为目前阶层、阶级研究方法主要有冲突论和功能论两种，前者侧重对立，后者侧重协调。见陆学艺编著《当代中国社会阶层研究报告》中国社会科学文献出版社2002年版，第5—6页。

② 陆学艺编著：《当代中国社会阶层研究报告》，中国社会科学文献出版社2002年版，第7页。

"富人"概念，以此关注当下现实问题。① 而在蔡翔看来，"穷人""富人"等概念在20世纪80年代中期以后的复活，给20世纪90年代以来的知识分子一个警示，那就是"让我们重新看到了阶级的存在和出现"，尽管"阶级"在20世纪80年代以来，逐渐淡出了批评家的观念，但是，阶级意识的淡化，并没有改变阶层分化的事实，甚至在某种程度上为资本和市场开拓了道路，为原本不断加剧的贫富差距以及阶层固化提供了合法依据，"我们当时很天真，以为阶级是可以被现代化，甚至（可以在）市场经济（中）消失的。但是，在90年代，阶级话语被重新激活"②。从蔡翔的表述中我们可以看出，一些被质疑的概念的"复活"，表明一些记忆的复活，比如马克思主义，特别是社会主义对诸如平等、正义的允诺，对人民、大众特别是工农阶级的允诺。这在社会转型的特殊时期具有积极的意义。这也就是新世纪"底层文学"出场的一个重要的文学、文化背景。

　　其次，从阶级记忆和"穷人""富人"意识的有意"复活"来看，当下"底层文学"面对的则是严峻的社会不公和贫富分化的问题，即在社会主义建设时期已然分明的无产阶级与资产阶级的分化。即便是按照社会学家陆学艺的社会学的调查分析，如果依据组织资源、经济资源和文化资源的占有程度来分析当前中国阶层状况，则很少或基本不占有这三种资源的人，包括商业服务人员、农民、产业工人以及城乡无业半失业者阶层，这样的人口比例占70%以上，他们都可以被归为"底层"。③ 也就是说，如果上述调查成立的话，被我们引以为豪的、作为社会主义建设者"人民"所拥有的财产和权力的匮乏是触目惊心的。所以，底层感的出现，或者说群体性的底层焦虑来自于大多数人的贫困和少数人占有绝对的资本和权力，这使得作为人民的绝大多数并不能通过合理的或者正常的劳作或工作取得他们所需的基本财富。这是值得深思的问题，这也是新世纪"底层文学"得以出现的最直接的人民生存

　　① 关于李陀、张承志、韩少功等人"复活"诸如"穷人""富人"等概念的阐述，见蔡翔《底层》，《天涯》2004年第3期。
　　② 相关的论述见刘旭、蔡翔《对蔡翔的访谈》，见刘旭《底层叙述：现代性话语的裂隙》，上海古籍出版社2006年版，第212页。
　　③ 上述调查和分析1990年至新世纪初的平均数字，可参见陆学艺编《当代中国社会阶层研究报告》，中国社会科学文献出版社2002年版，第7—43页。

背景。

二　阶级话语与"底层文学"

从阶级的人民到阶层的人民，期间的变化既折射了社会主义市场经济推动中国社会现代化进程中阶级意识的淡化，也表现出知识界对不断加剧的贫富分化和社会分层现实的再度关注。有论者曾在介入"底层文学"研究时既已注意到这一变化隐含的经济和思想问题：底层分析"从'阶级'的人民到'阶层'的底层，这背后有哪些变化？""如果说，'底层'和'人民'都是对'群体'的描述，而'数字'又是作为'群体'最表面的形式，它到底在不同时期的社会语境中得到怎样使用？而文学又是怎样用具体的故事表现他们的？如果说，'数字意识'曾经深深影响了以前的'人民文学'中的文学观念和写作方式，那么，这个变化了的观念又是怎样介入以及影响了当下的'底层文学'的呢？"① 很显然，论者既看到了"数字逻辑"曾经对"人民文学"产生的巨大影响，也看到了当下社会语境下进步逻辑对底层生存真相的遮蔽。"底层文学"则是在故事讲述和情感抒发中表达对这一事实真相的审美态度和价值判断。曾经在中国社会主义革命向建设平稳过渡过程中，"底层"一度放弃了"阶级论"的斗争观念，而"消灭贫困所引起的'生存斗争'，将为这个转变提供物质基础……然而，社会风气的变化以及这个变化所要求的心理上的革命，不仅仅意味着生产力的发展，也不仅仅意味着物质财富和福利的纯粹的'爆炸'。它们意味着生产关系和交换关系中的革命，这场革命将使生产者和消费者之间的协作和团结成为经济活动发展的动力"②。

如果进一步分析"这场革命"与底层的关系，那就是"底层"在放弃了曾经"阶级论"的鼓动后，又进入了"生产关系和交换关系"为中心的革命，社会观念因此发生了巨大的转变，具体到每个普通民众身上，

---

① 滕翠钦：《被忽略的繁复——当下"底层文学"讨论的文化研究》，福建师范大学，2008 年，第 123 页。此论文于 2009 年在上海三联书店出版，部分语句和修辞有所变化，但内容未作太大的调整，此处依论文内容。

② ［南斯拉夫］米洛斯·尼科利奇：《处在 21 世纪前夜的社会主义》，赵培杰、冯瑞梅、孙春晨译，重庆出版社 1989 年版，第 201 页。引自滕翠钦《被忽略的繁复——当下"底层文学"讨论的文化研究》，福建师范大学，2008 年，第 12 页。

就是对自身衣食住行的关心。但是，这场以"发展和进步"为旗帜的"革命"，却反过来造成了普通民众与自己作为人民主体的分离，也造成知识分子逐渐分化为新的阶层，或新阶级。在"这场革命"中，当代知识分子随着社会经济的转型"成为新的利益集团，或者干脆说，就是新阶级"①。所以，自 20 世纪 80 年代中期以来，重新获得文学书写权利的作家，在不断的"伤痕"叙事中转变为一种居高临下的启蒙与布道，甚至成为社会精英乃至政治精英的主力，进而远离了与自己休戚相关的底层民众，形成了丹尼尔·贝尔所谓中产阶级趣味，② 前文所论述的张贤亮后期的创作即属此类。就在这个时候，王蒙敏感地意识到作家在精英意识建构中不断背离现代知识分子精神的危险，"知识分子下课"③ 的警钟首先在王蒙那儿敲响。王蒙的批判和反思首先指向知识分子的启蒙意识和历史使命感。也就是说，当启蒙者成为新的权力阶层，或者成为社会精英、政治精英阶层，其面对底层的启蒙姿态令人怀疑。也是在这个意义上，"底层文学"的出现才具有及时的文学史价值和切实的社会现实意义。

在文化领域，以"底层"而非阶级话语，首先避开了不同"社会群体"绝对冲突的理念。"阶层"一词取代"阶级"，这个过程隐含了一个重要的转变——以经济差异为根本的人群区分标准取消了政治、文化以及话语权力、生存权利等具体的评价指标；以经济差异的区分为核心，将其他差异作为经济差异附带性的问题，从而呈现出暧昧标准和划分策略。这样，看似大型的"社会冲突"渐趋式微，而事实上为社会现实中的"非暴力的权力制衡"所取代，或者说服。这样，普通人对生存诉求、现实愿望的想象，在一般意义上的传媒渠道仅仅成为一种中产阶级的趣味消费。而"底层文学"的出现，将这种现实的诉求和想象作以具体化，并以审美的价值判断表达了另一种反抗。比如在曹征路的"底层文学"创作中，作者对大量的城市工人阶级尴尬的处境进行了书写，一方面写出了

---

① 刘旭、蔡翔：《对蔡翔的访谈》，见刘旭《底层叙述：现代性话语的裂隙》，上海古籍出版社 2006 年版，第 213 页。

② 有关于中产阶级姿态、中产阶级趣味等说法，见 ［美］丹尼尔·贝尔《资本主义文化矛盾》，赵一凡等译，三联书店 1989 年版，第 50 页。

③ "知识分子下课"的提法是王蒙对 20 世纪 80 年代后期知识分子启蒙意识和历史责任感的质疑。见吴小美、赵学勇编《中国现当代作家作品专题研究》，兰州大学出版社 2002 年版，第 276—289 页。

经济体制转型给工人带来生活的贫穷和无奈，一方面极力塑造工人领导（领袖），向工厂领导讨说法，争得应有的权利。在《那儿》中，作者塑造的挑头为工人讨说法的"我的舅舅"，看似个失败者，但他的"失败"却在不同程度上触动了工人们久违的团结意识和权利意识。而《问苍茫》中对常来临这一人物身上所负荷的资本主义和社会主义两种性质的书写，有意识地将其复杂性呈现于读者面前，他既是资本家的帮手，又是工人的靠山；既是让工人羡慕、崇拜的偶像，又是资本家忠实的说客、走狗。作者在塑造这个人物时，谨慎又相当大胆，尽管在人物塑造过程中试图表达一种理念，即对工厂的工业化和资本化过程中工人的处境的描写，表达一种工人反抗的历史合理性，从而"它是一部真实的大胆地探取生活，带有批判和审视的眼光，富有探索性和独立思索精神并富有挑战性，……他（它）的挑战性是对社会的认知能力、分析能力、理解能力的挑战"①。批评家也敏锐地注意到这篇作品的复杂在于对社会认知能力的挑战，而尽可能地肯定其挑战性，其实质是在肯定作者在以阶层分化背景下的阶级现象，也是对曹征路小说中强烈的历史感的肯定。可见，尽管作者在"阶层"的范畴内使用的"底层"——而非"阶级"话语，但他在《那儿》、《问苍茫》等作品中，已表现出较为鲜明的、召回具有历史主体性的阶级力量的叙事策略。这种历史感在"底层文学"创作和研究中的价值被低估了，正如评论家张未民在《问苍茫》研讨会上曾借曹征路的小说创作，肯定"底层文学"在当下特色社会主义语境下出现的重要意义，"对于改革开放 30 年来的中国当代文学，我觉得社会主义概念仍然是解释历史和文学无法逾越的……《问苍茫》具有重要意义，他（它）使我们再也无法回避在文学批评中使用社会主义一词，不在社会主义概念和意义上理解《问苍茫》……这部作品的价值会出现一些低估"②。可见，评论家将曹征路"底层文学"的意义放置于社会主义文学、历史的语境中，乃以此来肯定作者通过现时代工人阶级的历史主体性的重塑，来表现社会主义对公平、正义、平等的允诺与当下底层生存状况之间的悖论。

---

① 雷达：《〈问苍茫〉与我们的时代——曹征路长篇小说〈问苍茫〉研讨》，《文艺理论与批评》2009 年第 5 期。

② 陈建功：《〈问苍茫〉与我们的时代——曹征路长篇小说〈问苍茫〉研讨》，《文艺理论与批评》2009 年第 5 期。

应该说，正是在对这修辞变化背后意义的追问，才会使"底层文学"作家的创作没有停留于苦难的堆积，也没有在艺术手法上玩转"美学脱身术"，而是真正体现了"底层文学"的新质。这样，"底层文学"研究也因此会继续深入下去。

第六章

"底层文学"的新质与底层"真"表述

通过对 20 世纪中国文学资源中可资借鉴的底层书写的思想和理论资源的梳理与辨析，以及对今天的"底层文学"概念的界定，可以看出，在当下寻找 20 世纪中国文学资源与"底层文学"的关系研究中，我们看到的绝非仅仅是后者与左翼文学、延安文学、十七年文学或工农兵文学、"纯文学"的"同"，"同"绝非是"底层文学"作为新世纪以来最大的、影响最深的文学思潮存在的"合法性"依据。此前那些强调关联性的论者，其中相当一部分人，在我们看来，是希望这种创作现象与左翼文学等思潮及其观念的趋同，企图以左翼文学等革命的"传统"观念去引导、规范这一创作潮流。事实上，时代变了，语境也变了，很少会有作家去简单地重复左翼文学、延安文学、十七年文学或工农兵文学。关联性当然有，但我们应该关注的是关联中的新变。

追索新文学传统中具有底层书写倾向的知识分子启蒙叙事、左翼革命叙事、社会主义的人民叙事传统的延续与变异的轨迹，可以发现，"底层文学"的绝大部分的精神指向和思想意义的确不同于当初历史语境下的那些作家和他们的作品，"底层文学"只能放到当下的现实中去理解。因此我们基本可以得出的结论是：一是把"底层文学"的提法，不能简单地混同于五四文学（或人的文学）、左翼文学、延安文学、十七年文学或工农兵文学中的任何一种，譬如可以说五四文学或人的文学具有底层关怀的情感指向，但应避免把当时表现底层生存状况的作品径直称作"底层文学"，否则会遮蔽当下"底层文学"面临的新问题、新语境，后面的左翼文学等更不能径直称作"底层文学"。

"底层文学"被当下评论家誉为自 1993 年"人文精神大讨论"以来唯一进入公共领域的话题，同时，"底层文学"所黏着的尖锐的社会问题并不会在短期内消失。所以，寻求"底层文学"写作的理想形态，找到"底层文学"的"及物性"观照就显得非常有必要。但是，正如我们在《引论》部分中所言，近两三年以来对"底层文学"的关注热度在下降。即一面是底层问题渐趋严峻，另一面是"底层文学"热度在下降，其悖论因素的确需要作深入探讨。那么，以 20 世纪中国文学中的底层表述为背景，以现代性宏观理论作参照，当下底层表述的"新质"何在呢？

第一节　新问题的发现与延续

我们知道，"底层文学"思潮在各种"合力"的推动下，于 2004 年逐渐浮出水面，同时在《当代》、《天涯》以及《文艺争鸣》、《文艺理论与批评》、《读书》等期刊的联合推动下，"底层文学"迅速地向自己欲以逼近的社会问题迈进，其中的工人下岗、农民失地、城乡边缘人、妓女、乞丐以及被侮辱者和被损害者纷纷成为文学的表现对象。也有些作家在"底层题材"的热潮中分得了一杯美羹。但是大浪淘沙，千洗万滤，底层表述的"真"问题也逐渐沉淀下来。其中下面几个问题，在笔者看来应是"底层文学"对新世纪文学乃至中国文学书写所做的贡献。

近十年的"底层文学"表述中沉淀了很多值得深思的问题。其中一个有意义的话题就是对"人"的追问与现代性问题的深入思考。而且，到 2011 年，新世纪文学（特别是长篇小说）的发展已经基本形成了一个以"人学"为主体的主题脉络。① 这个问题既是对五四启蒙文学遥远的回应，也是对当下底层写作的有力开拓。

一　"底层文学"对人学主题的延续及开拓

五四文学或人的文学尽管是启蒙意识的产物，毕竟体现了作家对人的终极关怀，与"底层文学"的精神指向相通，在底层意识中体现作家对人，特别是底层作为人的终极关怀，这种意识仍然在当下诸多"底层文学"作家那儿有所表现，这是值得肯定的。部分"底层文学"作家开始

---

① 白烨从历史与个人、人性与女性、人生与个性等角度进行了论述，见白烨《"人学"主题的文学演绎——2011 年长篇小说概观》，《小说评论》2012 年第 2 期。

有意识地表现在工业化、城市化背景下底层世界人和人关系的紧张，以及人对物化世界的惊慌和恐惧，体现出对人的存在的关怀。王十月《你在恐慌什么》，阿乙的《杨村的一则咒语》，毕飞宇的《推拿》，白连春的《我爱北京》，范小青的《城乡简史》等小说通过对一个个农民进城故事的讲述，展现了一幅幅消费时代的底层世相。比如在《你在恐慌什么》中，作者以"沙紧紧地抱着铁"这横空而来的开篇构成小说叙事的基点，而整个故事可视为这句话的生发、展开与延伸。故事的叙述从沙和沙的女人到深圳接儿子的骨灰写起。因工伤事故丢掉性命的铁，曾立大志要比服帖无能的父亲沙有出息，但事与愿违，在工地上，他付出了生命……经过沙和沙的女人与建筑方代表多次交涉后，建筑方赔付五万元的"抚恤金"，以表示对他们的同情和理解——因为经雇佣方指认，铁的伤亡属自己失误，本该赔两万。抱着骨灰的沙和沙的女人担心、恐惧，不知所措。他们不敢与人说话，怕别人抢走五万元，也舍不得住店，因为他们知道，每多花一元钱"就像从铁的身体里抽出了一根骨头"。赔付交割之后，在雇佣方安排夫妻俩去深圳"世界之窗"观光的路上，他们逃向车站。后来在廉价的旅店住宿，却被发现是抱着骨灰的不祥之人。他们又一次被驱赶，终于躲到一个荒山上的坟墓边，遇见盗墓人，他俩惊恐万分……故事的结尾是意味深长的，沙和沙的女人问："你是人还是鬼！"对方回答："我是鬼！"此时，两个人终于舒了一口气："哎呀，吓死我了，我以为是人呢！"① 因为人与人之间的兀然对立，使得冤魂厉鬼也不再恐怖。这个有意味的结尾读来令人长叹。作者将一个农民进城的故事设置在"世界之窗"的深圳，让我们在见证一个工业城市和一个走向全球化的国家大厦下面屈辱的眼泪和无名的白骨，更感受到了快速转型的现代化进程对那些"沉默的大多数"造成的心灵创伤。在这个作品中，作者以阴阳相隔的父子沙和铁作为人物的命名，在我们看来乃作者富有深意的"经营"。作者以城市化进程中最普通且最不可缺少的建材——沙和铁为人物命名，渗透的是作者对那些被人为地搅拌在巨大的现代化机器里，又任意地堆砌、凝固在现代化"世界之窗"的高楼大厦里的沙子和钢铁命运的悲叹。"物质形态的沙是一种贴伏于地面的裸露的无遮蔽的存在，它给人一种干

---

① 王十月：《你在恐慌什么》，《飞天》2006 年第 11 期。

枯荒芜、散乱乏力的惯常印象。而小说中的沙在精神境遇上与之有着某种对应关系。"① 笔者认同这种看法，同时又认为应该将"沙与铁"作为具体的物质形态的贴伏与"沙和铁"作为具有精神生命的人之命运联系起来。

在现代性背景和城市化进程的复合语境下，将"沙和铁"的物质形态与"沙和铁"作为卑微生命被任意措置于"现代大厦"的存在方式之间建立一种深层联系，才能真正"揭示了现代文明对人的压迫，以及由此导致的人与人之间关系的断裂、生命的相互疏离与冷漠，进而袒露出当下中国生存的无根基状态"②。我们在这里看到像鲁迅笔下那些底层生命的卑微，看到老舍笔下拒绝人力车夫的城市的冷漠，更看到的是在众声喧哗的进步声浪和现代性幻觉中被淹没的无助的生命，看到的是"沙和铁"紧紧地拥抱与"人和人"冰冷地相互遗弃。如果回望20世纪中国文学资源中的底层意识或底层表述，我认为，"沙和铁"这个形象是鲜活的，"沙和铁"这个意象是丰富且具有独立意义的，套用一句惯常的批评话语："它丰富了现当代文学的人物形象画廊"，是独特的"这一个"，他不是简单地对现代化进程作肯定或否定的判断，而是将人心的裂变与社会变迁紧密相连。作者试图回答的问题则是作为底层生存者的人与人、人与时代的关系。

同样是写底层小人物，写人和人的关系，写等待外出务工儿子的到来，青年作家阿乙的《杨村的一则咒语》，是通过普通人对伦常宿咒的破解方式的关注进入底层的。阿乙用平实的语言，简淡的风格写出了底层生存者在现代化进程中相互竞争的无声的悲剧，小说在舒缓的叙述中表现出了强大的内在张力。作者采用双线交叉结构，写两个普通家庭，两个凡俗的邻居妇人，都是等待因"城市之梦"外出打工的儿子。起先是两个妇人因一只丢失的鸡而互相厮打，终于邻居变成仇人。她们都在盼望着外出打工的儿子早日归来，却又在内心深处互相诅咒着对方。但她们等来了什么呢？一个等来的是当地警察似乎无理的百般刁难，儿子只好连夜逃走；另一个等来的则是儿子的死亡。她们的咒语居然都应验了，何其吊诡！这

① 郭富平：《颓败的家园与荒芜的城市》，《名作欣赏》2010年第21期。
② 同上。

是作者对底层淳朴想象的讽刺，更是对底层生存真相的揭示。尽管作者最后以温情的笔法写出了两个老妇人的和解——在希望落空、心灵备受打击后互相抚摸着对方的手，在屋檐下互相安慰，像是两只受伤的、舐犊的雌兽在一次惨烈的竞争后无力恋战，在百般焦渴中相互舐舐着对方流血的伤口，像是在安慰，更像是以对方的血迹止渴。这般描写看似轻淡，实则沉重，看似无心，实则隐藏深沉，寄寓深远。作者将日常与残忍混融，将挣扎与盲目并置，这样，底层的精神生态状况即在这种质朴的叙述中溢于文本之外了。阿乙似乎知道，底层叙述并非写得越惨越好，而是能够到达生命的根柢，能够触及灵魂的困境。这样的书写理应受到重视！在这个作品里，作品还提到了另一个人物形象，一个一睡不起的人——国峰，是因为身体全部溃烂，"器官，皮肤，骨头都烂了"，是严重的铅中毒和身体超负荷所致。小说似乎在提醒世人警惕和严防生态污染对生命摧残的意义，更是反思在现代化和城市化进程中底层精神生态的紊乱，这又像是对两位老妇人儿子命运的一种补充，也是对小说主题的强化。同样，毕飞宇的《推拿》和艾玛的《浮生记》都是在这个意义上展开叙事的。《推拿》中的张一光也是文本对那些从现代化进程中撤退出来的人的一种诗意的隐喻。《浮生记》矿工的儿子新米，在父亲死于矿难之后，决定跟父亲的拜把兄弟毛屠夫学艺。但毛屠夫对自己的传统的屠工深藏不露。作为屠夫，他更多地以生命的尊严和意义来告之新米，以期他能领悟对生命的价值。这种构思是否隐含着更深的命意呢？矿难中消失的生命是轻贱的，宛若浮生，但是矿工的儿子回头又以屠夫为师，而其师以庄子、李白等的其生若浮，其死若休，浮生若梦，为欢几何的生命观来教导新米，他经常教导新米的话就是：即便是猪，也应该有个好死。作者将这种不无混杂的生命观措置于矿难之后的职业和命运的选择，以人与人、人与动物的交流为提升情节的主要构思，饱含深情，寓意深刻。同时，作者在盛满了人性之美和生命至大的日常生活书写中，表达如何看待万物众生与生死无常的问题。在并不阔大的小说格局中掩映天下苍生，想到生生死死，其悲悯之情可谓意味深长。

蒋一谈的近作《鲁迅的胡子》也写到小人物的命运，在荒诞和戏谑中渗透着作者的当下性思考。作者将鲁迅和足底按摩、学术研究扯在一起，是另一种底层生存视像。足疗师沈全是个不知名的小人物，在北京开了一家小按摩店，生意平平淡淡，沈全看不到他的前途。后有一星探发现沈全的造型酷似鲁迅，于是化妆上镜，让其过了一把扮鲁迅的瘾。同时这一"策划"使他即将倒闭的小店一度复兴。有点意味的是，人们明知其假，却蜂拥而来找沈全捏脚，于是他像做了一场梦，自豪地想："我沈全居然像鲁迅"，这让他体验了另一种造梦的人生快感，于是他"舍不得卸装，卸了装感觉就没了"。其戏谑之处还在于作者塑造了另一个人物，他研究了一辈子鲁迅，但还是个副教授，最终没能在专业上出人头地。在他临终之前，思维进入了幻觉，希望见到鲁迅并得到肯定。作者更是以荒诞的情节写到进入幻觉的他终于得到足疗师扮演的鲁迅为之捏脚，满足了他的夙愿，何其荒诞！但是在这种嘲讽和戏仿中，我们仍然能看到作者寓庄于谐的审美态度，那就是对处于不同领域、不同职业的人的批判——底层也不例外。无论是为了生存的需要还是为了理想的追求，没有精神支撑的生活是虚弱而苍白的。关于此作，雷达先生说："作品的成功主要并不在戏仿的情节之奇，而恰在于它的平凡，它的诚恳，它的真实，它表现了这个流行山寨版的时代里，'想过实实在在的生活'而不可得，弄虚作假反成常态"，① 这种对小人物的关注方式显然不是简单的同情或理解，而是对复杂的底层现状和现实的另一种意义上的挖掘。可以看出，阿乙、蒋一谈、艾玛三位新人写出了关乎底层生存新的视角和新的关怀方式。同样是写底层故事，但他们的风格和技法却迥然有别，"阿乙是不动声色的冷峻，蒋一谈是笑中有泪的戏仿，艾玛是体贴入微的悲悯，它们显示了当今短篇艺术表现力的丰富多样"，② 更显示出不同方式的底层观照和审美姿态。在这里，作者重新开启与五四文学相关的资源库，以一种变异、荒诞的手法写出了底层生存中精神观照的重要意义。

　　但是，作者并没有单纯地重复五四主题，而是在新的现实语境下写出了对人的当下关怀，表现出一种新的"精神建构"。比如"底层文学"中"向城而生"的进城主体的群体性描述，无论是沙与铁（王十月《你在恐慌什么》），还是刘高兴与"五富们"（贾平凹《高兴》），无论是等待进城务工儿子消息的妇人（阿乙《杨村的一则咒语》），还是在城市中争得

---

① 雷达：《多姿多彩的短篇小说》，《文艺报》2012 年 11 月 28 日。
② 同上。

一点"胃的尊严"的保姆（徐一瓜《海鲜啊海鲜，怎么那么鲜啊》），无论是在瓦斯爆炸后在一百多名工友中存活下来，却失掉双眼后进入按摩坊的张一光（毕飞宇《推拿》），还是在工业流水线上一秒一秒地积攒血汗钱的"女工们"（郑小琼《女工记》），当社会公平和个人权利资源在自己身上不断缩水时，他们仍然在以透支的方式维持着生命。这从另一个方面也折射出了当下农民工因贫困而造成的艰难蜕变，及其对城市态度的变化：从被迫进入、拒绝认同到主动融入，在矛盾体验中蜕变为现代化进程的见证者。现代性的繁复与悖论无不在他们身上刻下烙印。如果说，骆驼祥子的进城，是社会悲剧和城市文明病的典型塑造，那么，贾平凹、王十月、刘庆邦、须一瓜、李佩甫等作家的底层书写，体现出了社会转型过程中，大量的失地农民和城市边缘群体宿命般的遭遇。这是新语境下"底层文学"面对的紧迫而严峻的现实。同时，在"城市民间"的叙述主体——底层的自我表述中，打工族的年轻化和相对的知识化，使得大批"打工作家"，比如柳冬妩、郑小琼、谢湘南、宋晓贤等，能在自我的城乡经验中刻下他们进城的"精神胎记"，表达他们对城市文化、资本权力的肯定、认同与矛盾、困惑，与五四时期的知识分子启蒙书写不同，他们试图通过自己开口，传达自我的直接经验，甚至是"跪在厂门口举着一块硬纸牌/上面写着'给我血汗钱'"（郑小琼《女工记》）的声嘶力竭的呐喊，更真实地表达了作为现代化大厦建设者的一员，为社会进步和发展付出了自己的青春、爱情乃至性命的事实；他们没有成熟的写作技巧，但是有切身的底层经验；他们没有深刻的反思意识，但是有真切的情感抒发。这样的作品无论是从思想还是艺术手法上来看，即使没有达到专业作家的水平，但阅读他们的作品，仍然会为一种朴素的抒情和疼痛的体验所感动。这是老实的祥子不能达到的，也是乐观的陈奂生意识不到的，更是单纯的梁生宝、萧长春不能理解的。

二 "底层文学"的"新人"形象

在20世纪中国文学特别是新文学初期的底层叙事中，知识分子在面对底层时更多地以"离去—回来—离去"的叙事结构来表达启蒙底层和进入底层的艰难和悖论，而新世纪"底层文学"则在很大程度有意塑造一种"新人"。这一类"新人"在面对现代社会的快速转型过程中的底层未来发展道路时，并不是一味地迷茫和困惑，而是在汲取新的思想，寻找面对困惑的现实出路。"回到乡村"的"新人"的典型是"底层文学"中底层形象塑造的一个新尝试。比如在农村题材的底层形象塑造中，作家已经比较明确地意识到，尽管乡村在城乡进程中的蜕变是空前的，但并不是完全被动的。大量的辗转于进城大军中的农民工，他们在工厂、建筑工地上是典型的底层生存者，但是他们却在身为农民工的经历中，逐渐接受了一些新的思想，比如平等意识、法律意识。在候鸟一样的城乡迁徙中，他们会回过头来反观乡村生活状况，也逐渐以辩证的眼光观察乡村文化。在周大新、孙惠芬等作家的视野中，有一部分人会成为城乡交叉地带的"漂泊者"，也有些人会成为回乡建设者，成为新一代农民的带头人，他们既能对乡村文化所具有的天然的淳朴民风、"和谐人伦"等自足因素获得更多的认同，又能对乡村文化中地方干部和官员的权力政治保持一定的清醒，并与之进行一定程度的斗争。在此意义上，孙惠芬、周大新等作家突破了城乡冲突的二元观念，尝试塑造了从城市底层回到乡村基层，以知识和思想带动农村走"现代化道路"的"新人"。周大新的《湖光山色》中的楚暖暖、旷开田对村镇基层权力的斗争，让我们看到了一种新的力量对专权思想和地方权力结构的挑战。尽管作家在塑造楚暖暖时，将她与权力的斗争叙述得相对理想，但是结尾以悲剧性的结局处理楚暖暖最后被顽固的权力潜意识崇拜所打败，与之并肩努力的丈夫旷开田最终以虚幻的想象进入了权力臆想，成为"楚王庄的王"，成为她无法面对的"他者"，但从作者的细针慢线的叙事过程中，我们看到专制权力开始崩裂的合理逻辑。周大新的"新人"塑造在这个意义上是成功的，这样的新人经得起咀嚼和品味。

孙惠芬的《吉宽的马车》中的吉宽，在城市的打拼中，对城乡关系，新生的人与人之间的关系都有了属于自己的判断，而且更可贵的是，他开始有了比较鲜明的"自审"和"审他"意识，吉宽意识到，一旦环境发生变化，他与几个兄嫂之间的亲情关系也会随之变化，而且意识到亲情关系会因金钱的渗入而蜕变为生意与交易；他时刻提醒自己不要做了"时代的垃圾"，这种自觉的"自审"意识，体现了当下"底层文学"书写的一种新质，诚如评论家白烨先生所言："这种自审与自省的精神，相当的难能可贵，这也使得吉宽这个农民工人物形象，不仅卓有了个性，而且富有了灵魂"，"这'自审'，便是在城乡交叉地带构成的尴尬境地，自省自已得到了什么,又丢失了什么;自问自己置身何处,又去往何方?"① 作家在这里仍然有意突破城乡冲突,塑造由乡入城,再由城回乡,带动农村走"现代化道路"的"新人"。这样的描写难免因作家与乡村的逐渐隔膜而流于想象,对新的返乡潮流的建构还需要继续深入,可喜的是,这种探索既已开始!所有这些,都以具体的写作实践丰富了底层文学想象,更重要的意义在于其底层观念出现的新,那就是底层不会是永远"沉默的大多数",他们总有一天会发出作为人之一员"自己的声音",也就是鲁迅在五四时期期望的工人农民发出自己的声音,一种自我的表述。②

在这个意义上,新世纪"底层文学"作家笔下的"底层"生活真相的揭示和灵魂世界的展示,是对鲁迅、老舍等作家的底层关怀的一种遥远回应,表现出作家开拓新的底层写作精神空间的努力。尽管从总体来看,批评界认为"底层文学"仍停留于再现城市化背景下农村的颓败与农民生活的困苦,或者只在表现城乡差距的进一步加大等社会学层面的问题,缺乏一种深层开掘的、深度的人学内涵,但在笔者看来,"底层文学"体现出来的这一"新质"是不容忽视的,特别是作者在现代化、城市化背景下对人的情感、态度,乃至道德感、伦理意识等的探索,表现出不同于20世纪中国文学的新的"内质"。

第二节　权力反思与人的价值建构

无论从中国传统人格的畏官特征还是现代意识的淡漠来看,新文学立足的"立人"由于诸种原因,在很长一段时间被搁置。经历了启蒙和革命的底层民众,并没有在自我意识的获得和建构中实现人的真正觉醒,这就是当下"底层文学"需要不断开拓的书写空间。

一　新时期文学的权力叙事

新时期文学有关"人的觉醒与反封建主题的推衍"(雷达)中,张

---

① 白烨:《近期文坛热点两题》,《南方文坛》2008 年第 2 期。
② 鲁迅曾谈到平民并不能自我表达时说,"现在的文学家都是读书人,如果工人农民不解放,工人农民的思想,必待工人农民得到真正的解放,然后才有真正的平民文学"。鲁迅:《鲁迅全集》第 3 卷,人民文学出版社 1981 年版,第 422 页。

炜、张弦、古华、王兆军等作家从不同层面切入到当时农民和知识分子身上存在的痼疾。比如在王兆军《拂晓前的葬礼》中，那个曾经刚毅、果敢、稳健的人物田家祥，在身处底层农民中间时，他是为农民争得实际利益的"杰出代表"，在村民的拥护下，与极"左"政治对立，维护村民的权益，但是等到他最后夺得政治权柄，成为"大苇塘最厉害的人"之后，他的理想和目标就此"实现"了。田家祥成了政治上的既得利益者，这时，他开始反过来打击异己，压制各种声音，成为苇塘村民必然要面对的、最厉害的"敌人"。苇塘还是原来的苇塘，村民还是原来的村民，自然，底层仍然还是底层。农民的生活处境和精神状况并没有改变，只是权柄在不同人的手中发生了转移，但村民却为这一转移付出了沉重的代价。我们从田家祥身上看到的是权力政治和人治流毒的顽固，"这就向我们提出了一个十分尖锐的问题：在封建主义早已老态龙钟地进入坟墓以后，它还能不能派出自己在政治上的继承人？难道它仅仅只留下一大堆观念的残余吗？"①这种担忧自然是《拂晓前的葬礼》的题中之意。问题在于，以"葬礼"为主题的小说，目的在于写出为这种政治权力和权力魔障送葬的作品，在触及封建意识形态和权力政治问题时，并不能让我们看到它们走向坟墓的必然逻辑，倒是感觉到封建主义幽灵及其权力崇拜的顽固与乖张。

在反封建主题的推衍和人的觉醒意义上，张炜和张弦的写作更深入了一步。如张炜的《秋天的愤怒》，可以看作是《拂晓前的葬礼》的开拓。张炜将写作的重心放到底层和人的觉醒上，写出了农村中顽固存在着的权力崇拜及其变异，也写出了农村中的惊醒和抗争。在《拂晓前的葬礼》中，王三江是像田家祥一样被赶下台的人物，但他伪善又专横，借昔日权力余威，重新经营各种社会关系，成为一个"承包"的带头人。从而村民们再次默认了他的权威；当他给农民分了葡萄园的一点利益后，农民甚至有满足的感激，又有难以表达的敬畏。而《秋天的愤怒》的另一个人物"老得"，他是葡萄园的守园人，被王三江斥为"一个古怪的东西"。他有感伤的诗人的气质，但又弱小内向。当王三江以蛮横的方式逼走善良的铁头叔，又辱骂孤儿小来，给"老得"以很大的刺激，也激起了他的

---

① 雷达：《人的觉醒与反封建主题的推衍》，《重建文学的审美精神》（下），北京师范大学出版社 2009 年版，第 22 页。

仇恨。他在葡萄园中写诗，以此宣泄他的愤怒，一种伸张正义和复仇的意念始终烧灼着他的内向和孱弱。但他的"怒目主义"并没有得到村民的理解；他只能寂寞地守着他的猎枪和猎狗以及比他更弱小的小来，直到最后出走。在强大的权力淫威面前，这些最初的觉醒者，又面临着觉醒了但无路可走的悲剧。在评价《拂晓前的葬礼》和《秋天的愤怒》等作品时，雷达先生曾将其和五四时期人的觉醒的主题联系起来，认为"它们表现了从十年动乱直到今天的历史时期里两股力量的撞击。一股力量是封建主义的幽灵，它在赵老太爷、鲁四老爷早已寿终正寝的新时代，如何离开了昔日压迫者的肉体又凭附到今日某些劳动者们身上，在'公共权力'中寻找缝隙来安顿和寄殖自己，继续压迫着农民的精神和阻遏社会的进步；另一股力量是姗姗来迟的人的觉醒的要求，它直到近年来才在农村青年'思考者'身上萌发，它是中国农民从来不曾有过的觉醒，……（他们）要求精神上从传统人向现代人的蜕变"①。在这里，我们看到鲁迅式的对农民悲剧性命运深刻的理解。

　　但是，这一时期一系列针对极"左"时期的作品，由于题材的特定性，其视野和思想基本把矛头更多地对准到已经被定性的旧的意识形态，还没有对其背后的封建主义的幽灵在当代底层社会的存在形态和历史根源作深入的揭示，特别是对"人民"掌握政权后的封建主义的变态给予深度剖析。很快，整个文学的写作路向也发生了变化，要么就是写包产到户给农民带来的实惠，关注生产方式和生活方式、经济与道德等方面的冲突，比如高晓声的"陈奂生系列"，以及路遥的《人生》、《平凡的世界》等主潮，直接关注权力对底层百姓的掌控、奴役的作品开始弱化和偏移。即使到了20世纪90年代的"现实主义冲击波"，尽管对改革中的经济问题为核心的社会矛盾进行了揭示，但是诚如曾经以"冲击波"来命名这一思潮的雷达先生也在总结这一类文学的局限时所说："他们基本停留在表象层，停留在形而下的展示，超越的部分薄弱，对人的境况和人的发展问题也缺乏形而上的深思。"②与其相关的问题是，"现实主义冲击波"里

① 雷达：《人的觉醒与反封建主题的推衍》，《重建文学的审美精神》（下），北京师范大学出版社2009年版，第20页。
② 雷达：《现实主义冲击波及其局限》，《文学报》1996年6月27日。

的很多作品更多的则是站在上层的立场期望底层"分享艰难"。这样的写作立场中很难写出鲜明的底层意识;"新写实主义"尽管也关注普通人、平民、小人物的生存,但是由于作家叙事视点的不断下移,使得对底层人物的观照流于一种市民心态和市民趣味,以日常化、世俗化的方式观照市民生活,以世俗始,又以世俗终。

二 "底层文学"的权力批判

从文学史的对比意义看,新世纪"底层文学"的出现则意义非凡。阎连科的《黑猪毛,白猪毛》,曹征路的《豆选事件》,王祥夫的《红包》,梁晓声的《沉默权》,周大新的《湖光山色》等小说都不约而同地描写了底层百姓对权力的崇拜与恐惧,写出了千百年来中国底层民众被权力捉弄的事实,以及底层民众的无知与无奈,也写出了底层民众对自我权利的淡漠。曹征路的《豆选事件》以无声的悲剧处理方式表现了农民对自身权利的漠视和他者权力的恐惧。王祥夫的《红包》写出了农民对已卸任的老村长仍然以权力余威对不"听话"不送礼者的惩罚。该小说的独特之处不在于写惩罚,而在于对底层民众无法从权力阴影中走出来的思考。梁晓声的《沉默权》中,农民郑晌午夫妇在女儿被强暴之后选择极端的报复方式,以炸药包自爆,来表达对权力世界的反抗,这种方式读来让人觉得心寒。胡学文的《命案高悬》中,吴响对已婚女性尹小梅有好感,他借手上一点小权力引诱其在退耕还林的禁区放牛,没想到他的一点小权力又被副乡长毛文明利用。在毛文明接手审讯尹小梅事件后,尹小梅"莫名其妙"地死亡。对此事件,村里明眼人都知道是副乡长滥施淫威,罪根在副乡长。但是,他又借手中职权,以八万元买通小梅丈夫黄宝,并将罪责推卸给吴响。吴响明知自己是被嫁祸的,但有理无处说,成为真正的吴(无)响。作者将这一事件集中于吴响——一个在村里懒散、缺乏自我意识的农民身上,且没有给他一个光明的前景,表现出作者对农村底层百姓法律意识的淡薄、平等意识的缺乏以及自我意识的匮乏,也显示出在高速发展的现代文明声浪中,那些随时将被淹没的无声无响的屈辱,或者呐喊。

在表现底层群体和权力的关系上,阎连科的《黑猪毛,白猪毛》的书写更令人深思。尽管现代法治文明在底层群体中有了部分的推进,但是封建的权力意识仍然占据着底层民众的头脑,从而使底层民众和权力之间形成一种可怕的怪现状，"而种种异化了的权力不仅随心所欲地践踏着他们的自尊，而且漫不经心地摧毁了他们最后的一点自信"①。阎连科就是从乡村底层民众对权力的恐惧以及法律意识、权利意识的淡薄引发的悲剧来架构《黑猪毛，白猪毛》的。在小说中，镇长开车撞死了人，酿成重罪，于是他利用手中之权令李屠户找人顶罪。李屠户找的这个人就是贫穷得到三十岁仍没娶上媳妇的根宝。很有戏谑意味的是，得知根宝要做镇长的"恩人"了，很快就有人来到根宝家为其提亲。但故事情节在这里又一次出现悬念——当根宝到了李屠户家后，发现竟然还有三个人准备为镇长"替罪"，怎么办呢？最后四人同意用抓阄的"游戏"方式决定去留。抓阄的办法也很滑稽：在四个纸包中分别包有一根黑猪毛和三根白猪毛，抓到黑猪毛者胜，即可为镇长"顶罪"坐监。抓阄的结果是名叫柱子的人"幸运地"抓到了黑猪毛。此时，根宝跪地求情，希望柱子让给他这个机会。柱子最后还是同意了。但是故事的情节在此又一次突转。当根宝像英雄一样被送出村子准备为镇长坐监时，村长又传来消息：不用顶罪了！原因是当事人家属根本没有告官，且给作为肇事者的镇长提出一个"要求"，就是将死者的弟弟认作干儿子。在这场滑稽的"争抢顶罪"的叙述中，我们看到的是权力对普通百姓生命的践踏。

在这个作品中，作者将一种畸形、扭曲的人际关系围绕权力而展开，将权力对人的奴役和控制淋漓尽致地展现在读者面前。对处于一镇之长的肇事者来说，他是镇上百姓的父母官，拥有权力，所以可以利用权力解决所有问题，包括以玩弄权力余威以获得生杀之权；而对于李屠户来说，尽管自己不是一镇之长，没有可以随时挥洒的权力，但是因为镇长给他这个"选拔"的机会，所以，他可以公然地以黑猪毛、白猪毛主持"公选"。而根宝、柱子他们，因为手中没有任何权力（这也是他们贫穷的原因），唯一可以选择的，就是以生命换取镇长的安全，放弃自由乃至生命，这是他们唯一能够支配的权利。所在，无论是镇长、李屠户，还是根宝、柱子们，他们有一个共同的认识：权力可以杀人，也可以"活人"。其中唯一的区别就是，作为镇长，他是权力的掌控者，作为底层百姓是被管制者。

---

① 张明廉：《西部农民凡俗人生的真实与诗意——评雪漠的长篇〈大漠祭〉》，《飞天》2001 年第 5 期。

在这种针对基层权力的滑稽叙事中，我们看到了底层生存者对权力的恐惧，看到了底层群体在权力面前的可怜与可悲，更看到了权力在中国社会阴魂不散的丑陋，"作者是沿着'画出沉默国民的灵魂'的路子在走"①。当我们读到根宝、柱子们争相"顶罪"的情节时，不由自主地会想到20世纪中国文学中的阿Q，想到祥林嫂，想到鲁迅对底层民众含泪的理解与同情，也在这种叙事中看到张天翼辛辣的讽刺与批判。当阿Q的革命行为被挑掉自家瓦片、以示革命的赵老太爷宣布为反革命，最终走向断头台时，阿Q是骄傲的，他看到了自己是这场戏的主角，他想唱"手执钢鞭将你打"，最后"无师自通"地说出了自己"过了二十年又是一个……"②鲁迅笔下的阿Q，处于社会最底层，上无片瓦，下无立锥之地，作者将深刻的理解与同情，更多地寄寓在阿Q走向断头台的最后的刹那中，"在刹那中，他（阿Q）的思想又仿佛旋风似的在脑海里一回旋了。四年之前，他曾在山脚下遇见一只饿狼，永远是不近不远地跟定他，要吃他的肉。他那时吓得几乎要死，幸而手里有一柄斫柴刀，才得仗这壮了胆，支持到未庄；可是永远记得那狼眼睛，又凶又怯，闪闪的像两颗鬼火，似乎远远的来穿透了他的皮肉。而这回他又看见从来没有见过的更可怕的眼睛了，又钝又锋利，不但已经咀嚼了他的话，并且还要咀嚼他的皮肉以外的东西，永是不远不近的跟着他走"③。直到这时，阿Q才意识到自己的人头落地是可悲的，他终于感觉到自己被杀头的疼痛，因为他感觉到那些围观的眼睛，他看出了围观者没有一张干净的口，甚至没有一颗干净的牙齿，他们要吃他的肉，喝他的血，甚至"已经在那里咬他的灵魂"……终于，阿Q在喊出"救命"时，"觉得全身微尘似的迸散了"④。鲁迅在阿Q的刹那间的"自觉"中寄托了"不甚渺茫"的希望，那就是阿Q可能的觉醒，哪怕是瞬间又将迸散的希望。

"底层文学"作家对底层群体的权力变态的崇拜、畸形的恐惧与鲁迅不动声色的、对底层群体的理解与同情有本质的相似性。也就是说，对于与

---

① 雷达：《消费时代短篇小说的价值》，《当前文学症候分析》，作家出版社2009年版，第52页。
② 鲁迅：《鲁迅全集》第1卷，人民文学出版社1981年版，第526页。
③ 同上。
④ 同上。

现代文明和现代国家相伴而生的权力的批判，以及权力对人的奴役和控制的剖析，都是非常自觉的。新世纪"底层文学"对权力的反思具有鲜明的现代意义，因为他直接指向现代性背景下人的权利的实现和人的解放，这也是马克思主义学说乃至整个人文主义精神中"人的解放"的题中之意。仍然以我们在前文提及的"底层文学"中的人物形象为例，郑晌午的极端的报复行为，根宝、柱子们的争当"顶罪者"的悲剧，与阿Q的精神胜利有质的一致性，那就是因为极端的物质和精神贫困条件下产生的对权力的畏惧。这是权力对人的荼毒，更是权力对人的异化，是人获得自由和解放的最大魔障。按照马克思和恩格斯的说法，"任何一种解放都是把人的世界和人的关系还给人自己"①。即让人成为自觉与自足的人。在马克思主义那里，所谓"人的解放"，其根本的判断标准就是每个具体的人是否全面地占有了自己的社会关系，而不是将人陷入个体与社会形成的诸种关系的控制与奴役当中。在这诸种社会关系中，就像马克思在《共产党宣言中》所说的"每个人的自由发展是一切人自由发展的条件"一样，它也是"人的解放"的条件，是人逐渐占有自己全面的本质的基础。

在这个意义上，新世纪"底层文学"在对中国现代社会，特别是基层社会权力对底层民众造成巨大的伤害有其独特的贡献，同时，在底层生存者若要获得现代民主、平等观念之艰难的揭示方面有重大意义。在很大程度上，新世纪"底层文学"对底层民众的关怀是五四新文学传统的延续，而对权力的反思和权力所及的范围超出了五四作家的思考。鲁迅曾在《故乡》中，将闰土所遭遇的压迫概括为封建的政权、族权、神权、夫权，以一种层层盘剥、层层压制的方式体现了底层生存者肉体和精神被奴役的悲剧，最后仍然以不无悲剧的叙事方式表达了无法启蒙底层世界的无奈。

同样，在新世纪的前几年，有一批具有批判性的作家，如刘震云、雪漠、李锐、阎连科等，虽然他们不是"底层文学"大军中的先锋队，但他们对建立在革命、民族名义下无视底层群体的挣扎、无视他们人之为人的可怜与可悲的现象进行了"另类"的书写。《温故一九四二》，是刘震云的一部回忆性的纪实小说，作者用"温故"的方式告诉身处中原的河南老乡，在政党政治的意识形态下，"死亡人数，政府统计一千六百二十

---

① 马克思、恩格斯：《马克思恩格斯全集》第1卷，人民出版社1956年版，第443页。

人", "实际呢""三百万人"。这是多么无奈的戏谑和反讽,更是让人流泪的"温故"。对执政者而言,三百万老百姓被饿死,并不能引起他们的更多的政治良知。因为他们知道,三百万百姓的生命换不来国际和国内对其(国民党)政权的稳固和对政权的拥有。其失去百姓生命的道德上的歉疚只能以谎报死亡数字来聊以自慰。同样,新世纪初崛起于中国文坛的雪漠,在完成了以"老顺一家"作为西部凡俗人生的底层生存描写后,仍然继续了他对历史的惊涛骇浪下涌动的社会底层生活的暗流,正如张明廉先生所言:"小说家和历史学家之间一个很重要的差异,就在于他们关注'历史'的侧重点不同。历史学家多关注重大社会历史事件及其代表人物或社会力量,关注历史潮流显层的惊涛骇浪,而小说家更关注的是涌动的历史潮流的底层,是千千万万无名氏的生活欲求和精神走向,恰恰是这种在潮流底层涌动的暗流,在无形中从根本上左右着我们的生活和历史发展的走向。"① 正是在这个意义上,我们看到,尽管雪漠的《西夏咒》转向以新历史的眼光进入历史,或者以反历史本质主义的姿态来反思历史,但仍然是以强烈的主体精神的介入来表达对"底层生存"者生命的敬重。在《西夏咒》中,他以主人公的精神历练和信仰追求为背景,评判中华民族历史上的历次"伟大的战争"和"民族英雄"。他认为,几乎每一次所谓战争的胜利和历史的进步,都是以杀伐者的铁蹄踏碎了女人和弱者的身躯,并以无辜者的眼泪铸就了所谓的丰功伟绩。《西夏咒》的每一章都是以一首燃烧着的激情诗歌拉开讲述,这一股不断升腾的诗情,为天马行空的讲述定了一个基本的调子。比如《西夏咒》十二章《罪恶》之五——《无助的泪眼》:那些征战四方的英雄在咽下最后一口气的时候,大多豁然大悟:他们发现,自己一无所有——"他带不去铜板,牵不走美女。成山的金银,熏天的权势,也仅仅被子孙暂时保管。总有一天,也会易主。/他们发现,除了他赖以掩尸的八尺黄土外,他一无所有。/琼说,其实,他还拥有一件东西:罪恶。/他占领的天大地盘,终究被后来者占了。他拥有的如云美女,终究成了污秽的骨头。成山的金银,更云消烟散不知所终了。/但罪恶,却成了他的附骨之蛆。琼说,后来,一些人

① 张明廉:《西部农民凡俗人生的真实与诗意——评雪漠的长篇〈大漠祭〉》,《飞天》2001年第5期。

类的粪虫把那罪恶美化成另一个更恶心的词：'英雄业绩'。"① 当然，雪漠进入历史的姿态和价值判断有待进一步讨论，"作者在当下民族国家建构的语境下，对民族精神的承担者和创造者进行了诗意的颠覆，用广义的人道主义修辞和不甚清晰的生命伦理观，用人存在的重要性和生命价值来否定历史上几乎所有的战争，甚至民族大义和历史理性，使得作者的判断出现悖论"。所以，在雪漠那里，"那些'投降者'因为其投降才有了战争的结束，也因为投降才有了百姓暂时的休养生息。但是反过来会不会成立呢？也许这就是雪漠试图要'超越'的一个重要的方面吧！……雪漠之所以有这种思想，与他的佛教'慈悲'有很重要的关系，作者试图达到一种'澄明博大的悲悯'，自然，在历史理性与生命情感的天平上，他的判断标尺偏向了后者。"② 不容否认的是，雪漠在历史理性和生命情感的价值取向中，有一种恒定的东西，那就是对生命的尊重，作者以宗教的悲悯情怀将生命置于战争、权力、国族之上，最大限度地体现生命的价值和意义。尽管雪漠的写作近年来受到很多论者质疑，特别是其小说观念和创作手法的"突变"，使很多读者难以接受，但这种对生命的敬畏和对弱者的尊重，在当下底层关怀意识中是有其重要意义的。这样的写作与新中国成立以来的宏大历史叙事有根本的区别。

新世纪"底层文学"的作家，在时隔近一个世纪后，绕过了革命意识形态的迷雾，接续了五四文学的批判和反思，真正地将叙事视角对准底层，并站在底层立场，揭示权力意识对底层解放的阻碍，在进一步探讨五四一代作家提出的重大的精神命题时，体现出超越革命意识形态和国家意识形态的"新质"，也体现了超越"左""右"意识形态的努力。

第三节　超越"左"与"右"的意识形态

作为文学现代性和社会现代性一种重要的表现，底层意识既体现了不同立场的人文知识分子对中国社会现代化相异的价值诉求，也彰显了文学

① 雪漠：《西夏咒》，作家出版社 2010 年版，第 233 页。
② 张继红：《文学，以怎样的方式进入了历史——评雪漠小说〈西夏咒〉》，《长城》2012年第 10 期。

参与社会发展的独特方式。

在当下中国社会语境中，作为具有"革命性"、"社会正义"的底层观与作为现代性转型的"必然代价"的底层观，是目前最主要的底层价值取向。前者可以概括为新左派的底层观，后者可概括为新自由主义的底层观。自 20 世纪 90 年代以来，"新左派"和"新自由主义"曾经都发表了自己有关社会发展的言论。就前者而言，左翼文学、文化在 20 世纪 30 年代经由延安时期，又在新中国成立后不断地被社会主义国家意识形态所选择，权力、革命、阶级、无产者、平均主义等观念成为左派使用的核心话语。而至于后者，随着经济、资本、市场以及"世界工厂份额"在中国社会发展道路中扮演的角色不断增加，以及经济、政治体制改革对中国"极左"思想及时的否定和纠正，中国"新自由主义"思潮占据了更多的话语资源。无论是"新左派"还是"新自由主义"，与 20 世纪中国思想文化中的左翼思想、自由主义都有着千丝万缕的联系，也与 20 世纪中国文学资源中左翼文学和自由主义拉锯战的争论密切相关。

一 "左"与"右"的意识形态与底层表述

无论是"新左派"还是"新自由主义"，他们都希望有一个强力的组织、集团或政府来实现其社会理想，两者的共同性是对强力和权力的崇奉。20 世纪 90 年代以来的中国"新左派"的出现源于中国社会因强调市场、资本的经济意识以及"袪左翼"化意识形态，使得曾经处于中国政治权力机构中的左派思想边缘化。但是，随着政治、经济体制的改革，社会阶层分化、贫富差距悬殊等现象成为当前突出的社会问题，"在极少数知识分子中出现了所谓的新左派，社会上失利阶层中也有若干'极左派'人士在活动，他们把改革看作是'资本主义的复辟'，把开放看作'向帝国主义投降'"①。这种意识在新世纪以来不断得到强化，它借以"发力"

---

① 20 世纪 90 年代以来的左派在萧功秦看来，可以分为老左派和新左派，老左派人员主要以怀念计划经济时代的老干部为主，新左派则以留学国外、受西方左翼社会主义影响的理论家，他们把后现代主义、西方左翼的法兰克福学派理论、毛泽东的"文革"理论与左翼理想主义相结合，从学理上将当下中国的问题和矛盾判断为"资本主义的复辟"。萧功秦将其称为学员中的文化浪漫主义者。见萧功秦《超越左右激进主义——走出中国转型的困境》，浙江大学出版社 2012 年版，第 3—4 页。

的动力源泉就是对因改革引发的社会矛盾和普通民众的不满情绪。在重新提出中国社会朝何处去的重大问题时，"新左派"重温旧的意识形态，开始怀念计划经济的平均主义观念，以此批判经济和政治体制的改革，正如萧功秦所言，他们甚至"以晚年毛泽东发起的文化大革命作为解决中国问题的根本选择"，声称"只有发动第二次无产阶级文化大革命才能救中国"。① 这种旧意识形态的教条思维，由于抓住了普通民众对当下中国现实的不满与失望情绪，特别是对弥漫于整个社会底层的边缘感，以公平和正义为许诺，以激活"多年来受到不公正待遇的或失利的底层民众与'绝望阶层'"②，以实现所谓"左派大联合"，"通过广场政治，煽动底层民众，发起'反党内走资本主义的当权派'的'文革'式的民粹主义浪潮……从极左的方向来影响中国历史的选择"③。而底层又成为革命话语下实现极左政治意识形态的锋利武器。20世纪中国历史、政治中底层被规训和利用的历史在某种程度上出现了可怕的轮回。

再看，新自由主义又怎样呢？这种思潮和流派主要是对西方民主制度的无条件接受。在新自由主义看来，自由、民主、人权如同科学，可放之四海而皆准，认为只要将西方实践的民主政治搬运过来，即可解决"极左"思维和当下最主要的体制僵化和民主意识淡薄的问题；在经济体制方面，新自由主义主张经济、资本的全球化，强调市场在资源配置中的公正性和合理性，从而在经济全球化的强大助推下实现政治体制的有序性和民主观念的有效性。但是，他们强调的强国经济对国际经济的支配作用，④ 最终是否会演化为一种"美国核心价值"，甚至"美国核心政治"呢？

---

① 萧功秦：《超越左右激进主义——走出中国转型的困境》，浙江大学出版社2012年版，第2页。

② 新左派多以留学归国的新左翼知识分子和曾受到不公待遇的民众和"绝望阶层"组成，也有一些在网络民间宣扬极左意识形态的组织，比如曾经盛行于互联网的"乌有之乡"（已被关闭）和"毛泽东旗帜网"，他们意欲借用、整合左派力量，宣传旧意识形态的教条思维。

③ 萧功秦：《超越左右激进主义——走出中国转型的困境》，浙江大学出版社2012年版，第5页。

④ 大卫·哈维曾对新自由主义评价说，新自由主义之"自由"不过是个代名词，其宣扬的"人性尊严个性自由的政治理想"，被确定为"文明的核心价值"。但是，这种价值最终因强国政治被演化为"美国价值"。见大卫·哈维《新自由主义简史》，王钦译，上海文艺出版社2010年版，第6—7页。

　　从某种程度看，新自由主义倡言的人性尊严和个性价值则成了被强国政治打扮的小女孩，正如马修·阿诺德所言，自由是匹好马，但关键是看它向何处去，自由是一匹好马，但不能为所欲为。① 华炳啸、周瑞金、王长江、王占阳等宪政社会主义倡导者也集体批评新自由主义，认为自由主义（这里指新自由主义——引者注）维护的首先是能人的自由，精英的自由，尤其在根本上维护的是资本特权的自由，"新自由主义根本无法恢复1950—1960年'长期繁荣'（Long Boom）时期的经济增长，更不要说减轻贫困程度和缩小贫富差距了"②。而社会主义的任务及其优越性就在于防止贫富悬殊、实现共同富裕，在于限制资本特权及其他不合理特权的制度预设。社会主义对人的尊严的全面关怀，首先体现在制度化了的对弱势群体的特别关注和援助上。自由主义却认为"对于'穷人越穷，富人越富'的现象只能自由放任"③。这样的批判不免以偏概全。不过，"新自由主义"倡导者试图通过不断地扩大经济总量来推动社会公平、正义，即所谓"做大蛋糕"的经济思维，以纵向对比的方式体现"穷人"收入的增长，以缓和社会矛盾。④ 可以看出，按照新自由主义的思维来看，只要社会财富的总量增加，社会底层贫困问题以及公平、正义问题可随着经济发展而解决。但他们忽略的主要问题是"切刀在谁的手里"，即谁是切分蛋糕的人，公平和公正的尺度和原则谁说了算的问题。也就是说，按照经济精英们所谓公平竞争，那些处于社会边缘的底层群体将意味着必须承认市场经济规律和优胜劣汰法则，他们应该为变革付出"必然代价"，应该承受社会转型的当下困境。至于迫在眉睫的、现时的底层群体正在经历的"想象不到的贫穷，想象不到的罪恶，想象不到的苦难，想象不到的无奈，想象不到的抗争，想象不到的沉默，想象不到的感动和想象不到的悲壮……"⑤ 新自由主义只能将其作为"暂时"的困难，或者只能以想象

---

① ［英］马修·阿诺德《友谊的花环》，引自雷蒙·威廉斯《文化与社会（1780—1850）》，高晓玲译，吉林出版集团有限责任公司2011年版，第129—130页。

② ［英］阿列克斯·卡利尼克斯：《反资本主义宣言》，罗汉等译，上海译文出版社2005年版，第40页。

③ 引自马立诚《当代中国八种社会思潮》，社会科学文献出版社2012年版，第111页。

④ 关于新自由主义的观点可参见大卫·哈维《自由是个代名词》，《新自由主义简史》，王钦译，上海文艺出版社2010年版，5—10页。

⑤ 陈桂棣、春桃：《中国农民调查》，人民文学出版社2004年版，第16页。

性方式开出"将来会……"的空头支票。所以，从政治观念来看，这种思潮和流派是一种将西方民主政治和经济体制浪漫化的右的激进主义。①

新左派和新自由主义在当下中国的论争相当激烈，但从总体上看，无论是新左派旧的教条主义意识形态还是新自由主义的浪漫化的右的激进主义，都是一种缺乏底层意识的激进主义。激进主义，是一个音译词，（即英文的 Radicalism）其本质就是即按照某种先验的"理性原理"，从而从根本上"改造社会"。②但其"根本"只是一种理想社会的蓝图，如左派的政治乌托邦和空想社会形态，新自由主义宣扬的终极的"普世价值"；左派的平均主义，右的"做大蛋糕"模式，等等。其共同的特征就是各自认定自己的价值是普世的，可以把现存的"坏社会"变为符合其主观愿望的"好社会"。

但是有一点可以肯定的，那就是这两种自认为具有先验"理性原理"的激进主义，在 20 世纪中国并没有解决底层生存问题，甚至留下了惨痛的教训。在很大程度上，20 世纪以来的中国近代史，就是左右激进主义进行拉锯战式的斗争史。特别是极"左"思潮高度集权的政治乌托邦给中国留下的沉重灾难，以及因灾难造成的阴影，至今未能从人们心里消除。那么，面对如此驳杂的意识形态话语和思想领域的斗争，文学作为对社会生活的一种反映与想象，是否也会跌入一种无休止的激进主义论辩呢？

二 超越"左"与"右"的底层意识

应该说，无论是"底层文学"，还是"新左派"与"新自由主义"，他们面对的社会现象和社会问题都是相似的，但他们面对问题的方式和姿态明显不同。

首先，"底层文学"并不是"新左派"思想的简单演绎。随着中国社会快速的转型，社会公平、正义等问题与大多数人的"底层"生存状况联系在一起，可以说，"底层"是这几种思想的交集。比如，针对弥漫于

---

① 对"浪漫化的右的激进主义"的论述，参考了萧功秦的说法，见萧功秦《超越左右激进主义——走出中国转型的困境》，浙江大学出版社 2012 年版，第 5 页。

② 萧功秦：《超越左右激进主义——走出中国转型的困境》，浙江大学出版社 2012 年版，第 5 页。

整个社会的不满甚至失望情绪，无论是"左派"或"右派"都拿"底层"状况说事，以获得更多数底层民众的支持；至于言说底层，更多地成为激进主义意识形态的话语策略。而"底层文学"作家面对和观照的则是底层状况怎样，在底层生存中，底层面临的主要问题是什么，他们的情感、心理、诉求到底是什么，应该怎样看待那些已然成为底层的群体等一系列的问题。尽管很多以知识分子身份介入底层写作的作家被批判为"道德归罪"、"苦难的想象症"、"抢占话语制高点"① 等，但是他们和那些"作为底层的生存者"的书写，共同构成了一幅幅"进步的幻觉"当中真实而不和谐的生存图景。他们在进入底层与关注底层时，并没有"准备"先验的"理性原则"，而是一种与情感相关的价值判断，诚如《中国农民调查》的作者以作家敏感和良知感觉到的底层："当我们拿出了今天的作家已经少有的热情与冷静，走近中国的农民时，我们感到了前所未有的震撼与隐痛。我们想说，今天中国还并非到处歌舞升平，我们还有很多困难的地方和困难的群众。"② 他们的确看到了你想象不到的贫穷，罪恶，苦难，无奈，抗争，沉默，悲壮……应该说，这样的表述中，没有拿底层说事儿的意识形态修辞，也没有自我彰显的个人主义企图，而有的是以田野调查的方式进入底层，揭示一种底层生存的真相，表达对底层的一种真实情感，并以一种带有典型的调查报告和文学记述让读者感受到：在一种底层情愿、由上层主导的追赶战略中，哪一部分人更多地享受了改革的成果，哪一部分人承担了改革沉重的代价；作为大多数底层民众来说，社会将带人们走到怎样的一条道路，人们并不清楚，但如何面对那些罪恶、沉默与悲壮呢？这是作家的担忧，更代表了曾经分享了艰难却没有获得应有回报的"人民"诉求。这种超越了"左"、"右"激进主义的文学反映或想象，既是知识分子（作家）介入现实的独特的方式，也是文学现代性的典型例证。

作为社会学的一个概念，现代性是从两个层面展开的，即社会现代性和审美现代性。现代性和现代化过程密不可分，从社会现代性的角度看，

---

① 吴亮、吴义勤等评论家曾对张清华、李云雷、邵燕君等介入"底层文学"的姿态和方式进行了批判，代表了目前评论界关注底层不同的价值取向。

② 陈桂棣、春桃：《中国农民调查》，人民文学出版社 2004 年版，第 16 页。

城市化、工业化、科层化、世俗化、市民社会、民族国家等历史进程是现代化的各种指标。从审美现代性的角度看，作为文化或美学的现代性，总是与作为社会现代性处于矛盾和对立当中。这是现代性的矛盾及其危机。① 也就是说，现代性不仅意味着物质形态的社会变革和发展，也同时包含着对这种变革和发展自身的反思，在现代性反思诸多思维特征中，最突出的莫过于批判性。吉登斯认为："现代性的特征并不是为新事物而接受新事物，而是对整个反思性的认定，这当然也包括对反思性自身的反思。"② 新世纪"底层文学"与中国的"新左派"和"新自由主义"思想共同面对的问题是社会现代性问题。那就是如何面对当下进步与发展为核心的社会现代化，以及由此引发的人本身的现代化的问题，具体表现为：现代化要将我们带到何处去，我们需要怎样的现代化。"底层文学"并不能像卡林内斯库意义上的现代主义、先锋派、颓废、媚俗艺术、后现代主义那样，以颠覆传统来标举自身的存在，也不像"新左派"和"新自由主义"那样，给未来一个清晰的蓝图，但它却以独特的方式来面对现代化过程本身的局限和误区。"底层文学"面对诸多社会问题时，侧重的并不是像"新左派"一样关心提出了什么问题，而是仅仅将其作为思想资源，以此挖掘文学表现的深度与意义，并以一种批判性和叛逆性确证了自身的存在。"底层文学"也越来越展现出自成一体、迥然有异于"纯文学"、主旋律文学和商业通俗文学的特质。

其次，"底层文学"显示出了超越"左""右"意识形态的努力。在某种程度上，理想的文学写作是对具体时代的关怀和发言。时下，以打工、农民进城、下岗、城乡边缘地带等为题材的"底层文学"的大量涌现即是对这个社会现代化的回应。无论是进程题材还是乡村主题，作家深刻地意识到了底层命运的尴尬。作家对社会问题的揭露，以及对公平、正义的呼唤的同时，试图建构了底层觉醒的可能，也召唤底层群体的历史能动性和精神主体性。贾平凹、曹征路、黄纪苏、王世孝等作家的创作，已经有意突破单纯的苦难展示的倾向，力图建构一种底层的觉醒和解放的主

① 见周宪、许均《现代性的五副面孔·总序》，［美］马泰·卡林内斯库《现代性的五副面孔》，商务印书馆 2010 年版。

② ［英］安东尼·吉登斯：《现代性的后果》，田禾译，译林出版社 2000 年版，第 34 页。

体精神。比如贾平凹长篇小说《高兴》的刘高兴，他虽然自觉认同城市，却遭到城市中国的拒绝。作为"垃圾伴生物"的拾荒者，他们是进城农民在"城市中国"存在的隐喻性描述。无论是从表层话语还是深层文化结构看，刘高兴都是"城市中国"的他者，而"最丑，也最俗"的五富成了乡土中国农民形象的"代表"。刘高兴作为城市的"先适者"，他自觉地"带领""五富们"进入城市生活，这是底层群体在现实面前无可奈何的挣扎方式，但不是祥子式的单打独斗，而是团结起来争取、维护自己应有的权利，尽管他们处处碰壁，但他们明白，是权利就有其正当性，应该争取。显然，这样的挣扎带有个体解放的悲剧性和群体解放的新可能，正如吴义勤在解读《高兴》时说："刘高兴追求的不是个体解放，而是一个群体的解放问题。拒绝个体超脱、追求群体解放的刘高兴形象使当代底层文学达到了一个新的思想高度，揭示（了）贾平凹对当代乡土中国农民整体命运的思考。"[①] 前文提及的《那儿》（曹征路）等[②]更是以工人领袖的失败和下岗职工的觉醒，客观地写出了工厂、企业中的权力关系，反思其中的权力结构，来呼唤他们的历史主体性和精神能动性，在很大程度上，对底层群体意识的发掘和有意的想象和建构，昭示了历史的另一种可能。[③] 无疑，这种关怀和发言是有力量的。

　　底层贫困，包括物质和精神两方面。需要注意的是，底层的贫困应该如何看待，走出贫困应该由谁来完成，文学所能做的到底属于哪一部分？具体而言，在物质与精神方面，侧重于物质还是精神，是鲁迅所言"意在揭出病苦，以引起疗救之注意"，还是梁启超所言"欲新一国之政治，必先兴小说"，还是先验的"未来社会合理性原则"？对于看取底层百姓，鲁迅所秉持"哀其不幸，怒其不争"，周作人则视众生百姓甚至士大夫、贵族为"人类"中的一员。……从20世纪新文学底层关怀不同价值倾向来看，底层书写大致可以分为三类，一是鲁迅、老舍等为代表的知识分子

---

① 吴义勤：《他者的沉浮：评贾平凹新作〈高兴〉》，《西安建筑科技大学》（哲学社会科学版）2008年第3期。

② 此类作品在"底层文学"中数量不多，代表性的作品还有黄纪苏等人创作的大型史剧《切·格瓦拉》，王世孝的《出租屋里的磨刀声》等。

③ 《切·格瓦拉》最后演变为一个"社会事件"与这种历史意识紧密相关。被指认为以历史人物来隐射当下现实的作品。见智峰主编《切·格瓦拉：反响与争鸣》，中国社会科学出版社2001年版。

启蒙传统，一是茅盾、叶紫、瞿秋白、蒋光慈等为代表的左翼革命文学传统，一是周作人、废名、沈从文为代表的民间立场的温情叙事传统。① 这三种书写传统在近百年的文学思潮和创作观念的变迁中也几经变化，特别从建国初期到新世纪以来出现了较大的改变。底层书写传统更多强调现实主义文学的社会功能，这是"底层文学"对 20 世纪中国文学选择与重构，又不断融合每一种传统中合理因素的结果，特别是对左翼文学的选择与重构，对五四文学精神的回应，这是"底层文学"创作和研究面对文化传统时的当代意识。正如雷蒙·威廉斯在《文化分析》所言，"在一个整体社会中，在它的全部活动之中，文化传统可被看作对先人的持续选择和重新选择"；"一个社会的传统文化总是倾向于与它同时代的利益和价值系统保持一致，因为它绝对不是作品的总和，而只是一种持续的选择和阐释"②。"底层文学"在反映现实和建构理想的文学形态时，的确借鉴了过去的精神遗产，特别是新左派的思想、观点和左翼文学的部分资源，比如左翼文学的社会批判意识，但与前者明显的区别在于它以鲜明的底层意识——而不是政党政治意识形态进入底层，表现出了对鲁迅、老舍、叶紫等具有鲜明底层意识作家的致敬，也昭示了底层解放和自我解放的可能。尽管"底层文学"对 20 世纪中国文学的选择和重构的任务并没有完成，"底层文学"研究亟须深化，且有关"底层文学"与 20 世纪文学关系研究仍存在简单借鉴和比附新文学传统的现象，但是他们共同关注的话题是"底层文学"的深化和"底层文学"面对现实的能力，这关乎底层的命运，关乎人的精神状况，而不是理论预设，更不是"左"或"右"的激进主义意识形态的所谓"理性原则"。

---

① 相关概括见李志孝《新世纪底层文学的三种叙事向度》，《文艺理论与批评》2011 年第 2 期。

② ［英］雷蒙·威廉斯：《文化分析》，见王逢振主编《2000 年度新译西方文论选》，漓江出版社 2001 年版，第 296、295 页。

结　语

现代性际遇与"底层文学"表述的可能与局限

一

　　文学史资源的探寻与转化的研究，关键在于如何辨析两种资源的异同，而不是"削足适履"的比附。新世纪"底层文学"的新质素，只有将其放置在 20 世纪中国文学资源序列中对比参照，才能真正显现出来，但不能因文学史资源已具有的历史地位，便以当下文学比附过去的文学史资源。

　　在历史文化研究中，余英时曾经说："在中国史研究中，参照其他异质文明（如西方）经验，这是极其健康的开放态度，可以避免掉进封闭的陷阱。所以我强调比较观点的重要性。但我十分不赞赏'削足适履'的比附，因为这将导致对中国史的歪曲。"① 这也是马克思在《答米开洛夫斯基书》一文中所说的，绝不能把西欧资本主义的起源的论断当成通则运用到俄国史的研究中去一样。同样，20 世纪中国文学资源与当下"底层文学"关系的研究也如是。所以，将一种文学现象和思潮置于文学史整体坐标中才能发现其自足性和新质。借鉴陈思和"新文学整体观"的论断："如果把这些作品放入新文学的整体框架中去评价，可能就会客观得多，也可能会避免那些名不副实的评价。'整体观'的好处之一，就是用历史的眼光去认识作品中出现的新因素，并及时发现这种新因素在文

---

① 余英时：《儒家伦理与商人精神·序》，见沈志佳编《余英时文集》（第三卷），广西师范大学出版社 2004 年版。

学史上的渊源和意义，使人客观地去评价它。"①

当下底层写作产生的历史语境和文学环境都具有典型的"中国现代性"特征，这是中国社会现代性和文学现代性的阶段性体现。具有新左翼倾向的底层书写的兴起，折射出当下中国的社会矛盾和文化斗争，即如一位评论者所言，这是"前期社会主义的政治想象在后革命中国的历史性复兴，呈现了一个被'大国崛起'的时代有所忽视的'另类'现代性叙事"，② 同时，当下的底层关注者，在评论和表述底层时，对现代性自身的复杂性认识和体验明显不足。至于"底层文学"研究中频繁出现的"新人民性"、"人民性"等概念，乃论者试图发现"底层文学"的新因素的努力。但是，在 20 世纪中国文学的想象与建构过程中，当这些概念从俄国批评家手中被我们"拿来"时，就变成了一个含义模糊、变动不居的政治性概念，随着一波波的"运动"浪潮袭来，人们已很难说清自己以及周围的人。所以，用它们来界定"底层"的所谓"新"内涵，正是我前面说过的把它从一种"关系"中抽象出来，使之空洞化的一种表现。"底层文学"触及的社会问题的尖锐性，既涉及当下的现实走向，又包容着对历史的再反思，在根本上是要回答我们要怎样的社会主义现代化，现代化会带着我们走向哪里？所以，特定历史语境里的具有特定政治色彩的概念，根本不可能准确地辨析"底层文学"作家的精神指向。当然，我们在这里指出特定时期里政治指向、政治性概念不适用于"底层文学"的问题，并不是否定文学与政治的关系，所以我们需要注意的是，我们抛弃了文学为政治服务的提法，但我们并不否认文学和政治的关系，按孙中山先生关于政治就是众人之事的理解，当下最大的政治就是前面提到我们要怎样的社会主义现代化，现代化会带着我们走向哪里？人以食为天，最"基础"的"事"必然是要"关注民生"，解决人们衣食住行的问题，与此密切联系的则必然是每个个体自身的全面发展的问题，每个个体不能像《共产党宣言》第二章末尾所说的那样获得全面发展，真正实现自身的人生价值，事实上就很难在根本上解决衣食住行的问题。以

① 陈思和：《新文学整体观》，上海文艺出版社 1987 年版，第 11—12 页。
② 马春花：《左翼文学传统在新时期的沉寂与复兴》，《海南师范大学学报》2009 年第 1 期。

"底层文学"表现对象之一的农民工(或者"打工文学"中的打工者)为例,让他们进城并获得与城里人相同的社会福利待遇,并不能从根本上改变他们的处境;他们若没有可能使自身获得全面发展,他们就仍然只能在"底层"挣扎。而最大的政治就是我们的社会要为包括他们在内的每个个体提供自身全面发展的可能。事实上,我们读到的"底层文学"的好作品,或者具有"新质"的"底层文学"写作,其基本的精神指向就是关注并引人思考、回答这样一些问题的,这样的作品就有深度,而且与当下政治密切相关;倘若仅仅表现苦难,让人同情、悲悯的,就肤浅,而这样的作品目前的确是多数,但这样的作品仍然是"底层文学",这是"底层文学"在发展过程中必然的现象,因为每个作家在"思"、"艺"两方面必然是参差不齐的。

我们以为不应轻易否定这一部分作品,特别是其中出身"底层"且仍在"底层"的那些作者,即"底层写"的作品。我们必须关注并仔细辨析其作品中内蕴的各种因素,关注并仔细辨析他们的精神指向,或许正是在这样的某些作品中,我们能看到当代生活的真实走向,人心的真实走向。我们看到的历史,多是按预设的因果框架叙述所谓重要人物、重大事件的大历史,历史的具体内容都被抽空了,人民创造历史的说法成了一句空话;真正鲜活的"历史"恰恰保存在各个时代的文学作品中。"底层文学"正是在一些重要的侧面记录了我们正在前行的历史脚步。或许我们探寻"底层文学"与20世纪文学史资源关系的价值就在这里。

二

我们在表述底层时,始终面临的困惑和问题是:应该以怎样的审美立场或价值判断进入20世纪中国文学资源,怎样为"底层文学"介入现实的方式和力量予以深度的关注。具体而言,就是面对启蒙与革命以及再启蒙与后革命等话语资源时,我们该如何表述底层。自然,"赤手空拳"地进入这些资源不大可能,但是负荷沉重的道德同情也可能成为一种非历史的、一厢情愿的表述。蔡翔在《革命中国与相关的表述》中引用陈寅恪在冯友兰《中国哲学史》审查报告中的话:"凡著中国古代哲学史者,其对古人之学说,应具了解之同情,方可下笔",其中所谓"了解之同情"

乃"真了解","所谓真了解，必神游冥想，与立说之古人，处于同一境界，而对其持论者所以不得不如是之苦心孤诣表一种同情"①。对于这种逐渐被很多论者所接受的"进入历史"的治学态度和方法，蔡翔作了进一步引申和追问，特别是对当代史或当代文学史，所谓了解之同情，我们应该"了解什么"，"怎样同情"，即在某种有限制前提下确立我们的"历史态度"，"这一态度既是学术的，更是政治的……起码在当代这一历史范畴，本就不存在什么超然或者纯粹的'学术'"。② 也正如齐格蒙特·鲍曼所言："知识本身并不能决定我们做何种使用。归根到底，这事关我们自己的选择。然而没有这种知识，任何知识就无从展开。这种知识，自由人至少有行使其自由之机会。"③

因为 20 世纪中国历史和文学的进程本就是一个弱者的反抗—认同—反抗的历史。从 20 世纪中国历史的历史理性和"理解之同情"的"表述态度"来看，这种"历史的态度"则必然指向"弱者的反抗"这一历史的（也是理论的）命题。但需要深思的是，这种弱者的反抗"在中国也在其他地方被马克思主义化，更进一步说，被列宁主义化"。④ 可以看出，蔡翔论述的"弱者的反抗"和"中国革命的正当性"问题，就其深层而言，是肯定了弱者反抗的道德力量和历史合理性。我们可以借阿兰·巴丢在《共产主义设想》中论及理想的而非精神乌托邦的共产主义的描述来帮助我们深入理解对这一具体的理论命题的判断："（共产主义设想）首先意味着，自古以来便天经地义的那种安排——作为基础的劳动从属阶级隶属于占统治地位的阶级逻辑是可以克服的。共产主义设想还认为，有一种可行的完全不同的组织方式，这种方式可以消除财富的不平等甚至劳动分工。大量的财富的私人占有及其继承的转移方式将被取消。与市民社会相分离的高压国家的存在将不再必要，以生产者自由联合为基础的漫长重组过程将注定使这样的国家逐

---

① 蔡翔：《革命/叙事——中国社会主义文学—文化想象（1949—1966）》，北京大学出版社 2010 年版，第 1 页。

② 同上书，第 2 页。

③ ［英］齐格蒙特·鲍曼：《寻找政治》，洪涛等译，上海人民出版社 2006 年版，第 4 页。

④ 蔡翔：《革命/叙事——中国社会主义文学—文化想象（1949—1966）》，北京大学出版社 2010 年版，第 2 页。

渐消亡。"① 这一设想也必然导致"弱者的反抗"的价值判断。或者如别尔嘉耶夫所说:"革命在人类社会的命运中是一桩永在的现象?"②

赞成或反对"弱者的反抗"的两种"历史态度"也必然导致彼此对立的底层观。从巴丢的设想和理论则可以看出这两种截然相反的底层观,比如自古以来即有的底层与其所对应上层的关系是否是一种历史的必然或常态;底层与其上层的关系差距的加剧甚至不断恶化,会不会导致巴丢所言"作为基础的劳动从属阶级隶属于占统治地位的阶级"的关系,这种从属逻辑关系是否可以克服;如果阶层关系果真如某些社会学家或统计学家所言的那样:个人或群体因为资源占有方式、途径以及财富获得方式的差异等诸种原因使现实中的人已经分成了三六九等,那么,有没有出现"大量的财富的私人占有及其继承的转移方式""将会被取消"的可能;是否在大量的底层感和底层自我认同中,有一种可行的、完全不同的组织方式可以消除财富的不平等,并将所有的可能作为"弱者的反抗"的政治诉求?

当然,以文学审美的眼光看这样一种态度(指推论"弱者的反抗"之历史正当性的"历史态度"),是一种理论设想和逻辑推演,而强调"弱者反抗"历史正当性,"可能隐含着一种学术甚至思想的危险性,即把我们的历史解释成为一个'伊甸园',这个'伊甸园'是静止的,也是美好的,这样一种解释会产生一种新的'原罪意识',不仅可能取消所有在社会主义时期的思想探索和反抗的合法性,并使我们丧失创造未来的勇气和力量"③。但是,在笔者看来,无论是把历史解释成"伊甸园",还是把现实解读成"恶之花",都是出于对现实作历史的或审美的价值判断,比如陶渊明之于桃花源,曹雪芹之于大观园,鲁迅之于未庄,以至"底层文学"之于群体性的边缘感和"被人民化"的底层焦虑,等等,特别是社会主义革命时期的平等许诺乃至共产主义及其设想中并非乌托邦的理想形态,不仅不可能取消所有在社会主义时期的思想探索的合法性,也不可能使底层丧失创造未来的勇气和力量。

---

① [法]阿兰·巴丢:《共产主义设想》,转引自蔡翔:《革命/叙事——中国社会主义文学—文化想象(1949—1966)》,北京大学出版社 2010 年版,第 2 页。
② [俄]尼·别尔嘉耶夫:《人的奴役与自由》,贵州人民出版社 1994 年版,第 166 页。
③ 蔡翔:《革命/叙事——中国社会主义文学—文化想象(1949—1966)》,北京大学出版社 2010 年版,第 2 页。

三

在进入 20 世纪中国文学的梳理与反思以及寻求底层表述可行性资源时，除了我们在《引论》部分中所提及的剪贴历史并为我所用，截断历史进行远距离对接，甚至将历史的整体性做封闭的断代处理等问题外，研究者和批评者还容易进入的一个误区就是用"此刻"的理论、观念、态度去"重建"历史，特别是用一种"进步的幻觉"①去"建构"一种现代性必然结果的某种事实，比如，底层作为一个边缘群体，其所谓"暂时的贫困"以及群体性的失语状态则被认定为现代化进程中的必然。

但是在这种"暂时""必然"或者"将越来……越……"的修辞逻辑中遮蔽的更多的"真实"就是介入现实和表述现实的无力，甚至在这种"进步幻觉"中，当下的底层现实问题则不无悖谬地回到 19 世纪，而不是 20 世纪。在消费意识形态和资本市场以及政治波普文化盛行的新世纪，底层却以"落后"的面孔突兀地出现在后现代语境。底层不但成为"现代"的敌人，而且成为"后现代"尴尬的尾巴。正如巴丢所言："从许多方面看，我们今天更贴近于 19 世纪的问题而不是 20 世纪的革命历史。众多而丰富的 19 世纪现象在重新搬演：大范围的贫困，不平等的加剧，政治蜕变为'财富仪式'，青年人群中大部分所秉持的虚无主义，众多知识分子的奴性屈从，探索表达共产主义设想的众多小团体的实验精神，也是受群体之攻……和 19 世纪一样，今天最关键的不是共产主义假设的胜利，而是它的存在条件。"②对于当下已然存在的"19 世纪现象"，巴丢的设想是将"思想进程"和"政治经验"相结合，以此复生共产主义意识。

那么，在已然存在的"19 世纪现象"面前，我们能否回到 19 世纪？巴丢所言的 19 世纪对我们当下的底层状况是否适合？显然，从中西历史和文化进程来看，欧美乃至西方的 19 世纪与中国的 19 世纪并不同步。从

---

① "进步的幻觉"出自［英］乔治·索雷尔的《进步的幻觉》一书，国英斌译，人民日报出版社 2009 年版。
② 转引自蔡翔《革命/叙事——中国社会主义文学—文化想象（1949—1966）》，北京大学出版社 2010 年版，第 3 页。

现代性的观念和资本主义发展程度而言，西方的资本主义制度在高度发达的阶段已然走向了向弱小国家和民族侵入并不断攫取海外市场的阶段，而中国也在此时期被迫打开国门。在缓慢的资本主义萌芽的前夜，中国所进行的则是混合了民族资本主义和现代知识的科学、理性精神的资产阶级革命。从这种历史的错位来看，巴丢意义上的"19世纪现象"与其说与19世纪被迫"现代"的中国相似，毋宁说与20世纪启蒙和革命以来走向现代化国家的"20世纪中国"更相像，"今天中国"的状况自然更接近于20世纪的中国，抑或19世纪的发达资本主义国家。这个"今天中国"从现代民族国家的理想建构，到具有中国特色社会主义的当下实践，已经历时一个世纪，可供吸收、借鉴的成功思想和理论资源非常丰富，又异常驳杂，而可供记取、总结的失败教训更是清晰而真切，此乃前车之鉴。由于社会历史变革的缘故，以往据以分析社会结构的阶级和意识形态理论不再有效，"底层"的说法作为一个流行概念也有可能成为一个权宜之计。然而无法回避的是，在当下的中国，正在形成甚至业已形成的这个庞大的无名阶层，成为中国社会必然要面对的现实问题，与此对应，无论在理论上还是在事实上，都存在着"上层"或者"中层"。而这些不同的阶层在地位、资源、权利与义务等等方面形成的关系是绝对失衡的，关于这些方面，我们已在论文中做过分析和论述。这种失衡所导致的文学后果之一就是：与20世纪80年代以来的各种文学（诸如"伤痕文学"、"改革文学"、"现实主义冲击波"、"新写实文学"等）相比，"底层文学"真正地具有了强烈而尖锐的社会阶层指向，"尽管'底层'的主体位置不可能用传统的'语法'描述清楚……但它的出现却是文学与社会互动的最直接的产物，任何以文化的中介加以干预、界说的努力都显得捉襟见肘"①。同样，"底层文学"在介入现实，表达对当下现实的审美判断，参与"中国现代性"建构等方面的价值和意义已逐渐显现于公共领域。

　　总之，通过文学来思考、参与、回答有关底层的问题，自然有很多的局限。但是通过我们的以上诸种观照，我们仍然可以判断，很多问题又非文学则不能回答。应该说这样的观照并没有结束，也许只是另一种观照的开始。

---

① 陈福民：《讲述"底层文学"需要新的"语法"》，《小说选刊》2007年第4期。

附录一

新世纪"底层文学"批评与 20 世纪中国文学资源①

新世纪"底层文学"思潮延续了 20 世纪中国文学的底层关注精神。随着"底层文学"批评"史化"意识的出现，多有论者从 20 世纪中国文学资源中寻找新世纪"底层文学"批评思想和理论资源，或发掘左翼文学传统与当下文学的深层联系，或借重"社会主义文学"理论资源重构底层观念和批评新体系，或以"五四"文学标准评论新世纪"底层文学"，用"纯文学"观念对"底层文学"的合法性进行质疑。但是，由于对不同历史语境辨析不够，缺乏对 20 世纪中国文学资源的整体性观照，缺乏对现有学术研究成果的深度借鉴，以致当下"底层文学"批评潮流稍显乏力。

在中国文化语境中，底层一直缺乏表述自身的资源和机会，"五四"新文学诞生后，出现了自觉的"底层写作"，底层关注成了 20 世纪中国文学一直延续的、具有现代品格的主题。新世纪"底层文学"思潮延续了 20 世纪中国文学的这一底层关注精神，引发了持久激烈的讨论。新世纪"底层文学"思潮的出现，是社会转型、文学传统流变、社会意识导引等多种合力的结果，其既体现了不同立场的人文知识分子对中国现代化相异的价值诉求，也彰显了文学参与社会发展的独特方式。新世纪"底层文学"批评，最初主要集中于"底层文学"概念辨析、表述/被表述、美学观念等方面，随着"底层写作"数量越来越多，"底层文学"批评的

---

① 此文最初发表于《当代文坛》2012 年第 5 期，由本人与郭文元合作完成，收入本书时略作修改。

理论缺陷也逐渐呈现,"新世纪底层文学的理想形态没有被系统地正面建构"①,在反思创作与批评的基础上,"底层文学"批评的"史化"意识逐渐出现,有关新世纪"底层文学"批评与 20 世纪中国文学的关联性研究逐渐增多。这些研究注意到"底层文学"的精神资源、文学流脉,将新世纪"底层文学"放置在开阔的 20 世纪中国文学视域中,尝试建构"底层文学"批评理论的理想形态。然而由于对 20 世纪中国文学丰富的理论建树未能充分发掘,对 20 世纪中国现代化进程中复杂历史语境缺乏整体性关注与深入辨析,在经过新世纪十年中段的巅峰期之后,2008 年以来"底层文学"创作和批评的汹涌潮流开始稍显乏力。②喧嚣逐渐散去,学术不应退场,底层关怀话语作为"五四"新文化运动以来一个世纪重要的现代性话语资源,在新世纪语境中具有非常重要的价值。因此,本文将梳理有关新世纪"底层文学"批评与 20 世纪中国文学资源之关系的研究状况及研究中存在的问题,以期深入思考 20 世纪中国文学底层关怀意识当下性转化的可能性,拓展当下"底层文学"批评新空间。

在谈到新世纪"底层文学"源流时,一些评论家从整体上肯定 20 世纪中国文学资源的重要性。如南帆认为:"五四新文化运动倡导白话文,敞开底层的声音是一个极其重要的主题。从左翼文学到(上世纪)五十年代、六十年代的中国当代文学,表现底层的主题——很长一段时间人们习惯称之为'工农兵'文学——从未停止。"③李云雷也在多篇文章中表达相近意思,认为新世纪"底层文学"是 20 世纪"左翼文学"潮流的复苏,这一潮流"从 1920 年代的'革命文学'论争开始,经过了 30 年代'左翼文学'、40 年代的'解放区文学'以及此后的'十七年文学'、'文革文学'"④。晏杰雄认为,新世纪对底层的表述,在某种意义上是"无产阶级文学在当代的遥远反响",其底层表述是"自白话文以来近百年现代

---

① 谭光辉:《论底层文学的理想形态之建构》,《当代文坛》2011 年第 4 期。

② 赵学勇等说:"这可以从以现实主义为办刊宗旨,力推'底层叙事'的大型文学刊物《当代》上发现端倪,在 2008 年全部 6 期《当代》的主打长篇小说中,涉关底层的作品已难得一见,同时以'底层叙事'为议题的学术会议也日渐稀少。读者与评论家的逐渐退场,在某种程度上表明'底层叙事'有淡出新世纪文学的中心、走向衰落的危险。"见《新世纪:"底层叙事"的流变与省思》,《学术月刊》2011 年第 10 期。

③ 南帆:《底层问题、学院及其他》,《天涯》2006 年第 2 期。

④ 李云雷:《新世纪文学中"底层文学"论纲》,《文艺争鸣》2010 年第 6 期。

文学从未中断过的重要流脉"，"底层一直是 20 世纪中国文学一个巨大的存在，规约着文学产生的形态、演变和具体实践方式，对底层的关怀是现代中国文学一条贯穿性的暗线，寄寓着作家对人的解放的渴望和公平、正义、平等的社会大同理想"①。正是在肯定"底层文学"代表底层利益的基础上晏杰雄认为新世纪"底层叙述不是因为底层写作的概念而产生，当然也不会因为这个潮流的退去而消逝"。不过更多的论者，在强调新世纪"底层文学"承继 20 世纪中国文学资源的重要性时，所侧重的文学时段和文学对象并不相同，汲取的文学资源也不相同。

一、寻找左翼文学传统与新世纪"底层文学"的合法性关联，深化底层写作的思想和理论资源。

首先，确认新世纪"底层文学"是左翼文学的复苏。季亚娅、李云雷、刘勇、刘继明、白亮等论者，从面向底层的精神及文学与现实的关系方面，上溯文学渊源，认为新世纪"底层文学"是 20 世纪 30 年代左翼文学思想在当下的复苏。季亚娅最早以《"左翼文学"传统的复苏和它的力量》② 为题，评价了曹征路的《那儿》等作品，之后相类似的观点进一步跟进，"无论是'底层写作'本身，还是对'底层写作'的评论，都大量引用了现代文学特别是左翼文学的话语资源，可以见出'底层写作'与左翼文学传统有着千丝万缕的联系"③，"在某种意义上说，底层写作是'左翼文学'传统失败的产物，但同时也是其复苏的迹象"。④ 这些评论明确提出 20 世纪中国文学中的左翼文学是新世纪"底层文学"的"精神父亲"，但论者对到底是在何种意义上"底层文学"是左翼文学失败的产物，仍然语焉不详，对 20 世纪 30 年代左翼文学出现的革命语境、阶级话语和当下"底层文学"大众消费语境、阶层话语未作辨析，这使得这种寻找关联的努力本身带有了模糊性。

其次，提出"新左翼文学"。此观点由刘继明、李云雷、何言宏等人

---

① 晏杰雄、孔会侠：《底层叙述的文学流脉和时代拓展》，《文艺理论与批评》2011 年第 3 期。

② 季亚娅：《"左翼文学"传统的复苏和它的力量——评曹征路的小说〈那儿〉》，《文艺理论与批评》2005 年第 1 期。

③ 刘勇、杨志：《底层写作与左翼文化传统》，《文艺报》2006 年 8 月 22 日。

④ 李云雷：《如何扬弃"纯文学"与"左翼文学"？——底层写作所面临的问题》，《江汉大学学报》2006 年第 5 期。

提出并不断对其补充。倡导新世纪"底层文学"与左翼文学具有"亲属"关系的论者，其实较早就意识到二者历史、文化语境的差异以及"复活"左翼文学传统的艰难，于是在《那儿》（《当代》2004 年第 4 期）发表伊始，便迅速将其命名为"新左翼文学"，因为作品中出现了"工人领袖的反抗"、"社会主义历史及其赋予的阶级意识"、"英特纳雄耐尔一定要实现的理想"等内容，后来《问苍茫》（《当代》2008 年第 6 期）发表后强化了这些问题。"新左翼文学"在谈论当下底层的无产者意识时，将左翼文学的历史资源由单纯的 20 世纪 30 年代左翼文学扩充到 40 年代解放区文学和新中国成立后 30 年的社会主义文学，将其一并视为"无产阶级文学"。然而张宁对这一看法的反思颇具意味：将"新左翼文学"与历史上的左翼文学相关联，那么它关联的是什么样的、什么时期的"左翼文学"？它是否也关联于可被称为"统治者文学"的那部分？如果是，那么该怎样定义"新左翼"？如果不是，如何落实于新的阶级主体？正是对这一系列理论和历史的不加追问，使得关于"新左翼文学"的讨论经常陷入当事者自己也觉察不到的混乱中。① 所以，在注意到新世纪"底层文学"与文学左翼的关联后，并揭示出新世纪"底层写作"的主要思想与叙事资源时，我们也应注意不同社会历史时期面临问题的同异，这需要批评者更谨慎地辨析"左翼文学"传统并寻求其当下性价值，否则如张宁所说，"无论是'底层'还是'新左翼'都会沦为没有生长性的知识生产或话语资源"。

再次，在左翼文学中为新世纪"底层文学"寻找思想和批评资源。孟繁华、张宁、邵燕君、刘继明、曹征路等论者，从左翼文学"鲜明的阶层指向"、"批判性立场"、"浪漫主义"、"理想主义"等方面为"底层文学"的深化寻求资源和动力。在"底层文学"正当兴盛之际，孟繁华说"我对左翼文学充满了憧憬和怀念"，"而左翼文学最大的特点就是浪漫主义和理想精神，是它的批判精神和战斗性"②；邵燕君认为对社会问题进行有穿透力的文学表达，必须要有强大的思想资源的支持，"思想能力的薄弱构成了

① 张宁：《命名的故事："底层"还是"新左翼"？——大陆新世纪文学新潮的内在困境》，《文史哲》2009 年第 6 期。

② 孟繁华：《游牧的文学时代》，作家出版社 2009 年版，第 200 页。

今天'底层文学'创作的一大瓶颈",并肯定曹征路"从阶级的角度解读'底层问题'","对当前复杂的社会现象做出自己独立思考"①。孟繁华更多注意的是当下"底层文学"批评中对待左翼文学两种不健康的立场和评价,邵燕君则注意的是左翼文学"写什么"和"怎么写"的思想和文学资源,这样的评论显示出一种更公允地对待左翼文学遗产的态度。

总体上看,多数论者已注意到,借鉴左翼文学资源需要学术的而不是想象的方式来进入历史资源内部,注意到寻找历史资源本身的复杂与左翼文学资源当下性转换之间的矛盾,也强调不同语境下相似概念及其历史形态缺少辨析而造成的批评混乱。因而,关联新世纪"底层文学"批评的左翼文学资源亟待展开深入研究,如30年代上海左翼文学传统和40年代延安左翼文学传统中底层观念的异同,两者所处历史语境的不同,"上海左翼""大众化"方法的革命性、理想性与延安左翼"为工农兵"思想的实践性、政治性的不同,新世纪"底层文学"更多借鉴上海左翼文学传统而搁置延安左翼文学传统的历史、文化根源等问题都需要深入辨析。

二、借重"社会主义"理论资源,重构"底层"观念和批评新体系。

首先是发掘"底层"新内涵。论者将"底层"概念放置于社会主义文学的"人民"、"人民性"范畴中,发掘"底层"作为弱势群体在当下所具有的介入公共生活的主体能动性,纠正先前"底层"观照中对底层单纯的道德同情。孟繁华、贺绍俊、方维保等论者借"新人民性"、"人民性"等概念界定"底层"新内涵,重提50—70年代社会主义文学观念,强调在特定社会形态下书写边缘群体的重要性。孟繁华认为,"新世纪以来,文学对中国现实生活或公共事物的介入,已经成为最重要的特征之一。对底层生活的关注、对普通人甚至弱势群体生活的书写,已经构成了新世纪文学的新人民性"②,"与'底层写作'相关的'新人民性文学'的出现是必然的文学现象"③。

---

① 邵燕君:《"写什么"和"怎么写"——谈底层文学的困境及对"底层文学"的反思》,《扬子江评论》2006年创刊号。

② 孟繁华:《新人民性的文学——当代中国文学经验的一个视角》,《文艺报》2007年12月15日。

③ 孟繁华:《文学的速度与作家的情感要求——2008年的中篇小说》,《当代文坛》2009年第2期。

其次是建构批评新体系。如蔡翔、孟繁华、程光炜、张未民、李云雷等，把社会主义价值、毛泽东文艺理论纳入当下"底层文学"批评，将20世纪50—70年代的主流文学实践放置于理论视野中，建构新的批评价值体系。在这一批评价值体系中，评论者尤其看重社会公平、社会民主等社会主义核心价值。早在2004年蔡翔与刘旭的对话《底层问题与知识分子的使命意识》①中，蔡翔就强调"社会主义记忆"中"社会主义对平等和公正的承诺，对大众，尤其是对工农阶级的承诺"的重要性；孟繁华也强调文学"在揭示底层生活真相的同时，也要展开理性的社会批判。维护社会的公平、公正和民主，是'新人民性文学'的最高正义"②。李云雷认为无论是"革命文学"、"社会主义文学"或"人民文学"，"其特点是追求社会平等、反抗阶级压迫、强调人民性与现实批判"③。尤其在曹征路《问苍茫》研讨会上，张未民认为对作品的思考"应该集中在对中国当代文学与社会主义的关系的问题上"，"对于改革开放30年来的中国当代文学，我觉得社会主义概念仍然是解释历史和文学无法逾越的"，"《问苍茫》具有重要意义，他使我们再也无法回避在文学批评中使用社会主义一词，不在社会主义概念和意义上理解《问苍茫》，我觉得我们对这部作品的价值会出现一些低估"④。

在发掘社会主义价值追求和社会主义文学"人民性"的基础上，这些评论者认为新世纪"底层文学""可以借鉴20世纪40—70年代的'人民美学'及其民族化、大众化的发展方向与运作机制"，同时"保持独立性与批判性"⑤，认为新世纪"底层文学"是"人民文艺"或文艺"人民性"在新时代的发展。⑥ 在这样的文学价值体系中，一些年轻学人共同发掘社会主义文化价值体系及其对"底层文学"的意义，如发掘《讲话》中的"人民"性，强调文学的"人民情感"、"人民的作品"、

---

① 蔡翔：《底层问题与知识分子的使命意识》，《天涯》2004年第3期。
② 孟繁华：《新人民性的文学——当代中国文学经验的一个视角》，《文艺报》2007年12月15日。
③ 李云雷：《新世纪文学中"底层文学"论纲》，《文艺争鸣》2010年第6期。
④ 陈建功等：《〈问苍茫〉与我们的时代》，《文艺理论与批评》2009年第5期。
⑤ 李云雷等：《从"纯文学"到"底层文学"——李云雷访谈录》，《艺术广角》2010年第3期。
⑥ 李云雷：《"底层叙事"前进的方向》，《小说选刊》2007年第5期。

"人民的语言"①，从"红色经典"的描写中寻找对社会公平正义的美好感情，"'红色经典'中对人民善良本性的刻画，美好情怀的歌赞，对人民正义斗争的肯定，高贵理性的颂扬，都无不闪耀着是非明辨、爱憎分明的人民性的灿烂光辉！"② 从这些研究可以看出，社会主义历史及其赋予的价值意识，作为对"底层"的一种保护性力量，在今天，仍具有非常重要的价值。在这样开阔的历史视域中关注新世纪"底层文学"，会让我们再次严肃认真地思考 20 世纪中国社会的现代化进程。

三、五四文学标准与新世纪"底层文学"批评。

在谈论新世纪"底层文学"与五四文学的关系时，雷达、贺绍俊、赵学勇、陈思和、张韧、梁鸿、李云雷等从两者的社会价值、思想价值、文学价值取向进行了对比研究。如雷达认为新世纪"底层文学""关怀人的问题应该先于关怀哪部分人的问题"③，体现了五四新文学"人的文学"标准；贺绍俊在论述刘继明的创作时提到五四文学的思想启蒙资源，"刘继明对中国现代文学的启蒙精神的认同，这对于我们理解刘继明的底层写作很重要。因为五四新文学的精神价值就在于并不是仅仅停留在对下层人民的关注和同情上，也就是说，刘继明对底层的关注不完全是出于对底层和弱势群体的同情，不完全是出于一种道德主义的人文关怀，而是在表达自己对中国现代性的思考，而对中国现代性的思考最终是会与五四新文化运动的启蒙精神接上轨的。"④ 赵学勇等也强调五四新文学的这种启蒙诉求，"在具体的文学实践过程中，底层民众的生存境遇和精神状况始终成为最基本的也是首要的书写对象。'五四'新文学启扬的这种精神文化指向，成为中国现代文学最重要的传统，它不断延伸、发展、深化，对于整体的 20 世纪中国文学产生了极为深远的影响。特别是新世纪以来的'底层'写作，是对'五四'新文学启蒙指向的当下回应或循环，它构成了两个不同世纪交合点上中国文学最为显眼也最富有意味

---

① 李祖德等：《〈讲话〉与中国文艺的"人民"方向》，《文艺理论与批评》2007 年第 4 期。

② 刘中顼：《论"红色文学经典"的人民性》，《文艺理论与批评》2011 年第 3 期。

③ 雷达：《长篇小说是否遭遇瓶颈——谈新世纪长篇小说的精神能力问题》，《文汇报》2006 年 2 月 12 日。

④ 贺绍俊：《底层写作中的"新国民性"——以刘继明创作转向为例》，《文学评论》2007 年第 6 期。

的文学现象"。① 赵学勇等还从文学价值取向，认为新世纪底层叙事是五四以来现实主义文学传统在新世纪的延伸，"底层叙事完全可以从五四以来的现实主义文学传统庞大深厚的根系中获得丰富的精神滋养，由鲁迅开创的五四现实主义文学传统以现代启蒙精神为核心价值构成，他对底层民众的书写，既有知识分子的道德同情与怜悯，更不乏清醒的忧患意识与责任担当，而后者则是新世纪底层叙事最为缺乏的"②。陈思和在评论罗伟章的底层小说时也强调了其与五四新文学精神的一脉相承。③ 以上论者在指出"底层文学"走向"人的文学"之必要性时，也在一定程度上淡化了当下"底层文学"中所黏合社会问题的尖锐性，以人道主义的修辞淡化了"底层文学"与特定现实语境的复杂关系。

四、"纯文学"观念与"底层文学"合法性的论争。

新世纪"底层文学"的提出和兴起，基本上与对"纯文学"的反思是同步的，而且论述"底层文学"之于现实社会意义的思路，也与反思"纯文学"问题一致。"底层文学"在兴起之时遭到很多论者的质疑，归纳起来看，对"底层文学"的担忧和质疑主要有：吴义勤认为"底层文学热"以"文学"的名义歪曲了文学，郜元宝则更激烈地认为"底层文学""剿灭"了纯文学，相近的观点有陈晓明的"美学的脱身术"和洪治纲"苦难焦虑症"展示等。这些观点被很多研究者认同并广泛引用，主要是因为其不单为当下"底层文学"的题材决定论和道德优越感给予警示，又对其黏着的社会问题难以深化的现状提出了更高的要求。当然，"反质疑"的论点也同时出现，如"'底层写作'思潮可以说是对'纯文学'弊端的一种纠正，它使人们关注以往视而不见的群体，让人们看到了现实中存在的种种社会问题，以'引起疗救的注意'，同时也让人们重新认识到了文学与现实社会的联系，不再将文学当作孤芳自赏的'玩意儿'"。④

在争论的进一步发展过程中，部分论者注意到了 90 年代"纯文学"观

---

① 赵学勇、王元忠：《"五四"新文学的启蒙指归当代底层写作》，《陕西师范大学学报》2009 年第 5 期。

② 赵学勇、梁波：《新世纪："底层叙事"的流变与省思》，《学术月刊》2011 年第 10 期。

③ 陈思和：《寻求岩层地下的精神力量——读罗伟章的几部小说有感》，《当代文坛》2010 年第 1 期。

④ 李云雷：《如何扬弃"纯文学"与"左翼文学"？——底层写作所面临的问题》，《江汉大学学报》2006 年第 5 期。

念与新世纪"底层文学"的深层关联性。这种关联性论述主要基于：一、在20世纪90年代的社会转型语境中，理清"纯文学"与社会互动历史的复杂过程，比如"纯文学""祛政治"过程与政治构成的紧张关系，其与"商业文化"、消费意识形态的对抗，而后在逐渐成为一个主流概念后为什么出现与社会相"脱节"的现象等，对这些问题的反思得出的结论就不再是简单的二元互否。二、将"底层文学"与"纯文学"相对立，作为正反题来论述，其实是误解了"纯文学"之"纯化"语境，没有对这一对文学观念和文学史资源做历史化的还原，没有对"纯文学"反政治的修辞策略和被政治意识形态"规训"的悖论加以甄别，以致出现了相互质疑的极端论点，使得"剿灭论"和"纠正弊端论"互相抵牾。因此王尧认为，"底层文学"与"纯文学"介入现实的方式有区别，两者在审美性上并不矛盾。① 其实，陈晓明在提出"审美脱身术"时仍然试图为"底层文学"和"纯文学"打开通道："当代文学并非不关注底层民众的贫困现实，而这一点恰恰是当今文学始终存在的主导潮流，这一潮流从来没有断过，只不过是有了新的美学上的意义"，"也就是说，正是对底层苦难现实生活的表现，当今文学（主要是小说）找到与'纯文学'融合的一种方式"②；提倡"纠正纯文学弊端"的李云雷也在文章显要位置提出"如何扬弃'纯文学'与'左翼文学'"③，对"纯文学"也作"扬弃"而非"纠正"。如果把"纯文学"概念辩证地转化为一种具体的历史叙述，或许能够确立"底层文学"与"纯文学"的连接点。张光芒正是在确认20世纪90年代的"纯文学"审美启蒙与思想解放的价值，并指出90年代后期文学的"二度内转"才致使"纯文学""实质上成为侏儒主义的遮羞布，成为自恋主义盛行的堂皇借口，成为道德虚无主义的巧妙托词"的基础上，倡导当下文学的"向外转"④，这让我们看到了新世纪"底层文学"发展的历史合理性。

从以上梳理来看，有关新世纪"底层文学"批评与20世纪中国文学资源关系的研究已引起诸多论者注意，并产生了重要研究成果，"底层文

---

① 王尧：《关于"底层写作"的若干质疑》，《当代作家评论》2008年第4期。

② 陈晓明：《在"底层"眺望纯文学》，《长城》2004年第1期。

③ 李云雷：《如何扬弃"纯文学"与"左翼文学"？——底层写作所面临的问题》，《江汉大学学报》2006年第5期。

④ 张光芒：《论中国当代文学应该"向外转"》，《文艺争鸣》2012年第2期。

学不仅仅具有社会学意义，而且具有美学意义"①，这让新世纪"底层文学"仍蕴涵厚实的发展潜力和发展空间。但这一问题还未能全面深入地展开，现有研究仍存在以下主要问题：首先，对历史语境辨析不够。新世纪"底层文学"与 20 世纪中国文学的底层关注精神一脉相承，但 20 世纪各阶段的历史语境迥异，一些"底层文学"批评者在借用资源时缺乏对不同历史时期产生"底层书写"的社会、文化环境作具体辨析，更缺乏对不同历史阶段底层写作的意义作深度分析。其次，对 20 世纪中国文学史资源的整体性观照还未展开。多数研究是在 20 世纪中国文学资源中截取某一种思潮来研究其与新世纪"底层文学"的关联性，缺乏"20 世纪文学底层关怀的整体观"，这容易造成研究的自我封闭和对历史的割裂，难以梳理出 20 世纪中国文学现代性底层观的流变以及这种流变中的核心价值观。再次，部分论作缺乏对现有学术研究成果的借鉴。这类论作存在着文学资源为我所用或意气之争的状况，以致有些评论模糊了 20 世纪中国文学底层关注的本来面貌。

　　虽然当下"底层文学"批评的热度有些降低，但"底层文学"关注的现实问题仍在延续，这些社会问题塑造着我们的生命体验，这样的社会问题和我们的生命体验又构成了这个时代文学置身的生态环境。所以，在当下语境中，如何让新世纪文学"重新建立文学与社会生活的血肉联系与紧密的契合度，锐意突进外部世界与国人文化心理，创造直逼当下和人心的自由叙事伦理，从而建立起属于新世纪的审美空间与精神生活"②，发掘、描绘中国现代化进程中 20 世纪中国文学中的底层关注资源，对新世纪"底层文学"的发展就具有了非常重要的价值。同样，发掘、整理当下文学所描绘的中国书写资源，对新世纪"底层文学"的发展具有不可低估的价值和意义。

2013 年 3 月完稿
2013 年 12 月修改稿

---

① 贺绍俊：《从苦难主题看底层文学的深化》，《当代文坛》2008 年第 1 期。
② 张光芒：《论中国当代文学应该"向外转"》，《文艺争鸣》2012 年第 2 期。

附录二

文体、底层与当下缺失：
当代长篇小说求问录①
——访中国当代文学评论家雷达先生

　　张继红（以下简称张）：雷先生，您好！有感于您对当代中国小说全局性的把握以及您对长篇小说葆有的不倦"热度"，想结合我自己对当下中国长篇小说以及当下文学思潮与现代性困境的一些困惑，向您求解，希望您给予赐教！

　　中国当代长篇小说无论从数量还是小说创作技巧上，已经取得了很高的成就，就刚刚出炉的第八届茅盾文学奖的几部作品而言，比如张炜的《你在高原》是以一种宁静的姿态反思社会，寻找精神"高原"；刘醒龙的《天行者》也是在"明知故犯"的"重复自我"中为当下"底层书写"的深度写作提供了一个"另类的"示范，为当下底层书写没有优秀之作的现状进行了及时的补救；莫言的《蛙》，则以强大的内在张力挑战了"敏感题材"，但自己觉得"还不够深刻"；毕飞宇的《推拿》则以细腻的文笔写出了"黑暗世界的光明"，这是作者所说的"对人局限性的表达"，也可以将其归为"底层文学"的一个范式；而刘震云的《一句顶一万句》，似乎是很有形式感的中国生存哲学寓言。各自都有它的突破领域。但是，从当下批评界来看，特别是网络批评界，对此次茅奖有很多质疑。那么，您认为是长篇小说这一文体远离了当下更多的读者，还是普通

---

　　① 本文是在兰州大学求学期间与雷达先生的对话整理，整理稿最初发表于《文艺争鸣》2012 年第 7 期，原题为《文体、传统与当下缺失：当代长篇小说求问录》，收入该书时略作改动。

读者对长篇小说已有更高的要求？这对我们关注底层写作有何启发或借鉴意义？

雷达（以下简称雷）：虽然现在是一个新媒体时代，我们大量的时间消耗在媒体，特别是网络当中，但是长篇小说仍然是我们阅读生活中很重要的一个现象。读者的质疑，可能更多地朝向它的评奖制度、程序以及50万的高额奖金等，大家的关注度非常高。虽然这次茅奖的质疑之声也很多，但是我觉得这次茅奖总体成就比较高，而且还有一个好处，就是它使文学变成了一个积极的社会事件——正如底层文学之于底层，可能"底层文学"以怎样的方式命名，并不是十分重要，重要的是底层本身。所以，我希望我们的谈话还是从茅奖、文体等具体的问题来反观我们当下底层写作中力作、大作缺失的事实。

张：从茅奖、文体等具体的问题来反观我们当下底层写作，是一个新鲜的话题，且"底层文学热"也是文学与现实关系的一个切面，它也与茅奖一样成为公众性话题？

雷：是，茅奖一公布就引起了几乎全社会的热议，我觉得这是非常难得的，因为我们的文学已经边缘化了。这次的评奖很有意思，六十多人的评选团，全是一些最大的评委，每一个省出一个人，然后中国作协聘35个专家，共62人，而且都是实名制，这在中国也是很不容易的呀！因为中国是一个人情社会，但实名制把评委的名字"晒"出来了！这引起了全民关注。实名制，每一轮投票都像过山车一样，又像选"超女"，作家在每一轮的排名情况都和前一轮不一样，非常有趣，也有戏剧性。你看好哪个作家，评选栏一目了然，所以"得罪人"就是很正常的事。

张：那么，除了读者或网友对茅奖制度性的质疑，比如说，得奖的都是各省作协的主席、副主席这些表象之外，请您从长篇小说自身，比如从您此前关注的长篇小说的传统以及当下长篇自身的缺失中，谈谈目前长篇小说应该关注哪些问题？

雷：我们的长篇这一文体，它的某些缺失和不尽如人意的地方的确需要研究，这也是当下底层写作亟须补上的一门课。一旦某种思潮的命名基本被确认，那么剩下的就是考虑怎样书写，怎样表达了。可以说，没有经典作品的"底层文学"很难成为一种有潜力的文学思潮。当然，这并不是说，"底层文学"非要写出长篇不可。事实上，当下长篇小说质量和数量的不平衡已经太突出了，每年我们要生产两千多部（有人说三千多部），这还不算网络上的连载小说，但是真正能够被记住，进入我们热议的圈子的，也没有二三十部吧，至于让我们拿过来反复读的我觉得就更少。我们需要回过头来冷静地研究研究长篇小说的文体，回到长篇小说的文体意识上来，回到长篇小说的传统上来。怎么回，就要寻找长篇小说的经典背景。当然，这不仅是"底层文学"的问题。

张：您所说的经典背景是我们新文学时期鲁迅、老舍等开创的知识分子启蒙叙事或沈从文等坚持的民间立场叙事等经典传统吗？

雷：我前面说的，首先要研究长篇小说这样一种文体，从文体中寻找问题，再谈长篇小说的经典背景，或经典传统，可能我们的视野就不再局限于哪一阶段的某几部作品了。当然，知识分子传统是一个绕不过去的资源。其实我还经常在思考这样一个问题，就是我们现在长篇小说这么多，但是为什么没有精品，没有能和世界对话的大叙事的作品，而底层写作面临的问题，首先是如何与中国对话，与自己对话。每届的诺贝尔文学奖作品比如保尔·海泽《特雷庇姑娘》，君特·格拉斯《铁皮鼓》，帕慕克《我的名字叫红》等作品，几乎每一部都有与世界对话的东西。

张：那么从文体自身来看，经典作品在文体方面的特征性何在呢？是长篇本应该包容大题材，才能产生与世界对话的作品，还是这些题材借助了长篇这种形式，才使得大叙事的内容得到了升华或超越？

雷：一般意义上的长篇小说，我们在讨论它的时候，很可能因为字数、篇幅的原因遮蔽了事实上的我们对长篇小说本质上的认识，长篇小说真正的本质应该表达什么？篇幅肯定是重要的，但是比它更重要的就是怎么概括生活、把握世界，比如我们讲短篇小说是一个点，中篇小说是一条线，长篇小说是一个很广阔的面，这是一种说法。还有一种说法，就是短篇小说是写一个场景，中篇小说是写一个完整的故事，而长篇小说是讲一群人的曲折的命运，种种说法都有。你前面讲到的第八届茅奖中的张炜的"精神高原"，毕飞宇的"黑暗世界的光明"，刘醒龙对"底层写作"的"另类示范"，还有刘震云的"中国语言表达方式的哲学寓言"（可能不完全准确）等都是这种情况，它们有接近经典的走向，因为他们高度地概括了生活，也才有可能与世界对话。

张：那就是说，其实我们可以从古今中外的长篇传统中，找到我们当下所需的资源，包括中国古典小说。我觉得中国现当代小说对古典小说在写法和把握世界的方式方面继承太少了。这与当时的文化语境和我们选择的西方小说形式有关，是否也是我们的文学现代化匆忙转身的结果？

雷：所以我一直也在思考这个问题，我觉得不要害怕传统，一切的创新都来自传统。回过头来看中国古典小说的传统吧，为什么《红楼梦》、《西游记》、《水浒传》等经典能够长盛不衰，而现在我们的长篇小说，多则一两年，少则一两月，很快就过去了；你要论技术，现在的作家的技术要比古代作家高明得多，叙事的方法也多于后者，可是现在的小说就是不能和古代比。

张：根本的原因在哪儿？

雷：首先，中国小说本身有一个伟大的传统，特别在元末明初，成就非常高，到清代《红楼梦》的出现则几近顶峰，但西方人不大承认，中国人也就开始轻视甚至害怕了。其次，我们沉入文体的研究不够。西方文学评论家眼中的小说主要是个人的、虚构的表达，而我们的文学传统与历史结合，文史不分家，同时，讲史传统和说话传统和口头文学相互结合，比如《三国演义》、《水浒传》、《西游记》都有前文本，同时它们开启了一个传统，比如《三国演义》开了一个历史演义的传统，对传统儒家思想的中庸致和、内圣外王进行了形象化阐释；《水浒传》开启了英雄传奇传统，一百零八将，一直有一个逼上梁山的"线"，许多农民运动都和它联系到一起，世界文学也没有这种情况；像《西游记》，关于取经，是一个巨大的悬念，有点像西方文学的取宝石模式，还有九九八十一难，包括大闹天宫以及人间天界的形象阐释都有非常雄大的想象力；《红楼梦》通过对佛、道互补的哲学思想来反思、颠覆正统的儒家观念……这些思想性和艺术表现力在世界文学中都是罕见的，这就是我们的传统。当然，我们的小说到了《金瓶梅》则摆脱了讲史的传统，它让小说回到日常化和生活化，它有非常高级的白描。其实，这还是一种传统。

张：这些传统在当下的长篇写作那里的确有很大缺失，我觉得当下的长篇小说一个很大的问题就是故事讲不好，比如写一点官场秘闻，社会新闻，或跑个热点，就成了一个长篇，这样，缺乏当下体验，特别是对转型期现代性的体验不足，最典型的就是当下"底层写作"中的"苦难想象"和"仇恨叙事"等，和古典小说相比，还要差很多。

雷：是。其实说简单一点，古典文学其很重要的地方体现在这三方面，一是突出人物，二是有明显的细节，人物有戏可看，有强烈的现实性，三是有深厚的文化底蕴，即好故事、现实性，以及深厚的文化底蕴，这是长篇小说征服人的地方。我们现在的长篇小说在这三方面都是缺失的，故事讲完就完了，光剩一个故事的空壳了，没有让人回忆的饱满的细节，这就是我们长篇小说存在的问题，特别是当下"底层写作"中激烈意念化倾向，具体作品我就不举例了。古典小说比如《水浒传》，写杨志多少细节，写鲁智深拳打镇关西多少细节，包括林冲的软弱与高强的武艺，在妻子受人凌辱后的心理及其细节，这些都需要我们揣摩。当然，我们今天不是直接把这些东西拿来，而是要把精髓的东西化进去。我们今天怎样转化认识这个传统，这是一个课题。

张：其实中国当下的很多小说作家都与某一个或几个世界著名的小说大家有某种写法和观念上的关系，比如陈忠实之于肖洛霍夫，莫言之于福克纳，贾平凹之于马尔克斯，甚至韩少功之于米洛拉德·帕维奇等等，那么西方小说的叙事传统，或结构小说的技巧和方法，从小说本体的角度来说，是我们的借鉴不到位，还是有些东西本身就不可学？您认为，当下作家继承世界文学或世界小说传统时，有哪些东西仍然值得当下中国作家学习呢？

雷：关于西方文学传统，可能有些人认为我的观点比较落后了，但我不这样认为。我觉得只要有一个创造性的转化，就可以形成我们的经典背景。特别是19世纪文学，我觉得我们不要轻视它，虽然现在我们发展到了21世纪，我们张口闭口谈的是纳博科夫的《洛丽塔》，谈的是米兰·昆德拉的《生命不能承受之轻》，或者更新文本，但是我觉得19世纪文学在长篇小说方面仍然是难以超越的一个高峰，这些文本在今天还能对我们起作用，不容忽视，可是我觉得我们关注不够。

张：那么在西方文学中，大家们给我们提供的是他们的世界观还是表达手法，对我们当下的作家更管用？在我个人看来，当下很多读者包括作家，对于阅读巴尔扎克、司汤达，甚至托尔斯泰，已经缺少了"耐受力"，特别是过于烦琐的场景描写，您怎么看这个问题？

雷：西方长篇小说如《十日谈》、《堂吉诃德》，我们就不说了。我觉得，比如巴尔扎克、托尔斯泰、陀思妥耶夫斯基等值得研读。巴尔扎克是一个非常有历史感的作家，他写东西从来都有一种立此存照的意识，他的"人间喜剧"就是要写法兰西的历史。（当然，我们的作家张炜的《你在高原》与此有相近之处，但《你在高原》跟《人间喜剧》不一样，《人间喜剧》是互相不搭界的多部著作，《你在高原》里面有一个主人公比如宁伽，有一个贯穿始终的精神线索，这样的书在全世界还是第一部呢，是最长的长篇了，也有较强的历史感。）巴尔扎克的写法现在当然有些过时了，这不得不承认，比如他写一座住宅，写一个教堂，写一条街道，那要写几千字、上万字，句子比较缓慢，但巴尔扎克有我们学习的地方，他的历史感并没有完全被我们的作家所"内化"。再像陀思妥耶夫斯基，《罪与罚》也好，《卡拉马佐夫兄弟》也好，还有托尔斯泰《复活》、《战争与和平》，里面的宗教精神、心理现实主义的深入。这个值得我们学习。

张：前面您已提到，而且在您的讲座里强调：对于西方的文学传统，我们要有一个创造性的转化，形成我们的经典背景。那么，怎么创化就成了一个很具体又很难操作的问题，能否谈谈在转化的具体方法上，当下作家可以切入的地方？当然具体怎么转化，这个确实可能不是很好谈，且可能每个作家的需求都有个体的差异性。但是否可以通过例子来说明这个问题呢？

雷：比如，谈到陀思妥耶夫斯基及其长篇小说，我非常推崇的俄罗斯理论家巴赫金，他说"长篇小说是资本时代给人类带来的最重要的文体"，他对陀思妥耶夫斯基的研究是非常精深的，鲁迅先生对陀思妥耶夫斯基也有很多论述，特别是对人性的拷问、阐述。或如像我自己特别喜欢的罗曼·罗兰，他认为人充满了一种内心的波动，而此前作家所写得太过于单一，这就是他创作《约翰·克里斯朵夫》的原因。这个人，确实不得了，有人认为他写的是大音乐家贝多芬，其实不光是贝多芬。这部小说是一部大部头小说，除了第二部陷入了当时对抨击法国、欧洲的音乐理论的辩护，有些枯燥，其他几部都非常好。这部书被认为是伟大的精神力作，像横贯欧洲的莱茵河一样。我觉得我们现在的中国没有产生这样的作品，这样的书仍然是世界的宏著，21世纪的读者的灵魂读物。

当然，现代派或现代主义的作品也需要我们学习和借鉴。如普鲁斯特，他认为生活是散文化的，生活不像象征主义表现的那样，所以写了意识流小说《追忆似水年华》。这也是长篇小说的发展过程。我也正在梳理这个过程。再比如卡夫卡，他写人，也不是什么意识流啊，他觉得人的存在是荒诞的，所以他写了《城堡》，就是写土地测量员永远进不了城堡，他写了现代人的境遇，他开启了现代派和先锋主义。整个现代派和先锋主义的开山祖师就是他。钻研作品，才可能知道你需要向作家学习什么！另外，像米兰·昆德拉，我看了（他的小说）以后也很喜欢，他的作品具有哲学意味，这是对存在的一种问询。昆德拉在《小说的艺术》中说，现代小说的终极使命是对人类生存境况的考察与探究。同时，他能够把小说上升到某个高度，不光是讲故事，而是把故事推向存在，我觉得这很了不起。可以说，从昆德拉这里，才从真正意义上结束了 19 世纪以来的再现历史的"大叙事"小说。昆德拉自己也说，巴尔扎克的遗产是很沉重的，而只有到了卡夫卡，这种沉重的写法才真正被改变。而普鲁斯特认为，生活是散文化的，日常生活写作才是文学的"常规"。这其中都隐含着文学观念和结构方式的重大变化，值得我们注意。

张：我们从小说文体和中西长篇小说的传统来反照当下中国小说作家在创作方面的缺失，可能就使我们所谈的内容有了坚实的着落。前面您已经谈了很多有关长篇小说文体本身的特性，以及中外大家们为我们提供的可资借鉴的传统资源。那么，就长篇小说的写作基本功和长篇小说的文体意识来说，你认为当下作家的缺失在什么地方？

雷：这个问题比较有意思！我觉得，无论长篇、短篇、中篇，都是艺术质量问题，我们写长篇小说的很多人缺乏真正良好的文字基本训练，也就是缺乏一种写短篇的基础。我个人认为，要写好长篇小说就要有写好短篇的训练。很多作家还将长篇的概念建立在字数的追求上，以为写重大题材，写到二三十万甚至更多就是长篇了，其实不然。我记得老舍先生讲过，字数并没有太高的价值，顶多在算稿费的时候多拿点钱，"世界上有不少和《红楼梦》一般长，或更长的作品，可是有几部的价值和《红楼梦》的相等呢？很少！显然地，字数多只在计算稿费的时候占些便宜，而并不一定真有什么艺术价值。杜甫和李白的短诗，字数很少，却传诵至今，公认为民族的珍宝。……万顷荒沙不如良田五亩"（老舍《青年作家应有的修养》）。胡适也在《论短篇小说》中提到关于什么是"最经济的文学手段"，胡适借用了宋玉的话，并展开说，"须要不可增减，不可涂饰，处处恰到好处"，方可当"经济"二字。所以，以短篇小说的写作为起点，是写好长篇的必由之路。

张：中国现当代小说，特别是现代小说，给我们留下很深刻印象的大多都是中短篇小说，包括鲁迅先生的《阿Q正传》、《狂人日记》、《孔乙己》，沈从文的《边城》、《八骏图》，李广田的《山之子》，张爱玲的《金锁记》、《茉莉香片》等等，语言非常精致，很有形式感，结构也非常别致。胡适在谈关于短篇小说一定要"经济"时，以古典文学特别是古典诗歌为例作以说明。那么，当代小说怎样才能使语言做到"经济"，推而言之，有没有一种文学语言的经济学，或"长篇小说语言的经济学"呢？

雷：这里涉及了好几个问题。首先胡适的确很看好古典文学语言的"经济"，比如他说，《木兰辞》记木兰的战功，只用"将军百战死，壮士十年归"十个字，而记木兰归家的一天，写到她的"女儿姿态"，这个地方写了一百多个字，诸如"当窗理云鬓，对镜贴花黄"，"爷娘闻女来，出郭相扶将"等。十字记十年，百字记一天，这就叫"经济"。还比如他举例《孔雀东南飞》里写到，"十三能织素，十四学裁衣，十五弹箜篌"等，都写得"很经济"。

我们现在的写作者懂得文学"语言经济"的不是很多，虽然他们的大部头的小说一部接一部，但语言方面的"修炼"很缺乏。应该就是没有懂得"长篇小说的经济学"吧！前面你提到的现代文学的那些例子是很经典的。其实当代作家也不乏此方面的成功例子。汪曾祺的短篇，看完都会让人惊叹，前几天我还又看了汪曾祺的《受戒》，其中的明海和小英子从凡间逃到了一个桃花源世界，他们在水里的那个场景，寥寥数语，写得非常有美感，语言的色彩感令人惊奇；再比如铁凝，她的《哦，香雪》也是一个很了不得的作品，她倒不是写回归自然，她是写山里的姑娘向往大山外面的世界——现代文明，她写一分钟，一分钟把这鸡蛋换成一个铅笔盒。我觉得这个作品把握得很好。但是这样讲究的很经济的东西在我们当下很少了。退回来看，在新世纪"底层文学"写作中，很多作家还来不及考虑这些问题，而评论家的眼睛也一直盯着"写什么"的问题。对于大多数"底层文学"作家，基本功的修炼是很有必要的。

张：针对作家在基本功训练、语言美感方面的缺失，您从创作主体的修养方面来说明,很有直指当下创作实践的意味。那么当代中国长篇小说目前存在的问题,除了您于 2006 年 7 月 5 日在《光明日报》中所提的"如果说现在文学的缺失,首先是生命写作、灵魂写作、孤独写作、独创性写作的缺失;其次是缺肯定和弘扬正面精神价值的能力;第三是缺少对现实生存的精神超越,缺少对时代生活的把握能力;第四是缺少宝贵的原创能力,却增大了畸形的复制能力"之外,您觉得它目前还面临哪些新问题?

雷:我觉得目前长篇小说除了我先前提到的作家主体精神的修炼、正面价值的倡导、超越精神、提升原创力之外,我想一些相对具体的问题值得我们重视。第一,就是我们今天的小说对乡土经验的处理比较成熟,但是对现代转型过程中的城市经验表现得很不够,这就是你前面问到的"现代性体验不足"的问题。我们缺乏成熟、有趣的城市文本,这更凸显了我们的文学的现实感不强的问题。第二,作家应该具有"原乡"情结。第三,仍然是写"人"的问题。

张:这些问题看似具体,但要说清楚可能会绕到理论的纠缠中去了,能否以当下长篇小说作家的创作实际来谈谈上述三个问题,特别是第二个问题,我个人也比较感兴趣,因为"原乡"情结既属于心理学的范畴,又是一个文化哲学的问题,当然也是一个文学话题。

雷:那就对这三个问题我们稍微多说一点。比如第一个问题,有关于城市经验的问题。中国社会近年来的变化极大,包括高科技、网络、城市化、市场化、人的思想感情和行为方式的变化很大,但是在文学里反映不出来,事实上,这就是一种后革命时代,也是网络文学、"底层文学"所置身的文化语境。我们现在的时空观和过去完全不一样了,过去我们觉得中国很大,现在我们觉得中国很小;过去人和人之间交往非常不方便,而现在一按操作键,就可以联系,但是心和心的距离拉得越来越远。我们每个人身边都有大量的媒体,手机啊,QQ 啊,微博啊,博客啊,每天都忙不过来这些东西。所以,我说网络空间成了真实的空间,现实生活才变成了真正虚拟的空间。我们现在的媒体很多,我们的生存到底是怎样的一种生存,这些在我们的文学中看不到;同时,在这样一种"后革命时代",底层民众的生活却似乎仍然处于前现代的水平,这是一种怎样的悖论啊!第二个问题,成功的作家都有一个自己的文化记忆,他的原乡。莫言的高密东北乡，陈忠实的关中，贾平凹的陕南，王安忆的上海，他们都有自己的原乡，自己的根据地。莫言说他要学福克纳，要创造一个文学帝国，文学王国。福克纳是写自己的家乡，莫言说他要写自己的家乡，高密东北乡，一个文学的地理，一个想象的空间。这就是作家的原乡情结，我们的很多作家没有原乡情结，他的故事缺少灵魂，他的关怀不能连筋带肉。第三，就是写人的问题。还是举例说吧，这次茅奖的几个作家谈的几个问题都非常好，比如莫言在《蛙》里写到的人物的冲突和自我救赎过程；毕飞宇的《推拿》，写盲人按摩，作者认为，人文情怀比想象力更重要；另外一部是刘震云的《一句顶一万句》，它的新在于真正表达了中国本土的东西，写找到一个说话的人可真难啊！为谁说话，说给谁听，说什么话，什么人听。事实上，当下底层写作很缺少这种东西——这种东西在过去的写作里涉及很少，也有点存在主义的味道，而且在形式上是有技巧的，这个值得研究！交给你一个题目吧！

张：谢谢您，今天我们已经谈得很多了，我想，我所求索的答案也是当下很多读者甚至作家和评论家也关心的话题。这为我们更进一步了解、研究长篇小说这一文体、回答当下底层书写没有力作提供了很多思路，也为我们认识长篇小说传统以及反思当下小说的缺失提供了理论和事实的依据。最后，我想还是用您的话来结束我的求问，"文学是语言的艺术，人类是语言的动物，人类是文化的动物，只要人类存在，只要感情不变，文学就会存在"。也希望我们的长篇小说成长为能与世界对话、被世人瞩目的参天大树！再次感谢您！（本访谈稿已经过雷达先生审定）

参考文献

I　著作类

[1]　[美] 佳亚特里·斯皮瓦克：《底层人能说话吗？》（1985）；《底层研究：解构历史编撰学》（1985），《从解构到全球化批判——斯皮瓦克读本》，陈永国、赖立里等主编，北京大学出版社 2007 年版。

[2]　[美] 马泰·卡林内斯库：《现代性的五副面孔——现代主义、先锋派、颓废、媚俗主义、后现代主义》，顾爱彬等译，商务印书馆 2002 年版。

[3]　[德] 马克思、恩格斯：《马克思恩格斯选集》，人民出版社 1972 年版。

[4]　[德] 马克思、恩格斯：《马克思恩格斯选集》，人民出版社 2008 年版。

[5]　[美] 赫伯特·马尔库塞：《审美之维》，李小兵译，广西师范大学出版社 2001 年版。

[6]　[美] 赫伯特·马尔库塞：《单向度的人——发达工业社会意识形态研究》，李小兵译，上海译文出版社 2008 年版。

[7]　[意] 安东尼奥·葛兰西：《狱中札记》，中国社会科学文献出版社 2000 年版。

[8]　[匈牙利] 格奥尔格·卢卡奇：《历史与阶级意识》，杜章志、任立译，商务印书馆 1999 年版。

[9]　[美] 罗伯特·K. 默顿：《社会理论和社会结构》，唐少杰、齐心等译，译林出版社 2006 年版。

[10]　[美] 戴维·格伦斯基：《社会分层》（第 2 版），王俊等译，华夏

出版社 2005 年版。

[11] [英] 理查德·斯凯恩:《阶级》,雷玉琼译,吉林人民出版社 2005 年版。

[12] [英] 保罗·塔格特:《民粹主义》,袁明旭译,吉林人民出版社 2005 年版。

[13] [俄] 尼·别尔嘉耶夫:《俄罗斯思想》,雷永生译,生活·读书·新知三联书店 1995 年版。

[14] [俄] 尼·别尔嘉耶夫:《自由的哲学》,董友译,广西师范大学出版社 2008 年版。

[15] [俄] 尼·别尔嘉耶夫:《陀思妥耶夫斯基的世界观》,耿海英译,广西师范大学出版社 2008 年版。

[16] [英] 彼得·狄肯斯:《社会达尔文主义——将进化思想和社会理论联系起来》,涂骏译,吉林人民出版社 2005 年版。

[17] [日] 丸山升:《鲁迅·革命·历史》,王俊文译,北京大学出版社 2005 年版。

[18] [英] 雷蒙德·威廉斯:《文化与社会 (1780—1950)》,高晓玲译,吉林出版集团有限责任公司 2011 年版。

[19] [英] 雷蒙德·威廉斯:《关键词:文化与社会的词汇》,刘建基译,生活·读书·新知三联书店 2005 年版。

[20] [法] 米歇尔·福柯:《知识考古学》,谢强等译,生活·读书·新知三联书店 1998 年版。

[21] [美] 阿尔文·古尔德纳:《新阶级与知识分子的未来》,杜维真、罗永生、黄慈瑜译,人民文学出版社 2001 年版。

[22] [法] 米歇尔·福柯:《规训与惩罚》,刘北成、杨远婴译,生活·读书·新知三联书店 1998 年版。

[23] [美] 丹尼尔·贝尔:《资本主义文化矛盾》,赵一凡等译,生活·读书·新知三联书店 1989 年版。

[24] [美] 弗雷德里克·詹明信:《晚期资本主义文化的逻辑》,张旭东主编,陈清侨等译,三联书店 1997 年版。

[25] [英] 阿列克斯·卡利尼克斯:《反资本主义宣言》,罗汉等译,上海译文出版社 2005 年版。

[26]　[美] 木尼迪克特·安德森：《想象的共同体：民族主义的起源与散布》，吴叡人译，上海人民出版社 2005 年版。

[27]　[美] 杜赞奇：《从民族国家拯救历史：民族主义话语与中国现代史研究》，王宪明译，社会科学文献出版社 2003 年版。

[28]　[英] 冯·弗里德利希·哈耶克：《自由秩序原理》，邓正来译，生活·读书·新知三联书店 1997 年版。

[29]　[以色列] S. N. 艾森斯塔特：《反思现代性》，旷新年、王爱松译，生活·读书·新知三联书店 2006 年版。

[30]　[法] 让－雅克·卢梭：《论人类社会不平等的起源和基础》，高煜译，广西师范大学出版社 2002 年版。

[31]　[美] 托马斯·奥斯本：《启蒙面面观》，郑丹丹译，商务印书馆 2007 年版。

[32]　[美] 爱德华·W. 萨义德《世界·文本·批评家》，李自修译，生活·读书·新知三联书店 2009 年版。

[33]　[英] 安东尼·吉登斯：《现代性的后果》，田禾译，译林出版社 2011 年版。

[34]　[英] 安东尼·吉登斯：《社会学》，赵旭东等译，北京大学出版社 2003 年版。

[35]　[英] 大卫·麦克里兰：《意识形态》，孔兆政等译，吉林人民出版社 2005 年版。

[36]　[德] 卡尔·曼海姆：《意识形态与乌托邦》，黎鸣译，商务印书馆 2000 年版。

[37]　[英] 齐格蒙特·鲍曼：《寻找政治》，洪涛等译，上海人民出版社 2006 年版。

[38]　[美] 弗雷德里克·詹姆逊：《政治无意识》，王逢振、陈永国译，中国社会科学出版社 1998 年版。

[39]　[美] 卡尔·博格斯：《知识分子与现代性的危机》，李俊、蔡海榕译，江苏人民出版社 2006 年版。

[40]　[法] 米歇尔·莱马里等：《西方当代知识分子史》，江苏教育出版社 2007 年版。

[41]　[法] 乔治·索雷尔：《进步的幻觉》，光明日报出版社 2009 年版。

［42］［美］戴维·哈维：《后现代状况》，阎嘉译，商务印书馆 2004 年版。

［43］［英］奥斯汀·哈灵顿：《艺术与社会理论——美学中的社会学论争》，周计武、周雪娉译，南京大学出版社 2010 年版。

［44］［德］西美尔：《金钱、性别、现代社会风格》，刘小枫编，顾仁明译，学林出版社 2000 年版。

［45］［英］约翰·斯道雷：《文化理论与大众文化导论》（第五版），常江译，北京大学出版社 2010 年版。

［46］［法］让·鲍德里亚：《消费社会》，刘成富、全志刚译，南京大学出版社 2008 年版。

［47］［美］杰姆逊：《后现代主义与文化理论》，唐小兵译，北京大学出版社 2005 年版。

［48］［英］齐格蒙特·鲍曼：《流动的现代性》，欧阳景根译，上海三联书店 2002 年版。

［49］［美］E. 希尔斯：《论传统》，傅坚、吕乐译，上海人民出版社 1991 年版。

［50］［法］亨利·列菲伏尔：《论国家——从黑格尔到斯大林和毛泽东》，李青宜等译，重庆出版社 1988 年版。

［51］［德］埃利亚斯·卡内提：《群众与权力》，冯文光、刘敏、张毅译，中央编译出版社 2003 年版。

［52］［法］塞奇·莫斯科维奇：《群氓的时代》，许列民、薛丹云、李继红译，江苏人民出版社 2003 年版。

［53］［德］恩斯特·卡西尔：《人文主义的逻辑》，沉晖、海平、叶舟译，冯俊校，中国人民大学出版社 2004 年版。

［54］［美］雷内·韦勒克：《批评的概念》，张金言译，中国美术学院出版社 1999 年版。

［55］［英］特里·伊格尔顿：《理论之后》，商正译，商务印书馆 2009 年版。

［56］［俄］C. 谢·弗兰克：《社会的精神基础》，王永译，北京三联书店 2003 年版。

［57］［德］卡尔·雅斯贝尔斯：《时代的精神状况》，王德峰译，上海译

文出版社 2003 年版。

[58]〔英〕马修·阿诺德:《文化与无政府主义》,韩中敏译,北京三联书店 2002 年版。

[59]〔英〕拉尔夫·达仁道夫:《现代社会冲突》,林荣远译,中国社会科学出版社 2000 年版。

[60]〔德〕舍勒:《知识社会学问题》,艾彦译,华夏出版社 2000 年版。

[61]〔美〕约翰·斯梅尔:《中产阶级文化的起源》,陈勇译,上海人民出版社 2006 年版。

[62]〔美〕弗里曼等:《中国乡村,社会主义国家》,陶鹤山译,社会科学文献出版社 2002 年版。

[63]〔加〕查尔斯·泰勒:《自我的根源:现代认同的形成》,韩震等译,译林出版社 2001 年版。

[64] *Edited by Tobias J. Lanz, Beyond Capitalism and Socialism:A new statement of an old ideal, New York:IHS Press.* 2008.

[65] 鲁迅:《鲁迅全集》,人民文学出版社 1981 年版。

[66] 钟淑河编订:《周作人散文全集》,广西师范大学出版社 2009 年版。

[67] 毛泽东:《毛泽东选集》(1—4 卷),人民出版社 1991 年版。

[68] 毛泽东:《毛泽东选集》第 5 卷,人民出版社 1977 年版。

[69] 中国社会科学院文学研究所总纂:《中国文学史资料全编·现代卷》,知识出版社 2010 年版。

[70] 北京师范大学中文系编:《中国现代文学史参考资料:中国革命文学的产生和发展(五四—1942)》,(上、下),北京师范大学出版社 1959 年版。

[71] 王瑶:《中国新文学史稿》(上、下),新文艺出版社 1953 年版。

[72] 王瑶:《中国现代文学史论集》,北京大学出版社 1998 年版。

[73] 陈平原:《中国文学研究现代化进程二编》,北京大学出版社 2002 年版。

[74] 洪子诚:《问题与方法:中国当代文学史研究讲稿》,生活·读书·新知三联书店 2002 年版。

[75] 谢泳:《中国现代文学史研究法》,广西师范大学出版社 2010 年版。

[76] 李泽厚:《中国现代思想史论》,安徽文艺出版社 1994 年版。

[77] 王逢振编：《2000 年度新译西方文论选》，漓江出版社 2001 年版。

[78] 刘健芝、许兆麟选编：《庶民研究》，中央编译出版社 2002 年版。

[79] 刘旭：《底层叙述——现代性话语的裂隙》，上海古籍出版社 2006 年版。

[80] 陆学艺编：《中国社会各阶层分析》，文化艺术出版社 2011 年版。

[81] 梁晓声：《当代中国社会阶层研究报告》，中国社会科学文献出版社 2002 年版。

[82] 梁晓声：《中国社会各阶层分析》，文化艺术出版社 2011 年版。

[83] 陈瘦竹：《左翼文艺运动史料》，南京大学学报编辑部出版，1980 年版。

[84] 艾克思：《延安文艺回忆录》，中国社会科学出版社 1992 年版。

[85] 黄修己：《中国新文学史编纂史》（第二版），北京大学出版社 2007 年版。

[86] 雷达：《民族灵魂的重铸》，中国工人出版社 1992 年版。

[87] 白烨编：《中国当代乡土小说大系》（全三卷），农村读物出版社 2012 年版。

[88] 温儒敏、陈晓明：《现代文学新传统及其当代诠释》，北京大学出版社 2010 年版。

[89] 雷达：《传统的创化》，陕西人民出版社 1992 年版。

[90] 旷新年：《1928：革命文学》，山东教育出版社 1998 年版。

[91] 孟繁华：《1942：走向民间》，山东教育出版社 1998 年版。

[92] 钱理群：《1948：天地玄黄》，山东教育出版社 1998 年版。

[93] 洪子诚：《1956：百花时代》，山东教育出版社 1998 年版。

[94] 陈顺馨：《1962：在夹缝中生存》，山东教育出版社 2002 年版。

[95] 李红强：《〈人民文学〉十七年（1949—1966）》，当代中国出版社 2009 年版。

[96] 杨春时：《现代性与中国文学思潮》，生活·读书·新知三联书店 2009 年版。

[97] 张光芒：《中国当代启蒙文学思潮》，上海三联书店 2006 年版。

[98] 杨义：《中国叙事学》，人民出版社 2006 年版。

[99] 高瑞泉：《中国现代精神传统——中国的现代性观念谱系》，上海古

籍出版社 2005 年版。

[100] 栾梅健:《20 世纪中国文学发生论》,广西师范大学出版社 2006 年版。

[101] 陈晓明:《中国当代文学主潮》,北京大学出版社 2009 年版。

[102] 刘小枫:《现代性社会理论——现代性与现代中国》,上海三联书店 1998 年版。

[103] 雷达:《重建文学的审美精神:雷达文艺评论精品》(上、下卷),北京师范大学出版社 2010 年版。

[104] 姚文放:《当代性与中国文学传统的重建》,人民文学出版社 2005 版。

[105] 王晓明主编:《在新的意识形态的笼罩下——90 年代的文化和文学分析》,江苏人民出版社 2000 年版。

[106] 董学文、金永兵等:《中国当代文学理论(1978—2008)》,北京大学出版社 2008 年版。

[107] 陈建华:《"革命"的现代性:中国革命话语考论》,上海古籍出版社 2002 年版。

[108] 高华:《革命年代》(珍藏版),广东人民出版社 2012 年版。

[109] 古世仓、吴小美:《老舍与中国革命》,民族出版社 2005 年版。

[110] 蔡翔:《革命/叙事——中国社会主义文学—文化想象(1949—1966)》,北京大学出版社 2010 年版。

[111] 雷达:《当前文学的症候分析》,作家出版社 2009 年版。

[112] 白烨:《演变与挑战》,作家出版社 2009 年版。

[113] 支克坚:《中国现代文艺思潮论》,兰州大学出版社 1999 年版。

[114] 程金城:《中国 20 世纪文学思潮论》,甘肃人民美术出版社 2008 年版。

[115] 程金城:《中国 20 世纪文学价值论》,甘肃人民美术出版社 2008 年版。

[116] 张进:《新历史主义与历史诗学》,中国社会科学出版社 2004 年版。

[117] 萧功秦:《超越左右激进主义——走出中国转型的困境》,浙江大学出版社 2012 年版。

［118］汪晖、陈燕谷编：《文化与公共性》，生活·读书·新知三联书店
　　　　2005 年版。

［119］包亚明主编：《现代性与空间的生产》，上海教育出版社 2003
　　　　年版。

［120］陈晓明：《表意的焦虑：历史的建构与解构：当代中国文学的变革
　　　　流向》，中央编译出版社 2001 年版。

［121］周宪：《文化表征与文化研究》，北京大学出版社 2007 年版。

［122］刘禾：《跨语际实践：文学、民族文化与被译介的现代性》（中国，
　　　　1900—1937）（修订译本），宋伟杰等译，生活·读书·新知三联
　　　　书店 2008 年版。

［123］廖炳惠：《关键词 200——文学与批评研究的通用词汇编》，江苏
　　　　教育出版社 2006 年版。

［124］汪民安、陈永国、张云鹏主编：《现代性基本读本》，河南大学出
　　　　版社 2005 年版。

［125］李杨：《文学史写作中的现代性问题》，山西教育出版社 2006
　　　　年版。

［126］王一川：《中国现代性体验的发生》，北京师范大学出版社 2001
　　　　年版。

［127］姜文振：《中国文学理论现代性问题》，人民文学出版社 2005
　　　　年版。

［128］方宁、陈剑澜编：《中国文艺研究前沿报告》，华东师范大学出版
　　　　社 2007 年版。

［129］陈太胜：《西方文论专题研究》，北京大学出版社 2008 年版。

［130］李建军：《文学因何而伟大》，华夏出版社 2010 年版。

［131］刘小枫：《沉重的肉身》（第 6 版），华夏出版社 2008 年版。

［132］雷达：《思潮与文体——20 世纪末小说观察》，人民文学出版社
　　　　2002 年版。

［133］贺仲明：《中国心像：20 世纪末中国作家文化心态考察》，中央编
　　　　译出版社 2002 年版。

［134］樊星：《当代文学新视野讲演录》，广西师范大学出版社 2007
　　　　年版。

[135] 林建法编：《当代作家面面观》，春风文艺出版社 2006 年版。

[136] 白烨编：《中国文情报告》，社会科学文献出版社 2007 年版。

[137] 庄锡华：《文学理论的世纪风标》，江苏文艺出版社 2001 年版。

[138] 戴燕：《文学史的权力》，北京大学出版社 2002 年版。

[139] 俄罗斯科学院研究所编：《俄罗斯白银时代文学史》，敦煌文艺出版社 2006 年版。

[140] 金雁：《倒转"红轮"：俄国知识分子的心路回溯》，北京大学出版社 2012 年版。

[141] 贺桂梅：《人文学的想象力：当代中国思想文化与文学问题》，河南大学出版社 2005 年版。

[142] 刘世衡：《难以摆脱的幻象缠绕——齐泽克意识形态理论研究》，知识产权出版社 2011 年版。

[143] 陶东风：《社会转型与当代知识分子》，上海三联书店 1999 年版。

[144] 程光炜：《文学想像和文学国家——中国当代文学研究（1949—1976)》，河南大学出版社 2005 年版。

[145] 张贤亮：《小说中国》，经济日报、陕西旅游出版社 1997 年版。

[146] 黄曙光：《当代小说中的乡村叙事》，巴蜀书社 2009 年版。

[147] 刘炎生：《中国现代文学论争史》，广东人民出版社 1999 年版。

[148] 徐俊西编：《上海五十年文学批评丛书·思潮卷》，华东师范大学出版社 1999 年版。

[149] 余英时：《儒家伦理与商人精神》，沈志佳编：《余英时文集》（第三卷），广西师范大学出版社 2004 年版。

[150] 陶东风、和磊：《中国新时期文学 30 年（1978—2008)》，中国社会科学出版社 2008 年版。

[151] 南帆：《后革命的转移》，北京大学出版社 2005 年版。

[152] 贺仲明：《一种文学与一个阶层——中国新文学与农民关系研究》，人民出版社 2008 年版。

[153] 陈桂棣、春桃：《中国农民调查》，人民文学出版社 2004 年版。

[154] 贺照田编：《并非自明的知识与思想》，吉林人民出版社 2003 年版。

Ⅱ 学术论文

[1] 钱理群:《论五四时期人的觉醒》,《文学评论》1989 年第 3 期。

[2] 刘再复、杨春时:《关于文学主体间性的对话》,《南方文坛》2002 年第 6 期

[3] 洪子诚:《文学传统与作家的精神地位》,《文学自由谈》1998 年第 6 期。

[4] 雷达:《民族灵魂的发现与重铸——新时期文学主潮论纲》,《文学评论》1987 年第 1 期。

[5] 汪晖:《当代中国的思想状况与现代性问题》,《天涯》1997 年第 5 期。

[6] 白烨:《三十年人性论争情况》,《文学评论》1981 年第 1 期。

[7] 蔡翔:《底层》,《天涯》2004 年第 2 期。

[8] 雷达:《不同凡响的"底层叙事"研究》,《小说评论》2010 年第 6 期。

[9] 孟繁华:《底层文学与左翼文学》,《当代文坛》2007 年第 6 期。

[10] 雷达:《现实主义冲击波及其局限》,《文学报》1996 年第 7 期。

[11] 张明廉:《西部农民凡俗人生的真实与诗意》,《飞天》2001 年第 5 期。

[12] 张清华:《"底层生存写作"与我们时代的写作伦理》,《文艺争鸣》2004 年第 3 期。

[13] 赵学勇、王元忠:《"五四"新文学的启蒙旨归与当代底层写作》,《陕西师范大学学报》2009 年第 9 期。

[14] 南帆:《底层:表述与被表述》,《福建论坛》2006 年第 2 期。

[15] 洪治纲:《底层写作与苦难焦虑症》,《文艺争鸣》2007 年第 10 期。

[16] 贺绍俊:《底层写作中的"新国民性"》,《文学评论》2007 年第 6 期。

[17] 吴义勤:《新世纪中国当代文学研究的现状与问题》,《文艺研究》2008 年第 8 期。

[18] 李云雷:《新世纪底层文学论纲》,《文艺争鸣》2010 年第 11 期。

[19] 马超、李志孝等：《底层文学的现实关怀与审美追求》，《文艺报》2008 年 6 月 28 日。

[20] 张勇、彭在钦：《现代化语境中的新世纪"底层文学"》，《贵州社会科学》2010 年第 5 期。

[21] 李志孝：《底层文学的三种叙事向度》，《文艺理论与批评》2011 年第 2 期。

[22] 邵燕君：《从现实主义文学到新左翼文学——从曹征路的〈问苍茫〉看底层文学的发展和困境》，《南方文坛》2009 年第 2 期。

[23] ［印度］查特吉：《关注底层》，《读书》2001 年第 8 期。

[24] 周晓虹：《"白领"、中产阶级与中国的误读》，《读书》2007 年第 5 期。

[25] 罗岗：《"被压迫者"的知识如何可能》，《上海文学》2002 年第 7 期。

[26] 刘复生：《纯文学的迷思与底层写作的陷阱》，《江汉大学学报》2006 年第 5 期。

[27] 戴燕：《从"民间"到"人民"——中国文学史上的正统论》，《文学评论》2001 年第 6 期。

[28] 陶东风、李松岳：《从社会理论视角看文学的自主性—兼谈纯文学问题》，《花城》2002 年第 2 期。

[29] 王晓华：《当代文学如何表述底层？——从底层写作的立场之争说起》，《文艺争鸣》2006 年第 4 期。

[30] 丁智才：《当前文学底层书写的误区刍议》，《当代文坛》2005 年第 1 期。

[31] 唐小兵：《底层话语与大陆知识分子的内部分裂》，世纪中国 http://www·xschina·org/show.php? id = 11649，原载于台北《思想》第 6 期。

[32] 南帆等：《底层经验的文学表述如何可能?》，《上海文学》2005 年第 9 期。

[33] 蔡翔、刘旭：《底层问题和知识分子的使命》，《天涯》2004 年第 3 期。

[34] 于建嵘、［美］詹姆斯·C. 斯科特：《底层政治和社会稳定》，《南

方周末》2008 年 1 月 24 日。·

[35] 杨颖：《"底层写作"与"20 世纪中国经验中的左翼传统"座谈会记录》，《北京大学研究生学志》2006 年第 2 期。

[36] 单正平：《底层叙事与批判伦理》，《江汉大学学报》2007 年第 5 期。

[37] 李云雷：《底层写作的误区与新"左翼文艺"的可能性——以〈那儿〉为中心的思考》，《海南师范学院学报》2006 年第 1 期。

[38] 司晨等：《"底层写作"——四人谈》，《文学自由谈》2006 年第 3 期。

[39] 张宁：《底层与纯文学：两个不相关事物的相关性》，《江汉大学学报》2006 年第 5 期。

[40] 旷新年：《个人、家族、民族国家关系的重建与现代文学的发生》，《中国现代文学研究丛刊》2006 年第 1 期。

[41] 朱苏力：《公共知识分子的社会建构》，《天涯》2004 年第 5 期。

[42] 吴志峰：《故乡、底层、知识分子及其它》，《天涯》2004 年第 4 期。

[43] 路文彬：《国家的文学——对 1949—1976 年中国文学的一种理解》，《文艺争鸣》1999 年第 4 期。

[44] 李陀、李静：《漫说"纯文学"——李陀访谈录》，《上海文学》2001 年第 3 期。

[45] 旷新年：《民族国家想象与中国现代文学》，《文学评论》2003 年第 1 期。

[46] 李建立：《批评与写作的历史处境——从小说〈那儿〉看"底层写作"与"纯文学"之争》，《江汉大学学报》2007 年第 1 期。

[47] 南帆：《曲折的突围——关于底层经验的表述》，《文学评论》2006 年第 4 期。

[48] 冯宪光：《人民美学与现代性》，《文艺理论与批评》2002 年第 6 期。

[49] 方维保：《人民·人民性与文学良知》，《文艺争鸣》2005 年第 6 期。

[50] 鲜益：《人民问题：中国文学现代性的思想资源——对 1917—1942

年文学思想的再认识》,《文艺理论与批评》2003 年第 4 期。

[51] 冯宪光:《人民文学论》,《当代文坛》2005 年第 6 期。

[52] 王晓华:《人民性的两个维度和人民的方向》,《文艺争鸣》2006 年第 1 期。

[53] 陈晓明:《"人民性"与美学的脱身术——对当前小说艺术倾向的分析》,《文学评论》2005 年第 2 期。

[54] 周毅:《"人民"与"大众"》,《读书》1997 年第 7 期。

[55] 蔡翔:《日常生活:退守还是出发》,《文学评论》2003 年第 4 期。

[56] 李云雷:《如何扬弃"纯文学"和"左翼文学"?——底层写作所面临的问题》,《江汉大学学报》2006 年第 5 期。

[57] 郭于华:《弱者的武器与"隐藏的文本"——研究农民反抗的底层视角》,《读书》2002 年第 7 期。

[58] 王富仁:《时间·空间·人——鲁迅哲学思想刍议之一章》,《鲁迅研究月刊》2002 年第 1—5 期。

[59] 段崇轩:《文学:距离底层民众有多远》,《文艺理论与批评》2004 年第 4 期。

[60] 王晓华:《我们应该怎样建构文学的人民性》,《文艺争鸣》2005 年第 2 期。

[61] 刘继明:《我们怎样叙述底层?》,当代文化研究网 http://cul-stud-ies.com。

[62] 摩罗:《我是农民的儿子》,《天涯》2004 年第 4 期。

[63] 蓝爱国:《意识形态时代的文化表情——当代"政治异质书写"与民间立场的关系》,《天津社会科学》2001 年第 3 期。

[64] 张汝伦:《知识分子·中国知识分子·现代性》,《天涯》2004 年第 1 期。

[65] 周晓虹:《中国中产阶级:现实抑或幻象?》,《天津社会科学》2006 年第 2 期。

[66] 罗岗:《"主奴"结构与"底层"发声》,《当代作家评论》2004 年第 5 期。

[67] 陶东风:《主体性》,《南方文坛》1992 年第 2 期。

[68] 蔡翔:《主体性的衰落》,《文艺争鸣》1994 年第 6 期。

［69］白亮：《"左冀"文学精神与底层写作》，《江汉大学学报》2007 年第 4 期。

［70］程光炜：《左翼文学思潮与现代性》，《海南师范学院学报》2002 年第 5 期。

［71］马春花：《左翼文学传统在新时期的沉寂与复兴》，《海南师范大学学报》2009 年第 1 期。

后　记

　　选择"底层文学"与20世纪中国文学资源之间的关系作为论题时，我一直担心一个问题：作为一种即时的文学思潮，其热度最容易衰减，就像打开的药瓶，首先面临的则是有效期限的问题。但我个人一直对此问题怀有一种介入的冲动。在北京师范大学访学期间，于"当代世界文学与中国"的会场，我借机将自己对雷达先生的《关注"人"的问题应该先于关注哪部分人的问题》与张清华老师的《"底层生存"写作与我们时代的写作伦理》谈了一点对比性的想法，但因为当时雷老师时间很紧，没有听到他"展开"的意见。而张清华老师的关注点仍在先锋文学、文学经验、文本结构等"文学内"的问题，我对"底层文学"的认识没能深入下去。尔后有幸成为雷达老师门下弟子，成为兰州大学文学院博士生，又有机会向雷先生请教我那些不着边际的所谓想法。雷达先生也帮我打消了担心"思潮研究"过期的顾虑。

　　我的选题目的也因此渐趋清晰。选择这一个论题，首先有感于当下中国社会近乎全民性的底层焦虑和底层感的自我认同，即在快速转型的当下中国语境中，为什么底层焦虑成为一个群体性的问题，文学能否真实地回应此问题？其次，既然在很多人看来"底层文学"在20世纪中国早已有之，甚至"中国传统文学中已经有底层文学"了，那么，"底层文学"又被誉为新世纪初第一个也是最大的一个文学思潮，各种偶然性和必然性何在？再之，作为一种文学思潮，其本体性和自足性何在，与漫长的20世纪中国文学相比，其"新质"是否不言自明？作为"中国现代性"的一部分，它以怎样的方式表达了文学对现代性乃至后现代性问题的介入？一系列的问题在脑中缠绕，引发了我对"底层文学"问题的思考，尽管很多思考不甚清晰。但雷老师以长者的宽容接受了我的很多想法，并提供了部分参考书目，鼓励我多读、勤记，争取写成"一本书"。

其实，压力就是从那时开始的。我知道，很多时候，勤并不能补拙，但是我仍然希望在大量的文献整理和文本阅读中找到自己所需的点滴信息，获得如愿以偿的结果，至少让自己的想法表达得丰富、清晰、更清晰一点。同时，雷老师积极、热情鼓励我将我们平时的交流、对话，整理完善，逐渐形成有体系的想法，且每次谈话之后几乎都会给我一个非常有启发的话题，作为我的平时作业，以待下次再讨论。这样的交流虽次数有限，但每次谈话都让我获益匪浅。论文开题时，兰州大学文学院各位先生对论文《开题报告》的"宽容的审判"让我倍感压力之大，好在这对此后的思考和写作帮扶甚大。比如程金城老师提出该选题应多参考马尔库塞和葛兰西的理论，袁洪庚老师认为应该多作"底层文学本体论"的思考，张民华老师对行文语言中的引号问题以及表述的清晰程度的意见都让我非常受益。古世仓老师的"有思想就是一个优势"的鼓励和彭岚嘉老师、张进老师、敏春芳老师提出的论文结构、措辞等宏观和细节上需要处理的具体问题，都十分珍贵。

需要特别提及的是西北师范大学张明廉教授——我的硕士学位导师。先生一直无私地关心着学生的生活和学业。在我论文开题前，先生以严谨的思辨和宽容的引导对我的"开题报告"的问题曾进行过细致的指导，并写了四千多字的指导意见；初稿完成后先生又帮我细读了两遍，并提出了诸多宝贵的修改意见，部分意见和观点已融入了我的写作过程。这一切付出，我无力回报，但我将终身铭记！

中国社会科学院的白烨先生，北京师范大学的张清华先生，陕西师范大学的赵学勇先生和王荣先生，在百忙中评阅了我的论文，并积极肯定该选题的价值和意义。借此向各位恩师表达我至高的谢意！

论文的写作过程相当艰辛，一是论文选题的开口较大，且20世纪中国文学资源中的启蒙文学、革命文学、社会主义文学，以及后革命语境中的文学的重新启蒙和"纯文学"论争一并进入了新世纪"底层文学"的资源序列，这就需要在对资源的梳理和辨析中对比分析其与"底层文学"的内在关联和本质区别，需要有开阔的文学史视野和相应的思想史的积累，但是由于在论文的预设过程中，我对论证展开难度估计不足，再加上几种资源生成的社会语境和文学史价值观念的庞杂，使得对各种资源的价值认定仍不够清晰，好在有关两类文学资源的关联性和对比性的研究随着"底层文学""史化"意识的出现，部分学者已经进行了一些研究，在借鉴和反思已有研究成果的基础上，论文的思路才得以逐步展开。

论文的写作过程并不像开题的预设那样思路清晰，张弛有度，而是不断地有新问题溢出，又有很多原本以为成熟的想法尚未能自圆其说。这该是刘勰在《文心雕龙·神思》中说的"临篇缀虑，必有二患：理郁者苦贫，辞溺者伤乱"吧，不过刘勰紧接着说："然则博见为馈之粮，贯一为拯乱之药，博而能一，亦有助于心力矣。"也许很多问题原本就没有想清楚，或不能"博见"，或功力太浅，致使部分行文及思路像是孩子们玩的魔法书和走迷宫游戏，到底什么时候才能按照魔法书的路线救出公主，什么时候才能绕过魔障到达胜利岛，不到登岸的最后一刻，一直不清楚自己在哪儿……也许走迷宫本身是有意味的。

在兰州大学求学的三年时间，紧张而充实，每次和同学之间的交流，都能让我的思维不断被打开。论文写作过程中，同学之间互相鼓励，一个短信，几句笑话，都让我焦灼、凝滞的写作过程变得清新而通畅。三年不易，又匆匆而过，感谢党兴、董国俊、王兴文、哈建军、王晓红、李晓禺、侯玲宽诸位同学的鼓励和帮助，还有王萍、海晓红、万红等诸位博士生，感谢我们能共同学习的缘分。

在本书付梓之际，我要感谢天水师范学院科研处、人事处对本书出版的关心和资助，感谢马超先生、李志孝先生、郭文元博士以及本书责任编辑郭鹏先生对本书出版的倡议和策划，感谢天水师范学院文史学院，特别是现当代文学教研室同仁，他们不但关心我的学业和生活，而且为我提供了诸多别样的思路和珍贵的文献资料。

最后，感谢我的家人和朋友，特别是我的妻子漆文娟女士，在我访学、读博的四年时间里，她完全承担了照顾家人和培养孩子的重任，并在工作之余帮我校对了两遍论文，指出了我的粗心和疏漏之处。

张继红

2013 年 12 月